VOLVER A EMPEZAR

T0046218

🌐 Planeta Internacional

COLLEEN HOOVER

VOLVER A EMPEZAR

Traducción de Lara Agnelli

 Planeta

Obra editada en colaboración con Editorial Planeta – España

Título original: *It Starts with Us*

© 2022, Colleen Hoover
Todos los derechos reservados.
Publicado de acuerdo con el editor original, Atria Books, una división de
Simon & Schuster, Inc.

En este libro aparecen fragmentos de *Romper el círculo (It Ends with Us)*

© 2023, Traducción: Lara Agnelli

© 2023, Editorial Planeta, S. A. – Barcelona, España

Derechos reservados

© 2023, Editorial Planeta Mexicana, S.A. de C.V.
Bajo el sello editorial PLANETA M.R.
Avenida Presidente Masarik núm. 111,
Piso 2, Polanco V Sección, Miguel Hidalgo
C.P. 11560, Ciudad de México
www.planetadelibros.com.mx

Diseño de portada: Planeta Arte & Diseño, adaptación de un diseño original
de Danielle Mazzella di Bosco
Fotografías de portada: © Tanja Ivanova / Getty Images y © wuttichok /
Adobe Stock
Fotografía de la autora: © Chad Griffith

Primera edición impresa en España: enero de 2023
ISBN: 978-84-08-26719-5

Primera edición en formato epub: enero de 2023
ISBN: 978-607-07-9792-7

Primera edición impresa en esta presentación: febrero de 2023
Primera reimpresión en esta presentación: febrero de 2023
ISBN: 978-607-07-9674-6

No se permite la reproducción total o parcial de este libro ni su incorporación a
un sistema informático, ni su transmisión en cualquier forma o por cualquier
medio, sea este electrónico, mecánico, por fotocopia, por grabación u otros
métodos, sin el permiso previo y por escrito de los titulares del *copyright*.

La infracción de los derechos mencionados puede ser constitutiva de delito
contra la propiedad intelectual (Arts. 229 y siguientes de la Ley Federal de
Derechos de Autor y Arts. 424 y siguientes del Código Penal).

Si necesita fotocopiar o escanear algún fragmento de esta obra diríjase al
CeMPro (Centro Mexicano de Protección y Fomento de los Derechos de
Autor, http://www.cempro.org.mx).

Impreso en los talleres de Bertelsmann Printing Group USA
25 Jack Enders Boulevard, Berryville, Virginia 22611, USA.
Impreso en U.S.A *–Printed in U.S.A*

Este libro está dedicado a la valiente
y atrevida Maria Blalock

NOTA DE LA AUTORA

Querido lector, querida lectora:

Este libro es una secuela de Romper el círculo *y empieza justo donde termina la primera novela. Para poder disfrutar al máximo de la lectura, debería leerse después de* Romper el círculo, *ya que es la segunda parte de la bilogía.*

Cuando publiqué Romper el círculo *nunca me imaginé que algún día escribiría una secuela. Tampoco me imaginé el recibimiento que ha tenido por parte de tantos lectores. Les doy las gracias a todos los que consideraron que la historia de Lily es muy empoderante, porque eso es lo que yo pienso sobre la historia de mi madre.*

Cuando Romper el círculo *se volvió popular en TikTok, me llegó una avalancha de peticiones para que continuara la historia de Lily y Atlas. ¿Cómo iba a negarme ante una comunidad lectora que me ha cambiado la vida? Esta novela nace de la necesidad de darles las gracias por el inmenso apoyo que me han dado, y por eso he querido que fuera mucho más ligera.*

Lily y Atlas se lo merecen.
Espero que disfruten acompañándolos en su viaje.
Con todo mi amor,

COLLEEN HOOVER

1

Atlas

Alguien ha escrito «Man Te Ca To» con espray rojo en la puerta trasera del Bib's, y la palabra mal escrita me recuerda a mi madre.

Ella siempre lo pronunciaba así, haciendo una breve pausa entre sílabas, como si fueran varias palabras. Yo tenía que aguantarme la risa cada vez que lo oía, aunque no es fácil encontrarle la gracia a la situación cuando eres un niño y el insulto va dirigido a ti.

—*Mantecato* —murmura Darin—. Tiene que ser un niño. Un adulto no lo escribiría así.

—No creas; de todo hay —replico tocando la pintura para comprobar si aún está húmeda. No lo está. Quienquiera que lo haya escrito tuvo que hacerlo anoche, después de que cerráramos.

—¿Crees que lo escribieron así a propósito? —me pregunta—. ¿Crees que están sugiriendo que además de ser un tonto estás obeso?

—¿Por qué das por hecho que el insulto es para mí? Podría ir dirigido a Brad o a ti.

—Es tu restaurante. —Darin se quita la chamarra y la usa para aflojar un trozo de cristal roto de la ventana—. Tal vez sea un empleado descontento.

—¿Tengo empleados descontentos?

No puedo imaginarme a ninguna de las personas que tengo en plantilla haciendo algo así. La última empleada que se fue lo hizo por voluntad propia, hace seis meses, tras graduarse en la universidad.

—¿Cómo se llamaba aquel tipo que contrataste para que lavara los platos antes de que llegara Brad? El que tenía nombre de mineral o algo así, un nombre rarísimo.

—Cuarzo —respondo—, pero era un apodo.

Hace tanto que no pienso en ese tipo que me cuesta imaginarme que me guarde rencor después de todo este tiempo. Lo despedí al poco tiempo de abrir el restaurante porque descubrí que solo lavaba los platos si veía restos de comida en ellos. Y hacía lo mismo con los vasos o los cubiertos; cualquier objeto que regresara a la cocina después de haber estado en una mesa y que le pareciera que ya estaba lo bastante limpio, lo dejaba directamente en el escurridor.

Si no lo hubiera despedido, antes o después el departamento de sanidad nos habría cerrado el local.

—Deberías llamar a la policía —me aconseja Darin—. Tendremos que denunciar para que lo cubra el seguro.

Antes de poder decir nada, Brad aparece en la puerta machacando los cristales rotos del suelo al pisarlos. Antes entró a echar un vistazo para comprobar si habían robado algo en el restaurante.

Rascándose la barba de pocos días, anuncia:

—Se llevaron los crutones.

Se hace un silencio incrédulo.

—¿Dijiste los crutones? —pregunta Darin.

—Sí. Se llevaron todos los crutones que preparamos anoche, pero aparentemente no tocaron nada más.

Eso no era lo que esperaba oír, en absoluto. Si alguien fuerza la puerta o la ventana de un restaurante y no se lleva ningún objeto de valor, es muy probable que lo haya hecho porque tenía hambre, y sé de primera mano lo desesperado que tienes que estar para hacer eso.

—No voy a denunciarlo.

Darin se voltea hacia mí.

—¿Por qué no?

—Porque podrían detener a quien lo hizo.

—De eso se trata.

Saco una caja vacía del contenedor y me pongo a recoger trozos de cristal.

—Una vez forcé la ventana de un restaurante y robé un sándwich de pavo.

Brad y Darin me miran fijamente.

—¿Estabas borracho? —me pregunta Darin.

—No, estaba famélico. No quiero que arresten a nadie por robar crutones.

—Está bien, pero tal vez la comida solo sea el principio. ¿Y si vuelven otro día y roban los electrodomésticos? —insiste Darin—. ¿Aún está estropeada la cámara de seguridad?

Lleva meses obcecado en que la arregle.

—He estado ocupado.

Darin me quita la caja de la mano y se pone a recoger los cristales que quedan.

—Deberías ocuparte de eso ahora mismo, antes de que

vuelvan. Demonios, ¿y si entran en el Corrigan's esta noche al ver que en el Bib's se lo pusiste tan fácil?

—La seguridad del Corrigan's funciona perfectamente. Y dudo mucho que quien haya sido entre esta noche en mi nuevo restaurante. Entró aquí porque lo tenía a mano; no fue un robo premeditado.

—Eso es lo que tú quieres creer —replica Darin.

Abro la boca para opinar, pero me interrumpe la entrada de un mensaje de texto. Creo que nunca antes he consultado el teléfono tan deprisa. Cuando compruebo que el mensaje no es de Lily, me desanimo un poco.

Me la encontré esta mañana mientras hacía unos mandados. Era la primera vez que nos veíamos en un año y medio, pero ella llegaba tarde a trabajar y yo acababa de recibir un mensaje de Darin que me avisaba de que habían entrado en el restaurante. Me prometió que me escribiría desde el trabajo, pero fue una despedida un poco incómoda.

Ha pasado ya una hora y media y no se ha puesto en contacto. Ya sé que no es mucho, pero no puedo librarme de este incordio en el pecho que trata de convencerme de que ella ya se arrepintió de todo lo que hablamos en la banqueta durante los cinco minutos de conversación.

Yo no me arrepiento en absoluto de lo que le dije. Tal vez me dejé llevar por la emoción del momento, pero no dije nada que no sintiera de verdad. Al fin y al cabo, acababa de descubrir que ya no está casada y se veía muy feliz.

Estoy listo para esto. Más que listo.

Busco su contacto en el celular. Durante este último año y medio he querido escribirle un montón de veces, pero la última vez que hablamos dejé la iniciativa de su lado. Ella estaba pasando por una situación difícil y no quería complicarle la vida todavía más.

Pero ahora vuelve a estar soltera y me pareció que estaba lista para darle una oportunidad a lo nuestro. Sin embargo, ha tenido una hora y media para pensar en lo que hemos estado hablando, tiempo suficiente para arrepentirse. Cada minuto que pase sin recibir un mensaje suyo se me va a hacer eterno.

Todavía la tengo guardada como Lily Kincaid en la agenda del celular, así que corrijo la información de contacto y le cambio el apellido al de soltera, Bloom.

Noto que Darin mira por encima de mi hombro.

—¿Es nuestra Lily?

Brad se muestra inmediatamente interesado.

—¿Le está escribiendo a Lily?

—¿Nuestra Lily? —repito confuso—. Solo la vieron una vez.

—¿Sigue casada? —pregunta Darin. Cuando niego con la cabeza añade—: Bien hecho. Estaba embarazada, ¿verdad? ¿Qué tuvo al final? ¿Fue niño o niña?

No quiero hablar de Lily con ellos porque, de momento, no hay nada de que hablar y no quiero que piensen que hay más de lo que hay.

—Una niña, y esta es la última pregunta que voy a responder. —Me volteo hacia Brad—. ¿Va a venir Theo hoy?

—Es jueves. Sí, vendrá.

Entro en el restaurante. Si hablo de Lily con alguien, será con Theo.

2

Lily

Todavía me tiemblan las manos, aunque ya hace casi dos horas que me encontré a Atlas. No sé si tiemblo porque estoy nerviosa o porque aún no he podido comer nada. Ha habido tanto trabajo que no he tenido ni cinco segundos para pensar en lo que pasó, y mucho menos para tomarme el desayuno que me traje de casa.

«¿Ha ocurrido de verdad? ¿En serio? Le hice unas preguntas tan incómodas que no seré capaz de mirarlo a la cara hasta el año que viene».

Sin embargo, Atlas no parecía incómodo. Parecía muy feliz de verme y, cuando me abrazó, sentí como si una parte de mí que estaba aletargada volviera a la vida.

Pero este es el primer momento libre que he tenido en toda la mañana y lo primero que he hecho ha sido ir al baño. Al mirarme en el espejo, me entran ganas de llorar. Estoy hecha un desastre. Tengo algunas manchas de puré de zanahoria en la camisa y el barniz de uñas se está despintando, qué sé yo, desde enero por lo menos.

Ya sé que Atlas no es de los que buscan la perfección.

Es que me había imaginado mil veces que me lo encontraba por la calle, pero en ninguna de esas fantasías iba como una loca porque la mañana se había descontrolado, media hora después de haber sido la víctima de una niña de once meses armada con un arsenal de papilla.

Él estaba tan guapo. Olía tan bien.

«Y yo probablemente olía a leche agria».

Sigo tan alterada por lo que nuestro encuentro fortuito puede suponer en mi vida que he tardado el doble de lo normal en organizar los pedidos para que se los llevara el repartidor. Y ni siquiera he mirado la web para ver si hay pedidos nuevos. Me echo un último vistazo en el espejo, pero sigo viendo lo mismo: una madre soltera exhausta que trabaja demasiado.

Salgo del baño y me acerco al mostrador. Tomo un pedido de la bandeja de la impresora y me pongo a preparar la tarjeta. Mi mente agradece la distracción más que nunca, por lo que me alegro de que haya mucho trabajo.

El pedido es de un ramo de rosas para alguien llamado Greta de parte de alguien llamado Jonathan. En el mensaje pone: «Siento lo de anoche. ¿Me perdonas?».

Suelto un gruñido. Los ramos de disculpa son los que menos me gusta preparar. No puedo evitar obsesionarme con la causa por la que piden disculpas. ¿Se olvidaría de una cita? ¿Llegaría tarde a casa? ¿Se pelearían?

«¿La golpearía?».

A veces me siento tentada de anotar el número del refugio para víctimas de violencia doméstica en las tarjetas, pero recuerdo que no todas las disculpas van ligadas a cosas tan terribles como las que precedían a las disculpas que me pedían a mí. Tal vez Jonathan sea solo un amigo de Greta que está tratando de animarla. Tal vez sea su marido, le hizo una broma y se le fue de las manos.

Sea cual sea la causa que hay detrás de las flores, espero que sea algo bueno. Meto la tarjeta en el sobrecito y lo sujeto al ramo de rosas. Lo dejo en el estante de los pedidos preparados; estoy a punto de pasar al siguiente cuando me llega un mensaje.

Me lanzo hacia el celular como si el mensaje fuera a autodestruirse y solo tuviera tres segundos para leerlo, pero, al ver de qué se trata, me encojo. No es un mensaje de Atlas, sino de Ryle.

¿Puede comer papas fritas?

Respondo a toda velocidad:

Solo de las blanditas.

Suelto el celular con rabia sobre el mostrador. No me gusta que Emerson coma papas fritas demasiado a menudo, pero solo pasa con Ryle uno o dos días a la semana, así que trato de asegurarme de que coma alimentos más nutritivos cuando está conmigo.

Ha sido agradable no pensar en Ryle durante un rato, pero su mensaje me ha recordado que existe. Y mientras él exista, temo que no pueda existir nada entre Atlas y yo, ni siquiera una amistad. Porque ¿cómo se tomaría Ryle que yo empezara a salir con Atlas? ¿Cómo se comportaría si coincidieran en algún momento?

Tal vez estoy adelantando acontecimientos.

Me quedo mirando el teléfono preguntándome qué debería decirle a Atlas. Le comenté que le escribiría al llegar a la tienda, pero tenía clientes esperando en la puerta. Y el mensaje de Ryle me ha recordado su existencia y ahora no sé si ponerme en contacto con Atlas o no.

La puerta principal se abre y Lucy hace su aparición. Va impecable, como siempre, aunque la conozco y sé que está de mal humor.

—Buenos días, Lucy.

Ella se retira el pelo de la cara y deja la bolsa sobre el mostrador mientras suelta un suspiro.

—¿Lo son?

Lucy es una persona sociable, pero no de buena mañana. Por eso Serena y yo solemos atender al público al menos hasta las once mientras Lucy se encarga de preparar los pedidos en la trastienda. Es mucho más amable con los clientes cuando se ha tomado una taza de café. O cinco.

—Me acabo de enterar de que las tarjetas para las mesas no han llegado porque ya no fabrican ese modelo y ahora es demasiado tarde para encargar otras. Falta menos de un mes para la boda.

Han fallado tantas cosas que estoy a punto de aconsejarle que no se case, pero no soy supersticiosa. Espero que ella tampoco lo sea.

—Las tarjetas artesanales están de moda —le sugiero.

Lucy alza la vista al cielo exasperada.

—Odio la artesanía —refunfuña—. Y es que ya no quiero casarme. Tengo la sensación de que llevamos más tiempo planeando la boda que saliendo. —No le falta razón—.

Tal vez podríamos cancelar la boda y escaparnos a Las Vegas. Ustedes lo hicieron así, ¿no? ¿Te arrepientes?

No sé por dónde empezar a responder el interrogatorio.

—¿Cómo puedes odiar la artesanía trabajando en una florería? Y estoy divorciada. Claro que me arrepiento de haberme escapado a Las Vegas para casarme. —Le doy un pequeño montón de pedidos que todavía no he podido preparar—. Aunque admito que fue divertido.

Lucy se dirige a la trastienda a preparar el resto de los pedidos, lo que me deja libre para volver a pensar en Atlas. Y en Ryle. Y el Armagedón, que es lo que me viene a la cabeza cuando pienso en los dos al mismo tiempo.

No tengo ni idea de cómo podría funcionar algo así. Cuando Atlas y yo nos encontramos en la calle, fue como si el resto del mundo desapareciera, incluido Ryle. Pero ahora se ha vuelto a colar en mis pensamientos. No como antes, cuando solía pasarme los días pensando en él, sino más bien como si fuera un obstáculo en mi camino. Mi vida amorosa ha transcurrido sin complicaciones durante el último año y medio, como una carretera sin curvas ni baches —básicamente porque no existía—, pero ahora tengo la impresión de que me espera un terreno pedregoso, lleno de obstáculos y precipicios.

¿Vale la pena? Atlas la vale, de eso no tengo dudas.

Pero ¿y nosotros? ¿Dejar que lo que tenemos crezca y se convierta en una relación compensará el estrés que causaría en otras áreas de mi vida?

Hacía tiempo que no me sentía así, rota por las dudas. Parte de mí quiere llamar a Allysa y contarle que vi a Atlas, pero no puedo. Ella sabe que Ryle todavía siente algo por mí. Y sabe cómo se sentiría si Atlas formara parte de mi vida de manera permanente.

Tampoco puedo hablarlo con mi madre, porque es mi madre. Y aunque últimamente estamos más unidas que nunca, sigo sin sentirme cómoda hablando con ella de mi vida amorosa.

Solo me queda una persona con la que podría hablar sobre Atlas sin sentirme incómoda.

—¿Lucy? —Cuando sale de la trastienda, jalando un auricular que lleva en la oreja, le pregunto—: ¿Puedes cubrirme un rato? Tengo que hacer un mandado. Volveré en una hora.

Se sitúa tras el mostrador mientras tomo mi bolsa. No suelo disponer de mucho tiempo para mí sola desde que nació Emerson, por eso de vez en cuando me escapo de la tienda, porque sé que hay alguien que me cubre las espaldas.

A veces me gusta sentarme a solas con mis pensamientos, pero no puedo hacerlo si estoy con la niña, pues, incluso cuando duerme, sigo en modo «madre». Y con el flujo constante de clientes en el trabajo, las cosas no son mucho más fáciles en la tienda. Es prácticamente imposible disfrutar de un rato tranquilo, sin interrupciones.

Descubrí que, a veces, lo único que necesito para deshacer los nudos que se me forman en el cerebro es dar un paseo a solas en coche, escuchando música, y un trozo de pastel del Cheesecake Factory.

Me estaciono en una plaza con buenas vistas sobre el puerto de Boston, echo el asiento hacia atrás y tomo el cuaderno y el bolígrafo que traje conmigo. No sé si esto me ayudará tanto como el pastel, pero necesito liberar mis pensamientos, y este sistema me ha ayudado mucho en el pasado siempre que he necesitado poner las cosas en su sitio. Aunque esta vez solo espero que las cosas no acaben de romperse del todo.

Querida Ellen:

¿A que no sabes quién ha vuelto?

Yo.

Y Atlas.

Los dos.

Me crucé con él esta mañana, mientras iba a buscar a Ryle para dejarle a Emmy. Me gustó mucho verlo. Pero, aunque me motivó mucho encontrármelo e intercambiar información con él para saber en qué punto de nuestra vida estamos los dos, la despedida fue un poco incómoda. Él tenía una emergencia en el restaurante; iba con prisa. Y yo igual: tenía que abrir la tienda y llegaba tarde. Al despedirnos, le prometí que le escribiría.

Quiero escribirle. En serio. Sobre todo porque, al verlo, recordé lo mucho que añoro las sensaciones que me provoca su presencia.

No era consciente de lo sola que me sentía hasta que pasé esos minutos a su lado. Pero desde que me divorcié de Ryle... Eh, un momento.

Demonios, no te había contado lo del divorcio.

Llevaba demasiado tiempo sin escribirte. Déjame que te ponga al día.

Cuando nació Emmy, decidí que la separación

debía ser definitiva. Le pedí el divorcio justo después de dar a luz. No es que eligiera ese momento con la intención de ser especialmente cruel. Es que hasta entonces no supe cuál iba a ser mi decisión. Cuando al fin la tuve en brazos, supe en lo más hondo de mi ser que haría lo que fuera necesario para romper el círculo de los malos tratos.

Sí, pedir el divorcio duele. Sí, me quedé destrozada, pero no, no me arrepiento. Mi elección me llevó a entender que, a veces, las decisiones más duras de tomar son las que proporcionan los mejores resultados.

Si te dijera que no lo echo de menos, estaría mintiendo. Echo de menos lo que éramos en ocasiones; echo de menos la familia que podríamos haber construido para Emerson, pero sé que tomé la decisión acertada, aunque a veces aún me pese. Es duro, porque tengo que seguir en contacto con él. Ryle sigue teniendo las cualidades que hicieron que me enamorara de él y, ahora que ya no estamos juntos, rara vez muestra el lado negativo que acabó con nuestro matrimonio. Supongo que, cuando nos vemos, trata de dar buena imagen. Tiene que comportarse y no causarme problemas, porque sabe que yo podría haberlo denunciado por los incidentes de violencia doméstica que sufrí. Podría haber perdido mucho más que una esposa. Supongo que, por eso, cuando llegó el momento de negociar el tema de la custodia, todo fue más fácil de lo que esperaba.

Tal vez ayudó el hecho de que yo no pusiera demasiados problemas. Mi abogada me dejó las cosas muy claras cuando le dije que quería la custodia exclusiva de la niña. Me advirtió que, a menos que estuviera dispuesta a sacar los trapos más sucios de nuestra relación y mostrarlos en un tribunal, era muy poco probable que le denegaran a Ryle las visitas a la niña. Añadió que, incluso si sacaba a la luz los episodios de violencia doméstica, era muy poco frecuente que retiraran los derechos a un padre con una buena situación económica, que pagaba la manutención y que deseaba seguir en contacto con su hija.

Tenía dos opciones ante mí. Podía, por un lado, elegir presentar cargos contra Ryle y llevar el tema a los tribunales, aunque, incluso así, lo más probable era que el juez dictara custodia compartida. O la otra opción, que era llegar con Ryle a un acuerdo satisfactorio para los dos y mantener una relación de crianza compartida.

Supongo que podría decirse que logramos un compromiso, si bien no hay acuerdo legal en el mundo que pueda conseguir que me sienta cómoda cada vez que tengo que dejar a mi hija con alguien como él, cuyo temperamento conozco de primera mano. Digamos que he tenido que elegir el mal menor. Solo puedo rezar para que Emmy no vea la peor cara de su padre.

Quiero que Emmy mantenga una buena relación con él. Nunca ha sido mi intención apartar a Ryle de su hija. Lo único que quiero es asegurarme de que está a salvo. Por eso le rogué a Ryle que se conformara con establecer unos días de visita durante los dos primeros años. No especifiqué que la razón era que no me fío de dejarlo a solas con ella. Creo que usé como excusa que pensaba darle el pecho y que él pasaba mucho tiempo de guardia, pero estoy segura de que él es consciente de la auténtica razón por la que no quiero que Emmy pase las noches bajo su techo.

Nunca hablamos sobre los malos tratos. Hablamos sobre Emmy o sobre el trabajo y, cuando estamos con la niña, nos forzamos a sonreír. Sé que a veces mi sonrisa resulta falsa, pero también sé que las cosas serían mucho peores si hubiera optado por llevar las cosas a los tribunales y hubiera perdido el caso. Me obligaré a sonreír sin ganas hasta que Emmy cumpla los dieciocho años si con ello puedo evitar la custodia compartida y no tengo que exponer a mi hija a la peor versión de su padre de manera habitual.

De momento, las cosas no han ido mal si no cuento las veces que Ryle ha tratado de manipular mis recuerdos o las ocasiones en que ha tratado de ligar conmigo. Aunque durante el proceso de divorcio le dejé claro cuáles eran mis sentimientos, él sigue teniendo esperanzas de que volvamos. De vez en cuando hace algún comentario que deja claro que aún no ha pasado página. Me temo que buena parte de la cooperación de Ryle se debe a que cree que algún día me recuperará si se porta bien. Creo que está convencido de que algún día me ablandaré y cederé.

Pero no es así como voy a vivir mi vida, Ellen. Sé que llegará el día en que seguiré adelante y, francamente, espero seguir adelante en dirección a Atlas. Sé que es pronto para darlo por seguro, que de momento no es más que una posibilidad, pero, si algo tengo muy claro, es que nunca voy a retroceder en dirección a Ryle, da igual el tiempo que transcurra.

Ha pasado casi un año desde que le pedí el divorcio, y hace casi diecinueve meses desde la última pelea, la que causó la separación. Y eso significa que llevo año y medio sin pareja.

Un año y medio entre relaciones parece un periodo razonable, y con toda probabilidad lo sería si se tratara de otra persona que no fuera Atlas, pero ¿cómo iba a hacerlo funcionar con Atlas? ¿Y si le escribo y él me invita a comer? ¿Y si la comida va maravillosamente, cosa que no dudo, y una comida lleva a una cena? ¿Y si la cena nos lleva de regreso al punto en que estábamos cuando éramos más jóvenes? ¿Y si somos felices y nos volvemos a enamorar y él pasa a ser una figura estable en mi vida?

Sé que parece que estoy corriendo demasiado, pero es que estamos hablando de Atlas. A menos que haya sufrido un trasplante de personalidad, tanto tú como yo sabemos lo poco que me cuesta amar a Atlas, Ellen. Por eso estoy dudando, porque tengo miedo de que funcione.

Porque, si funciona, ¿cómo se sentirá Ryle al enterarse de que estoy en una nueva relación? Emerson ya tiene casi un año, un año que ha pasado sin demasiados sobresaltos, pero sé que es porque hemos logrado que las cosas fluyeran sin interferencias. Y entonces ¿por qué tengo la sensación de que una simple mención a Atlas causaría un tsunami?

Sé que Ryle no se merece que me preocupe tanto por él, pero es que no puedo ignorar la capacidad que tiene de convertir mi vida amorosa en un infierno. ¿Por qué Ryle ocupa una pared entera en la estantería de mis pensamientos? Siempre igual. Es como si, cada vez que me sucede algo bueno, tuviera que hacerlo pasar por el filtro de las posibles reacciones de Ryle.

Sus reacciones son lo que más temo. Quiero creer que no estaría celoso, pero sé que lo estaría. Si empiezo a salir con Atlas, se nos complicará la vida a todos.

Aunque sé que tomé la decisión correcta al divorciarme, esa decisión sigue teniendo consecuencias hoy en día. Una de ellas es que Ryle siempre considerará que Atlas es el culpable del fin de nuestro matrimonio.

Ryle es el padre de mi hija. Da igual los hombres que entren y salgan de mi vida de ahora en adelante, siempre voy a tener que apaciguar a Ryle si quiero que mi hija tenga una vida tranquila. Y si Atlas Corrigan regresa a mi vida, va a ser imposible calmar a Ryle.

Ojalá pudieras decirme qué decisión debo tomar. ¿Es mejor que sacrifique algo que sé que me hará feliz con tal de evitar la inevitable conmoción que causará la presencia de Atlas? ¿O voy a tener siempre un hueco en el corazón con la forma de Atlas hasta que le dé permiso para rellenarlo?

Está esperando a que le escriba, pero creo que necesito más tiempo para procesar las cosas. Ni siquiera sé qué decirle. No sé qué hacer.

Si me aclaro, te lo contaré.

LILY

3

Atlas

—¿Por fin hemos llegado a la orilla? —repite Theo—. ¿En serio le dijiste eso? ¿En voz alta?

Cambio de postura en el sofá, incómodo.

—*Buscando a Nemo* fue la película que nos unió cuando éramos más jóvenes.

—Una frase de una película de dibujos animados. —Theo mira al cielo, exasperado—. Y no ha funcionado. Han pasado ocho horas desde el encuentro y no te ha escrito.

—Tal vez esté ocupada.

—O tal vez fuiste muy rápido. —Theo se inclina hacia delante. Junta las manos entre las rodillas y se concentra—. Vamos a ver, ¿qué pasó después de que le dijeras todas esas cursilerías?

No tiene piedad.

—Nada. Los dos teníamos que ir a trabajar. Le pregunté si aún tenía mi número y me dijo que lo había memorizado. Luego, nos despedi…

—Un momento —me interrumpe Theo—. ¿Había memorizado tu número?

—Aparentemente, sí.

—Está bien. —Parece esperanzado—. Eso significa algo. Ya nadie memoriza los números de teléfono.

Yo había llegado a la misma conclusión, aunque con ciertas dudas. El día que anoté mi número y lo guardé dentro de la funda de su celular, lo hice por si algún día tenía una emergencia. Tal vez su subconsciente le dijo que algún día podría necesitarlo y lo memorizó por razones que no tienen nada que ver conmigo.

—Y entonces ¿qué hago? ¿Le escribo? ¿La llamo? ¿Espero a que ella se ponga en contacto?

—Solo han pasado ocho horas, Atlas. Cálmate.

Su respuesta está a punto de provocarme un latigazo cervical.

—Hace dos minutos actuabas como si ocho horas fueran una eternidad, ¿y ahora me dices que me calme?

Theo se encoge de hombros y luego le da una patada al escritorio para hacer que la silla ruede.

—Tengo doce años, ni siquiera tengo celular, ¿y tú quieres saber mi opinión sobre el uso correcto de los mensajes de texto?

Me sorprende que todavía no tenga celular. No pensaba que Brad fuera un padre tan estricto.

—¿Por qué no tienes celular todavía?

—Papá dice que cuando cumpla los trece. Faltan dos meses —añade en tono esperanzado.

Theo lleva viniendo al restaurante dos tardes por semana, después de la escuela, desde que ascendí a Brad hace seis meses. Como me contó que de mayor quería ser psicólogo, dejo que practique conmigo. Al principio las charlas estaban muy enfocadas en él, pero últimamente siento que soy yo quien sale beneficiado de estas sesiones.

Brad asoma la cabeza en busca de su hijo.

—Vamos. Atlas tiene cosas que hacer. —Le indica con la mano que se levante, pero Theo sigue dando vueltas con la silla del despacho.

—Me llamó él. Necesitaba consejo.

—Yo es que no lo entiendo. —Brad mueve el dedo entre su hijo y yo—. ¿Qué consejos te da mi hijo? ¿Cómo librarte de hacer la tarea y ganar al *Minecraft*?

Theo se levanta y estira los brazos por encima de la cabeza.

—Sobre chicas, de hecho. Y en el *Minecraft* lo importante no es ganar, papá. Es un juego de tipo *sandbox*, lo importante es ser creativo. —Theo me mira por encima del hombro antes de salir del despacho—. Escríbele —me aconseja, como si fuera la solución obvia. Tal vez lo sea.

Brad lo jala y se lo lleva de allí.

Recupero mi silla y me quedo mirando la pantalla vacía del celular.

«Tal vez se equivocó al memorizar el número».

Abro su contacto y me quedo dudando. ¿Y si Theo tiene razón? ¿Y si fui muy rápido? No nos dijimos mucho cuando nos encontramos esta mañana, pero lo que nos dijimos era significativo. Tal vez se ha asustado.

O tal vez tenga razón yo y haya memorizado un número equivocado.

Acerco los dedos al teclado de la pantalla. Quiero escribirle, pero no quiero presionarla. Sin embargo, los dos sabemos que nuestras vidas habrían sido muy distintas si no hubiera metido la pata tantas veces con ella en el pasado.

Pasé años buscando excusas para justificar que mi vida no era lo bastante buena para Lily, aunque ella siempre encajó perfectamente a mi lado. Parecía haber sido diseñada para mí. Esta vez no pienso renunciar a ella con tanta facilidad, pienso esforzarme más. Y, para empezar, me aseguraré de que tiene el número correcto.

Me gustó verte hoy, Lily.

Aguardo a ver si me responde. Cuando veo que aparecen los puntos suspensivos, contengo el aliento, nervioso.

A mí también.

Me quedo observando su respuesta mucho tiempo, demasiado, esperando a que llegue otro mensaje, pero no entra; eso es todo lo que me va a enviar.

Son solo tres palabras, pero leo entre líneas.

Con un suspiro de derrota, suelto el celular sobre el escritorio.

4

Lily

La situación entre Ryle y yo ha sido muy poco convencional desde que nació Emerson. No creo que haya muchas parejas que pongan en marcha un proceso de divorcio al mismo tiempo que inscriben en el registro civil a su hija recién nacida.

Ryle me decepcionó mucho. Me dolió que su actitud me obligara a tomar la decisión de poner fin a nuestro matrimonio, pero tenía claro que quería que mantuviera una relación con nuestra hija. Trato de ponerle las cosas fáciles, consciente de que su horario de trabajo es caótico. A veces la llevo al hospital para que la vea durante la hora de la comida.

Tiene llaves de casa desde antes de que naciera Emerson. Se las di porque vivía sola y tenía miedo de entrar en labor de parto y que no tuviera acceso al departamento. Después del parto no me las devolvió, aunque pensaba pedírselas. A veces las usa cuando tiene una operación por la noche y pasa a ver a Emmy por la mañana, cuando yo me voy a trabajar. Por eso no se las he pedido. Y últimamente las usa también para dejar a Emmy en casa.

Me envió un mensaje justo antes de cerrar la tienda, hace un rato. Me decía que Emmy estaba cansada y que iba a llevarla a mi casa y la acostaría. Está usando las llaves tan a menudo que empiezo a preguntarme si solo quiere pasar tiempo con Emmy o… con alguien más.

Cuando llego, la puerta no está cerrada con llave. Ryle está en la cocina y alza la vista hacia mí cuando oye que cierro la puerta.

—Compré algo de cena —me dice mostrándome una bolsa de mi tailandés favorito—. Supongo que aún no has cenado, ¿no?

Esto no me gusta. No me gusta que actúe como si estuviera en su casa, pero estoy emocionalmente agotada por todo lo que ha pasado hoy, así que respondo negando con la cabeza y decido abordar el tema en otra ocasión.

—No, no he cenado, gracias.

Dejo la bolsa en la mesa y cruzo la cocina en dirección a la habitación de Emmy.

—Acabo de acostarla —me advierte.

Me detengo junto a la puerta y apoyo la oreja en ella. No se oye nada dentro, por lo que me alejo en silencio y regreso a la cocina sin despertarla.

Me siento mal por haberle enviado una respuesta tan seca a Atlas antes, pero la presencia de Ryle está confirmando mis peores temores: ¿cómo voy a empezar una relación con alguien cuando mi ex me trae cena a casa usando su propia llave?

Necesito dejar las cosas claras con Ryle y establecer una serie de límites precisos antes de plantearme siquiera la idea de Atlas.

Ryle selecciona una botella de vino tinto del botellero que tengo sobre la barra.

—¿Te importa si abro este?

Yo me encojo de hombros y me sirvo pad thai en el plato.

—Tú mismo, pero yo no quiero.

Ryle vuelve a dejar la botella donde estaba y opta por servirse un vaso de té. Yo saco el agua del refrigerador y nos sentamos a la mesa.

—¿Cómo se portó? —le pregunto.

—Estaba un poco gruñona, pero creo que es porque tenía que hacer muchos mandados y se hartó de que la metiera y la sacara del coche. Se portó mejor cuando llegamos a casa de Allysa.

—¿Cuándo vuelves a tener un día libre?

—No lo sé seguro; ya te informaré. —Se echa hacia delante y me limpia algo de la mejilla con el pulgar. Yo me encojo un poco, pero no se da cuenta. O tal vez finja no darse cuenta, no estoy segura. No sé si se da cuenta de que cada vez que me acerca la mano reacciono mal. Conociendo a Ryle, lo más probable es que piense que me encojo porque siento una chispa, de las buenas.

Después de que Emmy naciera, hubo algún momento puntual en que la sentí. Tras algún comentario bonito, o al verlo mecer a Emmy mientras le canta, algunas veces se despertó ese burbujeo en mi vientre, ese deseo que antes me provocaba. Pero cada una de esas veces logré encontrar la motivación para no rendirme al deseo. Solo necesito revivir alguno de los malos momentos y cualquier sentimiento pasajero que se haya despertado vuelve a apagarse.

Ha sido un proceso largo y lleno de obstáculos, pero por fin los viejos sentimientos han dejado de existir.

Me ayudó mucho la lista de razones que escribí antes de tomar la decisión de divorciarme. Algunas veces, cuando se va, voy a mi habitación y la releo para recordarme que el acuerdo que alcanzamos es lo mejor para todos. Aunque no del todo. Me gustaría que me devolviera la llave.

Estoy a punto de meterme más fideos en la boca cuando oigo el sonido amortiguado de un aviso del celular dentro de mi bolsa, que está al otro lado de la mesa. Suelto el tenedor y alargo el brazo hacia el teléfono antes de que lo haga Ryle. No es que crea que vaya a leer mis mensajes, pero lo último que quiero es que me pase el celular tratando de ser educado y vea que tengo un mensaje de Atlas. No estoy preparada para la tormenta que algo así podría desencadenar.

El mensaje no es de Atlas; es de mi madre. Me envía unas fotos que le tomó a Emmy días atrás. Dejo el celular y vuelvo a tomar el tenedor, pero Ryle permanece inmóvil, observándome.

—Era mi madre —le digo, aunque no sé por qué. No le debo ninguna explicación, pero no me gusta su forma de mirarme.

—¿Quién esperabas que fuera? Prácticamente te avalanzaste sobre la mesa para tomarlo.

—Nadie.

Doy un trago mientras él sigue observándome. No sé hasta qué punto es capaz de adivinar lo que pienso, pero parece saber que estoy mintiendo. Clava el tenedor en los fideos y le da vueltas, con la vista fija en el plato y los dientes apretados.

—¿Estás saliendo con alguien? —pregunta en tono tenso.

—No es que sea asunto tuyo, pero no.

—No he dicho que sea asunto mío. Estamos manteniendo una conversación informal, ¿no?

No me molesto en responder, porque es mentira. Si un recién divorciado le pregunta a su exmujer si está saliendo con alguien, la conversación es cualquier cosa menos informal.

—Creo que deberíamos mantener una conversación más seria sobre el tema en algún momento —me dice—. Antes de que alguno de los dos meta a terceras personas en la vida de Emmy. Tal vez deberíamos establecer algunas reglas.

—Sí. Creo que deberíamos establecer reglas para eso y para más cosas.

Él entorna los ojos.

—¿Qué cosas?

—Tu acceso al departamento. —Trago saliva—. Me gustaría que me devolvieras la llave.

Ryle me observa estoicamente antes de responder. Luego se limpia la boca con la servilleta y pregunta:

—¿No puedo acostar a mi hija?

—No estoy diciendo eso en absoluto.

—Sabes que mi horario es caótico, Lily. Me cuesta mucho encontrar ratos para verla.

—No te estoy diciendo que quiera que la veas menos. Solo te estoy pidiendo mi llave. Valoro mi privacidad.

La cara de Ryle muestra lo tenso que está. Ya sabía que se pondría así, pero eso no significa que tenga razón; está sacando las cosas de quicio. Esto no tiene nada que ver con si quiero o no que vea a Emmy. Lo que no quiero es que tenga un acceso tan fácil a mi departamento. Si me cambié de departamento y me divorcié de él fue por algo.

No estoy proponiendo ningún gran cambio, pero es algo que debemos solucionar o seguiremos bloqueados en esta relación insana una eternidad.

—Pues, si no puedo traerla, se quedará a dormir en mi casa —dice con convicción observándome atentamente para captar mi reacción. Sé que no se le escapa el malestar que amenaza con ahogarme.

—Todavía no estoy lista para eso.

Ryle deja caer el tenedor sobre el plato ruidosamente.

—Pues tal vez tengamos que modificar el acuerdo de custodia.

Sus palabras me enfurecen, pero logro mantener la rabia a raya. Me levanto y recojo el plato.

—¿En serio, Ryle? ¿Te pido que me devuelvas la llave de mi casa y amenazas con llevarme a los tribunales?

Llegamos a este acuerdo entre los dos, pero está actuando como si me beneficiara a mí más que a él. Ryle sabe que podría haberlo llevado a juicio y haber pedido la custodia exclusiva, sin régimen de visitas, después de lo que me hizo. Carajo, ni siquiera lo denuncié. Debería mostrarse agradecido por lo generosa que he sido con él.

En la cocina, dejo el plato y sujeto con fuerza los bordes de la barra, dejando caer la cabeza hacia delante.

«Calma, Lily. Ya sabes cómo reacciona».

Lo oigo suspirar, como si se arrepintiera de su arrebato, y luego se acerca a la cocina. Se apoya en la barra mientras paso un poco de agua por mi plato.

—¿Podrías al menos darme un calendario aproximado? —me pregunta en voz más baja—. ¿Cuándo podrá empezar a pasar las noches en mi casa?

Me volteo hacia él y apoyo la cadera en la barra.

—Cuando sepa hablar.

—¿Por qué entonces?

Odio que me obligue a decirlo en voz alta.

—Necesito que, si pasa algo, me lo pueda contar, Ryle.

Cuando entiende a qué me refiero, se muerde el labio inferior y asiente levemente. Las venas del cuello se le hinchan, pero disimula su frustración. Se saca las llaves del bolsillo y extrae la mía del llavero. Tras lanzarla sobre la barra, se aleja.

Cuando toma la chamarra y se va de la casa, me asalta esa sensación de culpabilidad que conozco bien, una culpabilidad que suele ir acompañada de preguntas como «¿Estaré siendo demasiado dura con él?» o «¿Y si ha cambiado definitivamente esta vez?».

Conozco a la perfección las respuestas a estas preguntas, pero a veces me sienta bien leerlas, como recordatorio. Voy a mi habitación y saco la lista del joyero donde la guardo.

1. Te dio una bofetada porque te reíste.
2. Te tiró por la escalera.
3. Te mordió.
4. Trató de forzarte.

5. Tuvieron que suturarte por su culpa.
6. Tu esposo te hizo daño físicamente en más de una ocasión. Habría vuelto a pasar una y otra vez.
7. Estás haciendo esto por tu hija.

Me recorro el tatuaje del hombro con un dedo, notando las pequeñas cicatrices que me dejó al morderme. Si Ryle fue capaz de hacerme todo eso en el mejor momento de nuestra relación, ¿de qué sería capaz en los malos momentos?

Doblo la lista y la dejo en el joyero para cuando vuelva a necesitar un recordatorio.

5

Atlas

—Va dirigida a ti —dice Brad contemplando el grafiti.

Es evidente. El asaltante que entró en el Bib's hace dos días decidió repetir con mi nuevo restaurante. El Corrigan's tiene dos ventanas agrietadas y me dejó otro mensaje pintado con espray en la puerta trasera.

Que t jodan, <u>Atlas</u>meculos

Tacharon la «ese» final y subrayaron mi nombre. Quienquiera que sea el autor de los grafitis parece estar obsesionado con los culos. En parte me hacen gracia sus juegos de palabras, pero esta mañana no estoy de humor para tonterías.

Ayer la grosería casi no me molestó. Probablemente fuera porque acababa de encontrarme con Lily y todavía sentía los efectos del subidón, pero esta mañana ella siguió ignorándome. Supongo que por eso los daños sufridos en mi nuevo restaurante me están afectando mucho más.

—Voy a comprobar las grabaciones del equipo de seguridad.

Espero encontrar alguna información útil. Aún no sé si quiero denunciarlo a la policía. Si se trata de alguien que conozco, tal vez pueda arreglar las cosas directamente con esa persona sin tener que recurrir a esos extremos.

Brad me sigue hasta el despacho. Enciendo la computadora y abro la aplicación de la cámara de seguridad. Creo que Brad ya se dio cuenta de que no estoy de humor, porque no dice nada mientras observo las grabaciones durante unos minutos.

—Ahí —dice al fin señalando el extremo inferior izquierdo de la pantalla. Bajo la velocidad de reproducción hasta que distinguimos una figura.

Cuando recupero la velocidad normal, nos quedamos observando, sorprendidos. Alguien está encogido en los escalones de la puerta trasera, inmóvil. Seguimos revisando la grabación, adelantando y retrocediendo. Según la hora que aparece en la grabación, esa persona estuvo en los escalones durante más de dos horas. Sin cobijas, en octubre, en Boston.

—¿Se durmió aquí? No parece que le preocupe demasiado que lo atrapen.

Rebobino otra vez, hasta que la persona aparece en la pantalla por primera vez, pasada la una de la madrugada. Está oscuro y no es fácil reconocer los rasgos faciales, pero no parece un adulto, más bien un adolescente.

Explora la zona unos minutos y busca en el contenedor de basura. Comprueba si puede abrir la puerta trasera, saca el bote de pintura y deja el ocurrente mensaje.

Luego usa el espray para tratar de romper las ventanas, pero tienen triple acristalamiento. Al final se cansa al no poder hacer un agujero por el que meterse como en el Bib's y se duerme en los escalones. Antes de que amanezca se despierta, mira a su alrededor y se va como si no hubiera pasado nada.

—¿Lo reconoces? —me pregunta Brad.

—No. ¿Y tú?

—Nop.

Detengo la grabación donde me parece que podemos obtener la imagen más clara del asaltante, pero se ve muy borroso. Lleva jeans y una sudadera negra con la capucha subida que no permite ver cómo tiene el pelo.

No sería capaz de reconocerlo si me lo encontrara cara a cara. La imagen no es clara y en ningún momento mira a la cámara. La policía no podría hacer nada con esta grabación.

De todos modos, me envío el archivo al correo electrónico. Justo cuando le doy enviar suena un aviso. Echo un vistazo al celular, pero no es el mío. Es Brad quien acaba de recibir un mensaje.

—Darin dice que en el Bib's todo está bien. —Se guarda el teléfono y se dirige hacia la puerta—. Me pongo a hacer la limpieza.

Espero a que el archivo acabe de enviarse y vuelvo a reproducir la grabación sintiendo más lástima que enfado. Me recuerda a las frías noches que pasé en aquella casa abandonada antes de que Lily me ofreciera refugio en su habitación. Casi puedo sentir el frío en los huesos al recordarlo.

No tengo ni idea de quién puede ser esta persona. Me

inquieta que haya escrito mi nombre, pero aún me inquieta más que se sintiera tan confiado como para tomar una siesta de dos horas en la puerta. Es como si me estuviera provocando.

El teléfono que dejé sobre el escritorio empieza a vibrar. Lo tomo y veo que se trata de un número desconocido. Normalmente nunca respondo a esas llamadas, pero no puedo quitarme a Lily de la cabeza y se me ocurre que tal vez me esté llamando desde el trabajo.

«Por Dios, soy patético».

Me llevo el teléfono al oído.

—¿Hola?

Oigo un suspiro al otro lado de la línea. Un suspiro de una mujer, que parece aliviada de que haya respondido.

—¿Atlas?

Yo también suspiro, pero no de alivio. Suspiro porque no es la voz de Lily. No sé de quién se trata, pero, al parecer, cualquier persona que no sea Lily es una decepción.

Me echo hacia atrás en la silla del despacho.

—¿En qué puedo ayudarle?

—Soy yo.

No tengo ni idea de quién es «yo». Hago un repaso de exparejas que pudieran llamarme, pero no es ninguna de ellas. La voz es distinta y, además, ninguna de ellas daría por hecho que yo sabría quién es con un simple «Soy yo».

—¿Quién llama?

—Yo —repite, con más énfasis, como si eso fuera suficiente—. Sutton. Tu madre.

Me aparto el teléfono de la oreja bruscamente y miro el número. Esto tiene que ser una broma. ¿De dónde sacó mi madre mi número de teléfono? ¿Para qué lo quiere? Han pasado muchos años desde que me dejó claro que no quería volver a verme nunca más.

No digo nada porque no tengo nada que decir. Estiro la espalda y me echo hacia delante esperando a que suelte de una vez lo que sea que la ha impulsado a hacer el esfuerzo de contactar conmigo.

—Yo… em.

Cuando hace una pausa, oigo la televisión de fondo. Parece que está *The Price is Right*. Me la imagino sentada en el sofá, con una cerveza en una mano y un cigarro en la otra a las diez de la mañana. Cuando yo era pequeño, casi siempre trabajaba por las noches. Al llegar a casa, cenaba y se esperaba para ver *The Price is Right* antes de irse a dormir.

Odiaba ese momento del día.

—¿Qué quieres? —le pregunto tenso.

Ella hace un ruido de fastidio. Han pasado muchos años, pero reconozco ese sonido perfectamente. Solo por su manera de soltar el aire, sé que no quería llamarme. Lo hizo por obligación. No se puso en contacto para disculparse y hacer las paces conmigo, lo hizo porque está desesperada.

—¿Te estás muriendo? —le pregunto. Es lo único que puede impedir que ponga fin a esta conversación.

—¿Si me estoy muriendo? —Ella repite mi pregunta entre risas, como si estuviera siendo absurdo, ilógico y… un *mantecato*—. No, no me estoy muriendo. Estoy perfectamente.

—¿Necesitas dinero?

—¿Quién no?

Solo he pasado unos segundos al teléfono con ella, pero la ansiedad que siempre me ahogaba cuando estábamos juntos ha regresado, tan fuerte como de costumbre. Corto la llamada de inmediato. Al fin y al cabo, no tengo nada que decirle. Mientras bloqueo el número, me arrepiento de haberle concedido tanto tiempo. Debería haber colgado en cuanto me dijo quién era.

Me echo hacia delante y apoyo la cabeza entre las manos. Estos inesperados dos últimos minutos me dejaron el estómago revuelto.

Mi reacción me sorprendió, la verdad. Sabía que esto podía pasar algún día, pero pensaba que me daría igual. Pensaba que, si mi madre regresaba, sentiría la misma indiferencia que cuando me obligó a irme. Aunque en aquella época casi todo me despertaba la misma indiferencia.

Ahora, en cambio, me gusta mi vida. Estoy orgulloso de lo que he conseguido y no pienso permitir que alguien de mi pasado regrese y lo ponga todo en peligro.

Me paso las manos por la cara asimilando lo sucedido y me levanto de la mesa. Voy en busca de Brad para ayudarlo a poner todo en orden y dejar este momento de caos atrás. No es fácil. Es como si el pasado viniera a por mí desde todas las direcciones y no tengo con quién hablar del tema.

Tras unos minutos de trabajar juntos en silencio, le digo a Brad:

—Tienes que comprarle un celular a Theo, ya casi tiene trece años.

Brad se echa a reír.

—Y tú tienes que buscarte un psicólogo de tu edad.

6

Lily

—¿Ya decidiste lo que vas a hacer para el cumpleaños de Emerson? —me pregunta Allysa.

La fiesta que Allysa y Marshall organizaron para el primer cumpleaños de Rylee fue tan impresionante que parecía más bien una fiesta de quinceañera o de mayoría de edad.

—Pues supongo que le compraré un pastel para que lo destroce a gusto y le haré un par de regalos. No tengo dónde hacer una gran fiesta.

—Podríamos celebrarlo en casa —propone Allysa.

—Y ¿a quién invitaría? Cumplirá un año; no tiene amigos. Ni siquiera habla.

Allysa hace una mueca, exasperada.

—Las fiestas infantiles no son para los bebés; son para impresionar a nuestras amistades.

—Tú eres mi única amiga y no necesito impresionarte. —Le entrego a Allysa uno de los pedidos que saqué de la bandeja de la impresora—. ¿Cenamos juntas esta noche?

Nos reunimos para cenar en su casa al menos dos veces

por semana. Ryle se deja caer de vez en cuando, pero trato de hacer coincidir las visitas con las noches en que él está de guardia. No sé si Allysa se ha dado cuenta. Si así fuera, sé que no me lo echaría en cara. Dice que le da pena ver a Ryle cuando yo estoy presente, porque ella también sospecha que él confía en que volveremos a estar juntos. Por eso prefiere vernos por separado.

—Los padres de Marshall llegan esta noche, ¿te acuerdas?

—Ay, es verdad. Pues buena suerte.

A Allysa le caen bien los padres de Marshall, pero dudo que haya nadie en el mundo a quien le guste tener a los suegros viviendo en casa una semana entera.

Cuando suena la campanilla de la puerta, Allysa y yo levantamos la cabeza al mismo tiempo. Sin embargo, dudo que su mundo se haya puesto boca abajo en un segundo, que es lo que acaba de hacer el mío.

Atlas se está acercando a nosotras.

—¿Ese no es…?

—Ay, Dios —murmuro.

—La verdad es que sí, es un auténtico dios —susurra Allysa.

«¿Qué está haciendo aquí?».

Y ¿por qué tiene que parecer un dios? Eso hace que tomar la decisión a la que llevo días dándole vueltas sea aún más difícil. No me sale la voz, así que me limito a sonreír mientras espero a que llegue hasta nosotras, aunque la distancia entre la puerta y el mostrador parece haberse multiplicado, como si midiera un kilómetro o más.

Mientras se acerca, no aparta los ojos de mí. Cuando al final llega hasta nosotras, desvía la mirada hacia Allysa y la saluda sonriendo, pero enseguida se voltea hacia mí y deja un bol de plástico con tapa sobre el mostrador.

—Te traje la comida —dice, como si fuera lo más normal del mundo, como si me trajera la comida todos los días y yo la estuviera esperando.

«Ah, esa voz. Me había olvidado de lo profundo que me llega».

Tomo el bol, pero Allysa está pegada a mí observándonos, y no sé qué decir.

Me volteo hacia ella y la miro con toda la intención. Ella finge no darse cuenta, pero, cuando no aparto la mirada, acaba por rendirse.

—Está bien. Iré a… florear… las flores.

Se aleja al fin, dándonos intimidad, y bajo la vista concentrándome en la comida que me trajo Atlas.

—Gracias. ¿Qué es?

—El plato especial del fin de semana —me responde—. Se llama «pasta a la *por-qué-me-estás-evitando*».

Me echo a reír, pero luego hago una mueca.

—No te estoy evitan… —Niego con la cabeza y suspiro, porque sé que a él no puedo mentirle—. Te estoy evitando. —Apoyo los codos en el mostrador y me cubro la cara con las manos—. Lo siento.

Atlas está tan callado que acabo por alzar la cara hacia él.

—¿Quieres que me vaya?

Niego con la cabeza y, de inmediato, le aparecen unas arruguitas en las comisuras de los ojos. No llega a sonrisa, pero, igualmente, hace que un calorcillo muy agradable se deje caer dando vueltas sobre mi pecho.

Ayer por la mañana, cuando nos encontramos, le dije muchas cosas, pero ahora estoy demasiado confusa para hablar. No sé cómo voy a poder mantener una conversación en profundidad sobre todo lo que se me ha pasado por la cabeza durante estas últimas veinticuatro horas si se me traba la lengua al verlo.

Cuando éramos más jóvenes ya me provocaba ese efecto, pero por aquel entonces yo era muy ingenua. No sabía lo difícil que era encontrar a un hombre como Atlas, y no supe valorar lo afortunada que era de que formara parte de mi vida.

Ahora lo sé, y justo por eso me da pánico arruinarlo. O que lo arruine Ryle.

Levanto el bol de pasta que trajo.

—La verdad es que huele muy bien.

—Porque está buena. La hice yo.

Debería reírme, o al menos sonreír, pero no siento que sea el momento para sonrisas. Dejo el bol a un lado. Cuando vuelvo a mirarlo a los ojos, él se da cuenta de la batalla que se está librando en mi interior y trata de darme fuerzas con la mirada. Apenas hablamos, pero el lenguaje no verbal es bastante expresivo. Yo me estoy disculpando por mi silencio de las últimas veinticuatro horas; él me está diciendo que no pasa nada, y ambos nos estamos preguntando qué va a suceder ahora.

Atlas desliza la mano sobre el mostrador acercándola a la mía. Con el dedo índice me acaricia el meñique. Es un gesto mínimo, delicado, pero el corazón me da un vuelco.

Él aparta la mano, como si hubiera sentido algo parecido, y se aclara la garganta.

—¿Puedo llamarte esta noche?

Estoy a punto de asentir con la cabeza cuando Allysa cruza la puerta de la trastienda a toda prisa y me susurra:

—Ryle está aquí al lado.

Siento como si se me helara la sangre en las venas.

—¿Qué?

No lo digo para que lo repita; lo digo porque estoy en shock, pero ella lo repite igualmente.

—Ryle se está estacionando. Me acaba de enviar un mensaje. —Señala a Atlas sacudiendo la mano—. Tienes diez segundos para esconderlo.

Es obvio que Atlas se da cuenta de que estoy aterrada, porque cuando lo miro me dice en tono muy calmado:

—¿Adónde quieres que vaya?

Señalo mi despacho y gesticulo para que se dé prisa, pero al llegar allí me asaltan nuevas dudas.

—¿Y si entra aquí? —Me cubro la boca con una mano temblorosa mientras pienso y luego le señalo el armario donde guardo los suministros de oficina—. ¿Puedes esconderte ahí?

Atlas echa un vistazo al armario y luego se voltea hacia mí.

—¿En el armario?

Al oír la campanilla de la puerta, la urgencia se multiplica.

—¡Por favor!

Abro la puerta. No es el mejor lugar del mundo para esconder a un ser humano, pero es un armario amplio; cabe perfectamente.

No soy capaz de mirarlo a los ojos cuando él pasa delante de mí y se mete dentro. Me quiero morir. ¡Qué vergüenza!

—Lo siento —murmuro mientras cierro la puerta.

Hago un esfuerzo para calmarme. Oigo que Allysa está charlando con Ryle. Al salir del despacho, él me saluda con la cabeza, pero enseguida vuelve a centrarse en Allysa, que está buscando algo en la bolsa.

—Estaban aquí hace un rato —dice ella.

Ryle tamborilea los dedos con impaciencia.

—¿Qué buscas? —le pregunto.

—Las llaves de la camioneta. Me las traje sin darme cuenta y Marshall la necesita para ir a buscar a sus padres al aeropuerto.

Ryle parece molesto.

—¿Estás segura de que no las sacaste de la bolsa cuando te avisé que venía a buscarlas?

Me volteo hacia Allysa.

—¿Sabías que iba a venir?

¿Cómo se pudo olvidar de avisarme cuando vio que Atlas entraba en la tienda?

Ella se ruboriza un poco.

—Me distraje por… acontecimientos inesperados. —Levanta la mano, victoriosa—. ¡Las encontré! —Las deja caer en la palma de la mano de Ryle—. Pues ya está. Ya te puedes ir.

Ryle se dispone a irse, pero en el último momento se da la vuelta y olfatea el aire.

—¿Qué es eso que huele tan bien?

Los ojos de Ryle y los de Allysa se dirigen hacia el bol al mismo tiempo. Allysa lo jala protegiéndolo.

—Preparé la comida para Lily y para mí —miente.

Ryle alza una ceja.

—¿Cocinaste? ¿Tú? —Alarga la mano hacia el bol—. Esto tengo que verlo. ¿Qué es?

Allysa titubea antes de entregarle el bol.

—Sí, es pollo… a la baraba doula… con carne. —Me mira con los ojos muy abiertos.

«¿Cómo se puede mentir tan mal?».

—¿Pollo a la qué? —Ryle destapa el bol y lo inspecciona—. Pues parece pasta con camarones.

Allysa se aclara la garganta.

—Sí, herví las camarones en caldo de pollo. Por eso lo llamo pollo a la baraba doula… con carne.

Ryle vuelve a tapar el bol y me dirige una mirada preocupada mientras le devuelve el bol a Allysa haciéndolo deslizar por el mostrador.

—Yo que tú pediría pizza.

Me río, aunque sé que suena forzado. Y lo peor es que Allysa hace lo mismo. Es una reacción exagerada para un comentario que ni siquiera es gracioso.

Ryle entorna los ojos y da un par de pasos hacia atrás mirándonos con desconfianza. Debe de estar acostumbrado a que compartamos bromas que lo excluyen, porque no hace ningún comentario. Se da la vuelta y sale de la florería a toda prisa para llevarle las llaves a Marshall. Allysa y yo permanecemos quietas como estatuas hasta asegurarnos de que se ha alejado del edificio y ya no puede oírnos. Solo entonces le dirijo una mirada incrédula.

—¿Pollo a la barbaqué? ¿Tenías que inventarte un lenguaje nuevo?

—¡Tenía que decir algo! —Se pone a la defensiva—. Tú te quedaste ahí pasmada. De nada, ¿eh?

Me espero un par de minutos más para darle tiempo a Ryle a irse y luego me asomo a la puerta para asegurarme de que su coche ya no está. Cabizbaja, entro en el despacho y me dirijo al armario para informar a Atlas de que queda liberado. Suelto el aire despacio antes de abrir la puerta.

Él está esperando pacientemente, apoyado en un estante, con los brazos cruzados ante el pecho, como si tener que esconderse en un armario no le molestara en absoluto.

—Lo siento mucho. —No sé cuántas veces voy a tener que disculparme por haberlo hecho pasar por esto, pero estoy dispuesta a repetirlo mil veces si hace falta.

—¿Ya se fue?

Cuando asiento con la cabeza, pienso que va a salir del armario, pero en vez de eso, me agarra la mano, me jala y cierra la puerta desde dentro.

Ahora estamos los dos en el armario.

El armario que está a oscuras, aunque no del todo, porque veo un brillo en sus ojos que me indica que se está conteniendo para no sonreír.

«Tal vez no me odia del todo».

Me suelta la mano, pero estamos tan apretados que hay partes de su cuerpo que rozan partes del mío. Se me forma un nudo en el estómago, y me echo hacia atrás, clavándome el estante que tengo a la espalda, para no invadir su espacio, pero es inútil. Lo siento envolviéndome como una cobija cálida. Está tan cerca que me llega el olor de su champú. Trato de respirar despacio para calmarme.

—¿Y bien? ¿Puedo? —susurra.

No tengo ni idea de qué me está preguntando, pero quiero decirle que sí, que por supuesto que sí. Sin embargo, en vez de darle mi entusiasta consentimiento a algo que desconozco, me obligo a contar hasta tres antes de preguntar:

—¿El qué?

—Llamarte esta noche.

«Oh».

Retomó la conversación justo donde estaba cuando hablábamos en el mostrador, como si Ryle no nos hubiera interrumpido.

Me muerdo el labio inferior. Quiero responder que sí, porque quiero que me llame, pero también quiero que le quede claro que lo de tener que esconderse de Ryle en un armario ha sido algo muy indicativo de cómo va a ser nuestra relación en el futuro si seguimos adelante. Ryle siempre va a formar parte de mi vida porque tenemos una hija en común.

—Atlas… —Pronuncio su nombre como si estuviera a punto de darle una mala noticia, pero él me interrumpe.

—Lily. —Él, en cambio, pronuncia mi nombre con una sonrisa, como si nada de lo que pudiera decir después de pronunciar su nombre pudiera ser malo.

—Mi vida es complicada. —No pretendía que sonara como una advertencia, pero es así como suena.

—Y yo quiero ayudarte a que lo sea un poco menos.

—Tengo miedo de que tu presencia la complique aún más.

Él alza una ceja.

—¿Mi presencia va a complicarte la vida a ti o se la va a complicar a Ryle?

—Sus complicaciones se convierten en las mías porque es el padre de mi hija.

Atlas agacha un poco la cabeza.

—Exacto. Es su padre, no tu marido. Y por eso mismo no deberías renunciar a lo que podría ser la segunda mejor cosa que te pase en la vida por miedo a herir sus sentimientos.

Lo dice con tanta convicción que siento que mi corazón va dando vueltas por mi caja torácica como si fuera una de las fichas que usaban en *The Price is Right*.

«¿La segunda mejor cosa?».

Ojalá me contagiara la confianza que tiene en nosotros.

—¿Cuál es la primera?

—Emerson —responde mirándome fijamente.

«Carajo».

Oírlo decir que Emerson es lo mejor que me ha pasado en la vida hace que esté a punto de derretirme.

Me abrazo y contengo una sonrisa, lo que no es fácil.

—Vas a ponérmelo difícil, ¿eh?

Atlas sacude la cabeza lentamente.

—Difícil es lo último que quiero ser para ti, Lily. —Se mueve y la puerta se abre un poco dejando entrar un rayo de luz en el armario. Me observa con una mano apoyada en la puerta y la otra en la pared—. ¿A qué hora te parece mejor que te llame?

Se le ve tan cómodo que me dan ganas de jalarlo y besarlo para ver si me contagia algo de su seguridad y de su paciencia.

Con la boca seca, como si la tuviera llena de algodón, respondo:

—Cuando quieras.

Él baja la vista hasta mis labios durante un instante, tiempo suficiente para que sienta su mirada en todo el cuerpo, hasta los pies. Pero luego cierra la puerta y me deja dentro del armario.

«Me lo merecía».

Siento las mejillas encendidas por una mezcla de emociones: vergüenza, nerviosismo y, tal vez, una pizca de deseo. No me muevo hasta que oigo la campanilla de la puerta a lo lejos.

Cuando, instantes después, Allysa abre la puerta del armario, me encuentra abanicándome. Rápidamente me llevo las manos a las caderas para disimular el efecto que me causa la presencia de Atlas.

Allysa se cruza de brazos.

—¿Lo escondiste en el armario?

Me hundo de hombros avergonzada.

—Ya, ya lo sé.

—Lily. —Suena decepcionada, pero ¿qué esperaba que hiciera? ¿Que los volviera a presentar?—. Entiéndeme, me alegro de que lo hayas hecho, porque no sé cómo habrían acabado las cosas si se hubieran visto, pero es que lo metiste en el armario, como si fuera un abrigo viejo.

Su análisis de la jugada no me está ayudando. Me dirijo al mostrador con Allysa pegada a mis talones.

—No tenía elección. Atlas es la única persona en este mundo con la que Ryle nunca aceptará que salga.

—Mira, siento ser yo quien te diga esto, pero solo hay un tipo en el mundo con quien Ryle aceptaría que salieras, y ese tipo es Ryle.

No digo nada porque temo que pueda tener razón y eso me aterra.

—Un momento —añade—. ¿Atlas y tú están saliendo?

—No.

—Pero acabas de decir que Ryle no aprobaría que salieran.

—Lo dije porque, si Ryle nos hubiera visto juntos, habría supuesto que salíamos.

Allysa se cruza de brazos y los apoya en el mostrador. Parece desanimada.

—Me siento marginada ahora mismo. Mi información tiene lagunas, lagunas que debes cubrir.

—¿Lagunas? ¿A qué te refieres? —Finjo estar atareada acercándome un jarrón para recolocar unas flores, pero Allysa me quita el jarrón.

—Te trajo la comida. ¿Por qué te trae la comida si no están en contacto? Y si están en contacto, ¿por qué no me lo contaste?

Recupero el jarrón.

—Nos encontramos ayer, por casualidad. No pasó nada. No había hablado con él desde antes de que naciera Emmy.

Allysa vuelve a arrebatarme el jarrón.

—Yo me cruzo con viejos amigos todos los días, pero luego no me traen la comida al trabajo.

Hace deslizar el jarrón hacia mí. Lo estamos usando como si fuera una concha o una pelotita, el objeto que usan a veces las maestras para dar la palabra a sus alumnos.

—Probablemente tus amigos no son chefs, pero esto es lo que hacen los chefs: preparan la comida para otras personas.

—Vuelvo a pasarle el jarrón, pero ella no dice nada. Está tan concentrada que parece que estuviera tratando de leerme la mente, esquivando las mentiras que le estoy contando. Re-

cupero el jarrón y añado—: No es nada serio. —«Todavía»—.
Serás la primera en saberlo si las cosas cambian —añado.

Parece que mi respuesta la satisface, aunque veo un destello de algo en sus ojos antes de que aparte la mirada. No sabría decir si es preocupación o tristeza. No se lo pregunto porque sé que para ella tampoco es fácil. Supongo que ver que un hombre que no es Ryle me trae comida la entristece un poco.

Porque, en el mundo ideal de Allysa, ella tendría un hermano que nunca me haría daño y yo seguiría siendo su cuñada.

7

Atlas

—Para preparar el lenguado, debes sujetar el cuchillo así.

—Le muestro cómo hacerlo usando el lado romo del cuchillo y empezando por la cola, pero Theo aparta la vista en cuanto empiezo a desescamar el pescado.

—Qué asco —murmura cubriéndose la boca—. No puedo. —Se desplaza hasta el otro extremo de la superficie de trabajo distanciándose al máximo de la clase de cocina.

—Pero si solo lo estoy limpiando. Todavía no lo he abierto.

Theo finge una arcada.

—No tengo ningún interés en trabajar con comida. Prefiero ser tu psicólogo. —Theo se impulsa y se sienta en la barra—. Y ya que sale el tema, ¿le escribiste a Lily al final?

—Le escribí.

—¿Y ella te respondió?

—Más o menos. Me envió un mensaje corto, así que le llevé comida hace un rato para ver cómo reaccionaba.

—Muy audaz de tu parte.

—Me he pasado la vida siendo prudente en lo que a Lily se refiere. Esta vez quiero que le quede claro lo que siento y lo que quiero.

—Oh, no —se lamenta Theo—. ¿Qué frase pastelosa le dijiste hoy sobre peces, playas y orillas?

No debería haberle contado lo que le dije a Lily sobre alcanzar finalmente la orilla. Me va a estar machacando toda la eternidad.

—Cállate. Probablemente no has hablado nunca con una chica; tienes doce años.

Theo se echa a reír, pero, aunque él cree que no me doy cuenta, noto que está incómodo. Permanece en silencio a pesar del bullicio que nos rodea. Hay por lo menos cinco personas más en la cocina ahora mismo, pero todo el mundo está tan concentrado en su trabajo que nadie se fija en la conversación que mantengo con Theo.

—¿Te gusta alguien? —le pregunto.

Él se encoge de hombros.

—Algo así.

Nuestras charlas son bastante unilaterales. A Theo le gusta mucho hacer preguntas, pero no tanto responderlas, por eso actúo con prudencia.

—Ah, ¿sí? —Trato de mostrarme natural para que se abra más—. ¿Quién es ella?

Theo se está mirando las manos. Se muerde la uña del pulgar, pero no se me escapa que se le hunden un poco los hombros después de mi pregunta, como si hubiera hecho algo mal.

O dicho algo mal.

—O él —especifico, en voz baja, asegurándome de que solo me oye él.

Theo alza la cabeza con rapidez y me mira.

No hace falta que confirme o niegue nada. Leo la verdad escrita en el miedo que esconden sus ojos. Vuelvo a centrarme en el lenguado y, tratando de ser lo más natural posible, le pregunto:

—¿Van juntos a la escuela?

Theo no me responde al momento. No sé si soy la primera persona con la que ha compartido esa parte de sí mismo, pero quiero asegurarme de tratar el tema con el cuidado que merece. Quiero que sepa que soy su aliado, que puede contar conmigo; pero también espero que sepa que puede contar con su padre.

Theo mira a su alrededor para asegurarse de que nadie está pendiente de nuestra charla.

—Vamos juntos a dos asignaturas —responde, rápido y conciso, como si quisiera soltar las palabras cuanto antes y no tener que pronunciarlas nunca más.

—¿Lo sabe tu padre?

Él sacude la cabeza y lo veo tragar, como si quisiera tragarse sus pensamientos y, de paso, los nervios.

Suelto el cuchillo cuando acabo de desescamar el pescado y voy al fregadero que queda más cerca de Theo para lavarme las manos.

—Hace muchos años que conozco a tu padre y, si es uno de mis mejores amigos, es por algo. No me rodeo de gente mezquina. —Noto que mis palabras le producen alivio, pero también noto que está incómodo. Probablemente quiere cambiar de tema—. Te diría que le enviaras un mensaje a la persona que te gusta, pero debes de ser el único chico de doce años que no tiene celular en todo el mundo. A este paso, nunca saldrás con nadie. Te quedarás soltero e incomunicado de por vida.

Theo parece aliviado al ver que le tomo el pelo.

—Me alegra que decidieras ser chef y no psicólogo. Das unos consejos de mierda.

—Ey, tus palabras me ofenden. Soy muy bueno dando consejos.

—Está bien, Atlas. Lo que tú digas. —Parece haberse relajado y me sigue cuando vuelvo a mi mesa de trabajo—. ¿Le pediste una cita a Lily cuando le llevaste la comida?

—No. Lo haré esta noche. La llamaré cuando llegue a casa. —Me dirijo al congelador y, al pasar frente a Theo, le revuelvo el pelo.

—Oye, Atlas…

Me detengo y veo que me está mirando con preocupación, pero en ese momento uno de los meseros empuja las puertas batientes y entra en la cocina. Theo guarda silencio y se queda sin soltar lo que estaba a punto de decir. Sin embargo, no hace falta que lo diga en voz alta.

—Ni una palabra, Theo. No se lo diré a nadie. La confidencialidad de estas sesiones se aplica a los dos.

Mis palabras parecen tranquilizarlo.

—Mejor, porque si tú le dijeras algo a mi padre, yo tendría que contarle lo cursi que eres cuando ligas. —Theo se lleva las manos a las mejillas, en un gesto burlón—. Al fin alcanzamos la playita, mi ballenita.

Le dirijo una mirada asesina.

—No fue eso lo que le dije.

Theo señala hacia el otro extremo de la cocina.

—¡Mira! Es arena, llegamos a tierra de la buena.

—Para.

—¡Lily, vuelve a nadar! ¡El barco va a naufragar!

Cuando su padre acaba el turno, Theo sigue persiguiéndome por la cocina burlándose de mí. Nunca me había alegrado tanto de que se largara.

8

Lily

Son casi las nueve y media de la noche y no tengo ninguna llamada perdida. Emerson lleva una hora y media dormida. Por lo general se despierta a las seis de la mañana y yo suelo acostarme hacia las diez, porque si no duermo al menos ocho horas, al día siguiente parezco una zombi. Pero si Atlas no me llama antes de las diez, no sé si voy a poder dormir. Probablemente me pase la noche dándole vueltas a si debería haberme disculpado setenta veces más por haberlo escondido en un armario.

Voy al baño para empezar mi rutina diaria de cuidado facial, pero me llevo el celular conmigo. Lo he tenido encima todo el día desde que se presentó en la florería al mediodía y me dijo que me llamaría esta noche. Debería haber especificado qué entiende él por «esta noche».

Para Atlas, podrían ser las once.

Para mí, podrían ser las ocho.

Es probable que tengamos definiciones por completo distintas de los conceptos de «mañana» o «noche». Él es un chef de éxito que llega a casa pasada la medianoche, demasiado acelerado para dormir, mientras que yo ya suelo estar en pijama a las siete de la noche.

El celular hace un ruido, pero no es un aviso de llamada. Suena como si alguien tratara de contactarme a través de FaceTime.

«Por favor, que no sea Atlas».

No estoy preparada para una videollamada; me acabo de poner la crema exfoliante en la cara. Echo un vistazo a la pantalla y, cómo no, es él.

Respondo, pero rápidamente le doy la vuelta al celular para que no me vea la cara. Lo dejo sobre el lavamanos y acelero el proceso de limpieza.

—Me preguntaste si podías llamarme; esto es una videollamada.

Lo oigo reír.

—No te veo.

—Normal, porque me estoy lavando la cara y preparándome para acostarme. No necesitas verme.

—Sí, lo necesito, Lily.

Su voz me provoca un cosquilleo por todo el cuerpo. Le doy la vuelta al celular y lo miro con una expresión de «te-lo-advertí». Tengo el pelo húmedo, aún envuelto en una toalla; la cara cubierta de espuma verde y llevo un camisón que probablemente era de mi abuela.

Él me dirige una sonrisa que es sexy sin esforzarse en conseguirla. Está sentado en la cama, y lleva una camiseta blanca que destaca contra la cabecera de madera negra. La única vez que estuve en su casa no entré en la recámara. La pared es de color azul, como el de los jeans.

—Valió la pena decidirme por la videollamada —afirma.

Vuelvo a dejar el celular sobre el lavabo, pero esta vez no le doy la vuelta y acabo de aclararme la crema exfoliante.

—Gracias por la comida.

No quiero alabarlo demasiado, pero nunca había probado una pasta tan buena. Y eso que tardé dos horas en poder hacer una pausa para comer.

—¿Te gustó la pasta a la *por-qué-me-estás-ignorando?*

—Estaba deliciosa; ya lo sabes. —Me dirijo a la cama cuando acabo en el baño. Apoyo el teléfono en una almohada y me acuesto de lado—. ¿Cómo estuvo tu día?

—Estuvo bien —responde, pero no suena demasiado convincente, ya que baja la voz al pronunciar la última palabra.

Hago una mueca para indicarle que no le creo.

Él aparta la vista de la pantalla un segundo, como si le estuviera dando vueltas a algo.

—Fue una semana de esas, Lily, ya sabes... pero acaba de mejorar. —Me dirige una sonrisa, pequeña, discreta, pero suficiente para hacerme sonreír a mí también.

No necesitaría ni hablar. Sería feliz contemplándolo en completo silencio durante una hora.

—¿Cómo se llama tu nuevo restaurante? —le pregunto, aunque ya sé que le puso su nombre. Bueno, su apellido. Pero es que no quiero que sepa que lo busqué en Google.

—Corrigan's.

—¿Y sirves el mismo tipo de comida que en el Bib's?

—Parecida. También es un local elegante, pero el menú

se basa sobre todo en la comida italiana. —Se acuesta de lado, apoyando el celular en alguna parte, imitando mi postura. Tengo la sensación de haber retrocedido en el tiempo a una de esas noches en las que nos quedábamos hasta tarde charlando en mi cama—. Pero no quiero hablar de mí. ¿Cómo estás tú? ¿Cómo va la florería? ¿Cómo es tu hija?

—Eso son muchas preguntas.

—Tengo muchas más, pero empecemos por esas.

—Está bien, vamos a ver. Yo estoy bien. Casi siempre exhausta, pero supongo que eso es lo normal cuando eres madre soltera y dueña de un negocio al mismo tiempo.

—No pareces exhausta.

Me echo a reír.

—Una buena iluminación hace milagros.

—¿Y Emerson? ¿Cuándo cumple un año?

—El día 11. Voy a llorar. No puedo creer que este año haya pasado tan deprisa.

—Aún estoy asombrado por lo mucho que se parecen; es igual que tú.

—¿Tú crees?

Él asiente y luego insiste:

—Pero ¿la florería va bien? ¿Te hace feliz?

Yo sacudo la cabeza y hago una mueca.

—No va mal.

—¿Por qué lo dices así?

—No lo sé. Creo que estoy cansada de ella. O tal vez es que estoy cansada, en general. Da mucho trabajo, y es un trabajo repetitivo, que no genera demasiados beneficios. No me malinterpretes. Estoy orgullosa de haberla puesto en marcha y de que haya tenido éxito, pero a veces fantaseo con trabajar en una cadena de montaje.

—Te entiendo. La idea de poder irte a casa después del trabajo y no pensar más en él hasta el día siguiente es tentadora.

—¿No te cansas de ser chef?

—De vez en cuando. Si te soy sincero, por eso abrí el Corrigan's. Decidí jugar más el papel de propietario y menos el de chef. Todavía cocino varias noches por semana, pero dedico la mayor parte del tiempo a la parte empresarial de los restaurantes.

—Debes de tener unos horarios de locura.

—Cierto, pero, si me lo propongo, puedo sacar tiempo para una cita.

Sus palabras me hacen sonreír. Jugueteo con el edredón, evitando el contacto visual, porque noto que me estoy ruborizando.

—¿Me estás invitando a salir?

—Ajá. ¿Me vas a decir que sí?

—Puedo reservarte una noche.

Los dos sonreímos, pero luego Atlas se aclara la garganta, como si se estuviera preparando para cambiar el tono de la conversación.

—¿Puedo hacerte una pregunta difícil?

—Está bien —respondo tratando de disimular los nervios.

—Antes has mencionado que tu vida era complicada. Si nosotros… Si esto va hacia adelante, ¿va a suponer un problema para Ryle?

No tardo ni un segundo en responder.

—Sí.

—¿Por qué?

—Porque no le gustas.

—¿No le gusto yo o no le gusta ningún pretendiente potencial?

Arrugo la nariz.

—Tú. Tú en concreto.

—¿Por la pelea del restaurante?

—Por un montón de cosas —admito. Me acuesto de espaldas y me llevo el celular conmigo—. Te echa la culpa de casi todas nuestras peleas. —Al ver la cara de extrañeza de Atlas, amplío un poco la respuesta tratando de que no resulte demasiado incómodo—. ¿Te acuerdas de que solía escribir un diario cuando íbamos al instituto?

—Me acuerdo, aunque nunca me dejaste leer nada.

—Pues Ryle encontró los diarios y los leyó. Y no le gustó lo que encontró.

Atlas suspira.

—Lily, éramos unos niños.

—Al parecer, los celos no tienen fecha de caducidad.

Atlas frunce los labios como si tratara de mantener a raya la frustración.

—Odio que te estés estresando por su posible reacción a acontecimientos que ni siquiera han sucedido, pero lo entiendo. Es una realidad incómoda, pero es tu realidad. —Me da ánimos con la mirada—. Iremos paso a paso, ¿te parece?

—A pasos muy lentos —sugiero.

—Hecho. Pasos lentos. —Atlas se recoloca la almohada debajo de la cabeza—. Solía verte escribiendo por la ventana. Siempre me preguntaba qué escribirías sobre mí. Si es que escribías sobre mí.

—Casi todo lo que escribía era sobre ti.

—¿Todavía los tienes?

—Sí, están en una caja, en mi armario.

Atlas se sienta en la cama.

—Léeme algo.

—Uy, no. Ni hablar.

—Lily.

Me está mirando con una expresión tan entusiasmada y esperanzada que me duele negarme, pero no puedo leerle mis pensamientos adolescentes así, como si nada. Y menos por FaceTime. Me estoy poniendo roja como un jitomate solo de pensarlo.

—Te lo ruego.

Me cubro la cara con la mano.

—No, no ruegues.

Como no deje de mirarme con esos ojos azules de cachorrillo, soy capaz de rendirme. Y él parece darse cuenta.

—Lily, llevo años muriéndome de ganas de saber qué pensabas de mí, desde que era un adolescente. Un párrafo. Concédeme eso, aunque sea.

«¿Cómo negarme?».

Gruñendo, suelto el celular en la cama, derrotada.

—Dame dos minutos.

Me acerco al armario y bajo la caja. La llevo hasta la cama y busco entre las libretas, tratando de encontrar algo que no resulte demasiado bochornoso.

—¿Qué quieres que te lea? ¿Mis impresiones sobre nuestro primer beso?

—No. Hemos decidido ir despacio, ¿lo olvidaste? —me dice en tono burlón—. Empieza por algo del principio.

«Sí, eso es mucho más fácil».

Tomo el primer diario y lo hojeo hasta que llego a un fragmento que parece corto y no demasiado humillante.

—¿Te acuerdas de la noche en que fui a buscarte, llorando, porque mis padres se estaban peleando?

—Me acuerdo —responde acomodándose en la almohada y apoyando un brazo debajo de la cama.

—Sí, eso. Tú ponte cómodo mientras yo me mortifico —murmuro.

—Soy yo, Lily. Somos nosotros. No tienes que avergonzarte de nada.

Su voz sigue teniendo el mismo efecto de siempre: me calma, me relaja. Con el celular en una mano y el diario en la otra, me siento con las piernas cruzadas y empiezo a leer.

Segundos más tarde, la puerta se abre. Él echó una ojeada detrás de mí y luego se volvió a derecha y a izquierda antes de mirarme a la cara. Solo entonces notó en que estaba llorando.

—¿Estás bien? —me preguntó, saliendo a la calle.

Me sequé las lágrimas con la camiseta y me di cuenta de que prefirió salir antes que invitarme a entrar. Me senté en el escalón del porche y él se puso a mi lado.

—Estoy bien —respondí—. Lo que pasa es que estoy muy enfadada, y a veces lloro cuando estoy enfadada.

Él alargó la mano y me retiró el pelo por detrás de la oreja. Me gustó que lo hiciera; de pronto, ya no estaba ni la mitad de furiosa. Luego me rodeó los hom-

bros con un brazo y me atrajo hacia él hasta que apoyé la cabeza en su hombro. *No sé cómo logró calmarme tan rápidamente sin ni siquiera hablarme, pero lo hizo. Algunas personas tienen un efecto tranquilizador y él es una de esas personas. Todo lo contrario que mi padre.*

Nos quedamos así un rato, hasta que vi que se encendía la luz de mi habitación.

—Deberías irte —me susurró. Desde donde estábamos, veíamos a mi madre en mi cuarto, buscándome. En ese momento me percaté de que tiene una vista perfecta de mi recámara.

Mientras volvía a casa, traté de recordar las últimas semanas, desde que Atlas se metió en esa casa. Traté de recordar si había caminado por la noche por mi habitación con la luz encendida, porque suelo dormir con una camiseta.

¿Y sabes lo más loco de todo, Ellen? Casi deseaba haberlo hecho.

LILY

Cuando termino de leer, Atlas no está sonriendo. Me está observando con mucho sentimiento y la fuerte carga de sus emociones me oprime el pecho.

—Éramos tan jóvenes —comenta con un rastro de dolor en la voz.

—Lo sé. Demasiado jóvenes para enfrentarnos a los problemas que tuvimos que afrontar. Sobre todo, tú.

Atlas ya no está mirando el celular, pero mueve la cabeza dándome la razón.

El ambiente ha cambiado, y noto que está pensando en otra cosa, lo que me hace recordar que hace un rato comentó que había tenido una mala semana, pero sin entrar en detalles.

—¿Qué te preocupa?

Él vuelve a mirar la pantalla. Al principio, me parece que cambiará de tema otra vez, pero luego suspira y se mueve, incorporándose un poco y apoyando la espalda en la cabecera.

—Alguien causó daños en los restaurantes.

—¿En los dos?

Él asiente con la cabeza.

—Sí, empezó hace unos días.

—¿Es alguien conocido?

—No lo reconozco porque las imágenes de la cámara de seguridad no son claras. Todavía no lo denuncio a la policía.

—¿Por qué no?

Él frunce el ceño.

—El atacante parece joven; podría ser un adolescente. Temo que pueda ser alguien que se encuentre en una situación similar a la mía de entonces, que esté desamparado. —Relajando un poco el ceño, añade—: ¿Y si no tiene una Lily que lo salve?

Tardo unos instantes en asimilar lo que acaba de decir. Cuando lo hago, no sonrío. Me trago el nudo que se me formó en la garganta esperando que él no se dé cuenta de mi reacción. No es la primera vez que menciona que lo salvé en aquella época, pero cada vez que lo comenta me dan ganas de discutírselo. Yo no lo salvé. Lo único que hice fue enamorarme de él.

¿Cómo no iba a enamorarme de él? ¿Qué propietario de un negocio se preocupa más por la situación del vándalo que lo ha atacado que por los desperfectos?

—Atlas, siempre tan considerado —susurro.

—¿Qué dijiste?

No pretendía decirlo en voz alta. Me paso la mano por la piel encendida de mi cuello.

—Nada.

Atlas se aclara la garganta y se echa hacia delante. Con una sonrisa muy sutil, comenta:

—Volviendo al diario, me preguntaba si sabías que podía ver la ventana de tu habitación, porque, después de aquella noche, dejaste la luz encendida mucho más tiempo.

Me echo a reír, contenta de que el ambiente haya vuelto a aligerarse.

—No tenías tele. Quería que pudieras entretenerte con algo.

Él suelta un gruñido.

—Lily, tienes que dejarme leer el resto.

—Ni hablar.

—Me encerraste en un armario. Dejarme leer tus diarios sería una buena manera de disculparte.

—Pensaba que no te habías ofendido.

—Tal vez sea una ofensa con efectos retardados. —Asiente despacio—. Sí, me está empezando a hacer efecto ahora mismo. Estoy francamente ofendido.

Me estoy riendo cuando oigo que Emmy empieza a

quejarse al otro lado del pasillo. Suspiro porque no quiero colgar todavía, pero tampoco soy una de esas madres capaces de oír llorar a su bebé sin hacer nada.

—Emmy se está despertando. Tengo que colgar, pero me debes una cita.

—¿Qué día te parece bien?

—Descanso los domingos, así que los sábados por la noche me parece bien.

—Mañana es sábado —comenta él—, pero dijimos que iríamos despacio.

—Bueno, a mí me parece bastante despacio si lo contamos desde el día en que nos conocimos. Han pasado muchos años desde que te conocí.

—¿A las seis?

Sonrío.

—A las seis es perfecto.

En cuanto acabo de pronunciar estas palabras, Atlas cierra los ojos con fuerza un par de segundos.

—Espera, mañana yo no puedo. Demonios. Tenemos un evento; me necesitan en el restaurante. ¿Y el domingo?

—El domingo estoy con Emmy. Y creo que es muy pronto para que pasen tiempo juntos.

—Lo entiendo. ¿El sábado que viene?

—Está bien, así tendré más tiempo para buscar niñera.

Atlas sonríe.

—Parece que tenemos una cita. —Se levanta y camina por su habitación—. Entonces, si los domingos no trabajas, ¿puedo llamarte este domingo?

—Cuando hablas de llamarme, ¿te refieres a una videollamada? No quiero que vuelvas a tomarme desprevenida. Quiero estar lista.

—Para mí, siempre estás lista —replica—. Y sí, me refiero a FaceTime. ¿Para qué gastar el tiempo en una llamada pudiendo mirarte?

Me gusta esta faceta seductora de Atlas. Me muerdo el labio inferior para contener la sonrisa.

—Buenas noches, Atlas.

—Buenas noches, Lily.

La intensidad de su mirada mientras nos despedimos hace que el estómago me dé volteretas. Cuelgo y, escondiendo la cara en la almohada, grito como si volviera a tener dieciséis años.

9

Atlas

—Enséñame una foto —me pide Theo. Está sentado en los escalones de la puerta trasera observándome mientras yo recojo los cristales rotos y varias bolsas de basura del tercer incidente, que tuvo lugar anoche. Brad me llamó esta mañana para decirme que habían vuelto a atacar el Bib's. Theo y él se reunieron aquí conmigo para limpiar, aunque les dije que no hacía falta. Odio que mis empleados tengan que venir durante el único día de la semana en que cerramos.

—No tengo ninguna foto suya.

—Entonces ¿es fea?

Tiro la caja con los cristales rotos en el contenedor.

—Es preciosa; nunca estaré a su altura.

—Tampoco estarías a su altura, aunque fuera fea —me dice como si nada—. ¿No tiene redes sociales?

—Sí, pero no son públicas.

—¿No son amigos en ninguna? ¿Facebook? ¿Instagram? ¿Ni siquiera Snapchat?

—¿Y qué sabes tú de Snapchat si no tienes teléfono?

—Tengo mis recursos —responde Theo.

Su padre sale con otra bolsa de basura. La mantiene abierta y me ayuda a recoger la basura esparcida por el suelo mientras Theo permanece sentado en los escalones.

—Les echaría una mano, pero acabo de bañarme —se excusa.

—Te bañaste anoche —rectifica su padre.

—Ya, y sigo limpio. —Theo se voltea hacia mí—. ¿Y tú? ¿Tienes redes sociales?

—No, no tengo tiempo para esas cosas.

—Y entonces ¿cómo sabes que sus cuentas son privadas?

Me da vergüenza reconocerlo, pero la he buscado alguna vez en internet. Aunque no creo que exista nadie en el mundo que no haya buscado alguna vez en Google a alguien de su pasado.

—La busqué hace tiempo, pero tenías que hacerte un perfil y seguirla para poder ver sus cosas.

—Pues hazte un perfil y síguela —me aconseja Theo—. De verdad, a veces te complicas la vida sin necesidad.

—No es tan sencillo. Tiene un exmarido que no me soporta. Si viera que somos amigos en internet, podría causarle problemas.

—¿Por qué no te soporta? —pregunta Theo.

—Nos peleamos. Aquí, en el restaurante, precisamente. —Señalo hacia el local con la cabeza.

Theo alza las cejas.

—¿En serio? ¿Una pelea de verdad?

Brad endereza la espalda.

—Un momento. ¿Aquel tipo era el marido de Lily?

—Pensaba que ya lo sabías.

—No, ninguno de nosotros sabía quién era, ni por qué te peleaste con él. Ha sido la única vez que te hemos visto echar a alguien a patadas del restaurante. Ahora lo entiendo mejor.

Supongo que no había vuelto a salir el tema desde que sucedió. Recuerdo que me fui a casa justo después de pelearme con Ryle, por lo que no tuvieron ocasión de preguntarme qué había pasado. Y cuando volví al trabajo el lunes por la mañana, probablemente me vieron en la cara que no quería hablar de ello.

—¿Por qué se pelearon? —insiste Theo.

Miro a Brad, que sabe lo que le pasó a Lily. Ella misma se lo contó, a él y a Darin, una noche en mi casa. Pero Brad guarda silencio y me deja elegir a mí hasta qué punto quiero sincerarme con Theo. Generalmente no le escondo nada, pero no estamos hablando de mis asuntos, sino de los de Lily.

—Ya ni me acuerdo —murmuro.

Creo que este podría ser un buen momento para enseñarle a Theo cómo no hay que tratar nunca a una pareja, pero estamos hablando de la vida de Lily, y no me siento cómodo hablando sobre ella en su ausencia. Sé que es una parte de su vida en la que no debí haber interferido, pero no me arrepiento de haberlo hecho. Supongo que golpear a Ryle fue muy inmaduro por mi parte, pero lo cierto es que me contuve. Me habría gustado hacer mucho más que darle un simple puñetazo. Nunca me había sentido tan furioso, ni siquiera con mi madre o con mi padrastro. Ni siquiera con el padre de Lily.

Una cosa es lo que siento cuando alguien me trata mal

a mí, pero, si tratan mal a la persona que más admiro en el mundo, pierdo el mundo de vista.

El teléfono me vibra en el bolsillo. Lo saco y veo que es Lily, que me está devolviendo la videollamada que le hice hace una hora. Estaba conduciendo y me dijo que me llamaría cuando llegara a casa.

Intercambiamos varios mensajes desde el viernes, pero me muero de ganas de volver a hablar con ella cara a cara.

—¿Es ella? —pregunta Theo animándose.

Asiento mientras paso por su lado en los escalones, pero él se levanta y me sigue al interior del restaurante.

—¿En serio? —Me volteo hacia él.

—Quiero ver cómo es.

Tengo que responder si no quiero perder la llamada, así que deslizo el dedo sobre la pantalla, mientras trato de mantener a Theo en el exterior.

—Te haré una captura de pantalla. Ve a ayudar a tu padre.

El video se conecta y Theo sigue empujando para entrar.

—Hola —saludo sonriéndole a Lily en la pantalla.

—Hola —me devuelve el saludo.

—Déjame verla —susurra Theo colando el brazo por la puerta para arrebatarme el celular.

—Dame un segundo, Lily. —Me llevo el teléfono al pecho para que ella no vea nada y luego abro la puerta, apoyo la mano en la cara de Theo y lo empujo hacia abajo—. Brad, llévate a tu hijo.

—Theo, ven aquí. Ayúdame con esto.

Theo se encoge de hombros cuando por fin se rinde y se dirige hacia su padre.

—Pero es que estoy limpio —murmura.

Cierro la puerta y, al separarme el celular del pecho, veo que Lily se está riendo.

—¿Qué fue eso?

—Nada. —Voy a mi despacho y me encierro para tener intimidad—. ¿Cómo estuvo tu día? —Me siento en el sofá.

—Bien. Acabo de regresar de comer con mi madre y su novio. Fuimos a un local de bocadillos en Borden. Muy lindo.

—¿Cómo está tu madre? —Me comentó que su padre había muerto, pero, aparte de eso, no hemos hablado de sus padres en absoluto.

—Pues está muy bien. Sale con un tipo llamado Rob, que la hace feliz. Me resulta raro verla tan entusiasmada con un hombre, pero bueno, me cae bien.

—¿Vive en Boston?

—Sí, se mudó tras la muerte de mi padre para estar más cerca de mí.

—Eso está bien. Me alegro de que tengas familia cerca.

—¿Y tú? ¿Tu tío aún vive en Boston?

«¿Mi tío?».

Ah, es verdad; lo usé como excusa. Me aprieto la nuca y hago una mueca.

—Mi tío. —Ha pasado tanto tiempo que ni siquiera recuerdo la mentira exacta que le conté—. Mi tío murió cuando yo tenía nueve años, Lily.

Ella frunce el ceño confundida.

—No, te fuiste a vivir a casa de un tío cuando tenías dieciocho. Por eso te fuiste.

Suspiro. Desearía poder volver atrás y rectificar muchas de las cosas que dije o que dejé de decir por no herir sus sentimientos. Aunque supongo que todos volveríamos atrás si pudiéramos cambiar nuestra adolescencia, ¿no?

—Te mentí. En aquella época no tenía un tío en Boston.

—¿Qué? —Ella sigue sacudiendo la cabeza, tratando de comprender, pero no parece enfadada; si acaso, confundida—. Pero, entonces, ¿con quién te fuiste a vivir?

—Con nadie. No podía seguir metiéndome en tu habitación eternamente. Sabía que aquello no podía acabar bien. Y, aparte de ti, aquella ciudad no me aportaba nada. En Boston había albergues y otros recursos. Te dije que mi tío estaba vivo para que no te preocuparas por mí.

Lily deja caer la cabeza hacia atrás, contra la cabecera, y cierra los ojos unos instantes.

—Atlas. —Pronuncia mi nombre con compasión. Cuando vuelve a abrir los ojos, me parece que está tratando de no llorar—. No sé qué decir. Pensaba que tenías familia.

—Siento haberte mentido. No quería engañarte, solo quería ahorrarte…

—No te disculpes —me interrumpe—. Hiciste lo correcto. Se acercaba el invierno y tal vez no habrías sobrevivido en aquella casa. —Se seca una lágrima—. No me puedo imaginar lo duro que debió de ser. Mudarte a Boston a aquella edad, sin nada, sin nadie.

—Pero salió bien —le digo sonriendo—. Todo salió bien. —Estoy tratando de sacarla del pozo donde acabo de hundirla—. No pienses en cómo eran las cosas entonces, piensa en cómo son ahora.

Ella sonríe.

—¿Dónde estás? ¿Es tu despacho?

—Sí. —Le doy la vuelta al celular para que eche un vistazo—. Es pequeño. Solo hay un sofá y una laptop, pero es que paso muy poco tiempo aquí. Suelo estar en la cocina.

—¿Estás en el Bib's?

—Sí, cierra los domingos, igual que el Corrigan's. Solo vine a limpiar un poco.

—Tengo muchas ganas de conocer el Corrigan's. ¿Vas a llevarme allí el sábado que viene?

Me echo a reír.

—Ni hablar. No pienso llevarte a ninguno de mis restaurantes para una cita. La gente con la que trabajo siente demasiada curiosidad por mi vida personal.

Ella sonríe.

—Es gracioso, porque yo también siento mucha curiosidad por tu vida personal.

—Para ti, soy un libro abierto. ¿Qué quieres saber?

Ella se lo piensa durante unos instantes antes de responder:

—Quiero saber quiénes son las personas que forman parte de tu vida. Cuando éramos adolescentes, no tenías a nadie, pero ahora eres adulto. Tienes más de un negocio, amigos y una vida sobre la que casi no sé nada. ¿Quiénes son las personas de tu vida, Atlas Corrigan?

No sé cómo responderle, por eso me echo a reír. Cuando ella no me devuelve la sonrisa, deduzco que me lo pregunta más por preocupación que por curiosidad.

Trato de tranquilizarla con la mirada antes de responder:

—Tengo amigos. A algunos ya los conociste aquel día en mi casa. No tengo familia, pero no siento su ausencia como un hueco en mi vida. Me gusta mi profesión y me gusta mi vida. —Hago una pausa y, cuando sigo hablando, lo que sale de mi boca es la pura verdad—: Soy feliz, si es eso lo que te preocupa.

Por fin sonríe.

—Bien. Siempre me preguntaba dónde te habrías metido. Te busqué varias veces en las redes sociales, pero no tuve suerte.

Sus palabras me hacen reír al recordar lo que hablé con Theo hace un rato.

—No uso redes sociales. —Si le dijera que las usaría todos los días si sus perfiles fueran públicos, Theo me diría que no fuera tan rápido, que esa confesión podría asustarla—. Tengo cuenta de los restaurantes, pero hay dos empleados que se ocupan de ellas. —Dejo caer la cabeza hacia atrás—. Estoy demasiado ocupado. Descargué TikTok hace unos meses, pero fue un error. Una noche me quedé enganchado durante horas y a la mañana siguiente tenía una reunión. Desinstalé la aplicación ese mismo día.

Lily se echa a reír.

—Daría cualquier cosa por verte grabar videos para Tik-Tok.

—No lo verán tus ojos.

Lily se distrae un momento y empieza a incorporarse en la cama, pero se detiene.

—Un momento, tengo que soltar el teléfono.

Deja el celular sobre la cama. Creo que no se da cuenta de que se engancha en algo y se queda ladeado. La cámara la está enfocando, y me deja ver cómo se cambia a Emerson de un pecho al otro. Todo pasa tan deprisa que no tengo tiempo ni de reaccionar. No creo que haya colocado la cámara así expresamente. Cuando ella se percata, abre mucho los ojos y la pantalla se pone negra cuando la tapa con la mano. Cuando la cámara vuelve a enfocarle la cara, la veo a través de los dedos entreabiertos con los que trata de taparse.

—Lo siento mucho.

—¿Por qué?

—Creo que acabo de enseñarte más de la cuenta.

—Es verdad, pero no deberías disculparte por ello. En todo caso, yo debería darte las gracias.

Lily se echa a reír; parece que le gustó el comentario.

—Nada que no hayas visto antes —replica con timidez encogiéndose de hombros en un gesto adorable antes de ajustar la almohada que usa para sostener a Emerson mientras le da el pecho—. Estoy tratando de destetarla, porque ya pronto cumplirá un año. Había logrado reducir las tomas a una al día, pero los domingos es complicado porque me paso el día con ella. —Arruga la nariz—. Lo siento. Dudo que te interesen los detalles de la lactancia.

—No se me ocurre ningún tema que pudiera aburrirme si eres tú quien me habla de él.

—Oh, seguro que se me ocurre algo antes de la cita —comenta y, por su tono de voz, parece habérselo tomado como un reto.

Aparta la vista de la pantalla. No veo a Emerson, pero sé que Lily la está mirando porque su cara se ilumina con esa sonrisa que solo tiene cuando habla sobre su hija o cuando la está mirando. Es una sonrisa que nace del orgullo y una de las expresiones que más me gusta ver aparecer en la cara de Lily.

—Se está durmiendo —susurra—. Debería colgar.

—Sí, yo también debería colgar.

No quiero que Brad y Theo tengan que recogerlo todo sin mí.

—Si quieres, puedo llamarte otra vez más tarde —propone Lily.

—Claro que quiero.

En ese momento recuerdo que Theo quería ver una foto de Lily, por lo que, antes de que cuelgue, hago una rápida captura de pantalla. Suena el clásico ruido del pantallazo, lo que hace que Lily ladee la cabeza, curiosa.

—¿Acabas de…?

—Quería tener una foto tuya —respondo a toda prisa—. Adiós, Lily.

Cuelgo para que no note que me muero de la vergüenza. No pensaba que haría tanto ruido ni que Lily lo notaría. Espero que Theo sepa apreciarlo.

Al abrir la puerta del despacho, veo que Brad está barriendo la cocina. Me extraña, porque la cocina se limpia siempre antes de irnos y esta vez no rompieron nada en el interior del restaurante.

—¿No barrieron anoche?

—Sí, la cocina está impecable, solo finjo barrer. —Al darse cuenta de que su explicación me dejó más confuso que antes, me aclara—: Quería que Theo se encargara de limpiar fuera, ya que lo odia tanto. Cosas de padres.

—Ah, claro. Muy lógico todo.

No tiene ninguna lógica, pero dejo a Brad fingiendo que barre la cocina y me dirijo al exterior.

Theo hace una mueca mientras recoge un trozo de basura usando solo el pulgar y el índice.

—Esto es asqueroso —murmura soltándolo en la bolsa—. Tienes que contratar a un guardia de seguridad o algo. Esto se está saliendo de control.

No es mala idea.

Le pongo el celular delante de la cara para que vea la imagen de Lily que acabo de capturar.

Él levanta la cabeza sorprendido.

—¿Esa es Lily?

—Esa es Lily. —Me guardo el celular en el bolsillo y le quito la bolsa de basura de la mano.

—Eso lo explica todo. —Se desploma sobre el primer escalón.

—¿Qué es lo que explica?

—Por qué te quedas mudo o sueltas estupideces cuando hablas con ella.

No estoy de acuerdo en que las cosas que le digo sean estupideces, pero en algo le doy la razón: Lily es tan hermosa que a veces, en su presencia, me quedo sin palabras.

—Qué ganas tengo de que empieces a salir con alguien —le digo—. Cómo me voy a reír.

10

Lily

—Mamá, no pasa nada, en serio. —Sostengo el celular entre la mejilla y el cuello—. Ya estoy en casa de Allysa, así que no hay ningún problema.

—¿Estás segura? Rob se ofreció a cuidarla.

—No. Rob tiene que cuidarte a ti.

—Está bien. Dile a Emmy que su yaya lo siente.

—¿Yaya? ¿Así es como quieres que te llame ahora?

—Voy a probarlo. Es que «abuela» no me convencía nada.

Ha cambiado cuatro veces la palabra para referirse al hecho de que es abuela, pero ninguna ha acabado de cuajar.

—Te quiero, mamá. Espero que te mejores.

—Yo también te quiero.

Cuelgo y saco a Emmy de la sillita del coche. Siento alivio al comprobar que el coche de Ryle no está en su lugar de estacionamiento. No tenía previsto venir hoy al edificio donde tanto Allysa como él tienen departamentos, pero mi madre y Emmy se enfermaron al mismo tiempo.

Anoche le tocó a Emmy. Cuando fui a buscarla a casa de mi madre, tenía un poco de temperatura. Hacia las dos de la madrugada se le había disparado la fiebre y nada de lo que le daba se la hacía bajar. Sin embargo, esta mañana, cuando ya tenía que irme al trabajo, estaba bien. Lo malo es que luego fue mi madre la que empezó a encontrarse francamente mal. Tanto que tuve que salir de la tienda e ir a buscar a Emmy. Tuve un instante de pánico, porque esta noche es la cita con Atlas. Pensaba que iba a tener que anularla, pero Allysa salió al rescate.

No le dije para qué necesitaba niñera. Le envié un mensaje y le pregunté si podría cuidar de Emmy unas cuantas horas esta tarde hasta la noche y ella simplemente respondió: «Tráemela».

Le advertí que anoche había tenido fiebre, pero Rylee y ella pasan tanto tiempo juntas que un día dejamos de preocuparnos de que una pudiera contagiar a la otra. Pasa constantemente. De hecho, es probable que Rylee contagiara a Emmy.

Llamo a la puerta de Allysa. Cuando abre, se abalanza sobre Emmy de inmediato.

—Ven aquí —dice abrazándola—. Huele tan bien. Rylee ya no huele a bebé. Me da tanta pena. —Abre la puerta invitándome a entrar. Una vez dentro, a pesar de la bolsa con los pañales que llevo colgando, Allysa se da cuenta de que no voy vestida como siempre—. Un momento —comenta señalándome de arriba abajo con un dedo—. ¿Y esto? ¿Para qué necesitabas una niñera?

No quiero decirle adónde voy, pero es Allysa: no puedo

ocultarle nada. Por eso, al verme dudar, saca la conclusión correcta.

—¿Tienes una cita? —susurra mientras cierra la puerta de la calle—. ¿Con el dios griego?

—Con Atlas, sí. Por favor, no se lo digas a tu hermano.

Cuando acabo de decirlo, veo que Marshall está en la sala, cerca de nosotras. Inmediatamente se tapa los oídos.

—No he oído nada. No he visto nada. Lalalalalá —canturrea cruzando el vestíbulo antes de desaparecer en la cocina.

Allysa sacude la mano quitándole importancia a su interrupción.

—Se le da genial ser neutral; no te preocupes por él. —Me hace un gesto para que la siga a la sala. Rylee está en su parque de juegos, y Allysa se acerca a ella—. Rylee, ¡mira quién vino!

Rylee sonríe al ver a Emmy. Las niñas empiezan a mostrar alegría cuando están en presencia de la otra. Me encanta que se lleven tan poco tiempo. La diferencia de seis meses resulta cada vez más insignificante a medida que Emmy va creciendo.

—¿Adónde te lleva?

Me aliso la ropa y retiro un hilo.

—A un restaurante que no conozco. Espero no haberme arreglado demasiado.

—¿Es su primera cita? Pareces nerviosa.

—Sí, es nuestra primera cita, y es verdad, estoy nerviosa. Pero estos nervios son distintos. Son buenos. Lo conozco tan bien que no siento que vaya a pasar la noche con un extraño.

Allysa me dirige una mirada cariñosa.

—Se te ve emocionada. Echaba de menos verte así.

—Ya, yo también. —Me agacho para despedirme con besos de Emmy y de Rylee—. No volveré tarde. Ahora tengo que ir a la tienda para el cierre; quedamos en que me recogerá allí. Vendré hacia las nueve y media. Intenta mantenerla despierta hasta entonces, si no te importa.

—¿Tan pronto piensas volver? ¡Qué sosa!

—Es que anoche no dormí. Estoy agotada. Pero no quiero cancelar la cita, así que sacaré fuerzas de algún sitio.

—Puf, las alegrías de la maternidad —comenta Allysa poniendo los ojos en blanco—. La mantendré despierta, ve a divertirte. Tómate un café o una bebida energética o algo.

—Perdí la cuenta de los cafés que llevo encima. Te quiero. Gracias por salvarme la vida —le digo mientras me dirijo a la puerta.

—Para eso estoy —canturrea alegremente.

11

Atlas

Quería que el día pasara lo más rápido posible, así que me puse a ayudar en la cocina del Bib's, aunque había hecho venir a todo el personal. Y ahora huelo a ajo. Es la tercera vez que me lavo y me froto las manos, pero no sirve de nada. Y si no salgo ya, voy a llegar tarde.

Hemos decidido tomarnos las cosas con calma y, por eso, voy a recogerla al trabajo en vez de a su casa. La verdad es que no sé dónde vive ahora; no sé si sigue viviendo en el edificio al que fui hace casi dos años cuando me pidió ayuda. El caso es que, de momento, el tema de la vivienda no ha salido aún en la conversación. No creo que sepa que vendí mi casa y que ahora ya no vivo en las afueras, sino en el centro. Siento curiosidad por saber si vivimos cerca o no.

—Huele a colonia —comenta Darin al pasar a mi lado, camino al congelador. Se detiene y se da la vuelta para examinarme de arriba abajo—. ¿Por qué te pusiste loción? ¿Y por qué te arreglaste?

Me olfateo las manos.

—¿No huelo a ajo?

—No, hueles a que vas a salir. ¿Te vas?

—Sí, pero volveré a la hora del cierre. Creo que pasaré la noche aquí, a ver si atrapo al vándalo antes de que nos vuelva a atacar.

Tras unos cuantos días de calma, anoche nos vandalizaron por cuarta vez. No son ataques graves. Esta vez se limitaron a tirar la basura por el callejón. Es fácil de arreglar y mucho menos costoso que pintar para cubrir los grafitis. Aunque tal vez me parezca fácil porque Brad sigue trayendo a Theo para que ayude con la limpieza. Tal vez debería decirle a Theo de que, cuanto más se queje de algo, más insistirá su padre en que lo haga.

Mi intención es encararme a quien sea que esté causando los daños y descubrir los motivos que lo llevan a actuar así antes de involucrar a la policía. Sigo pensando que casi todo se puede resolver si se hablan las cosas. Suele ser mucho más efectiva una conversación sincera que una intervención dramática, pero no sé a quién me estoy enfrentando.

Darin se acerca y me pregunta en voz baja:

—¿Con quién sales? ¿Con Lily?

Asiento con una inclinación de cabeza mientras me seco las manos en el trapo.

Él sonríe y se aleja. Me gusta que a mis amigos les guste Lily. Me preguntaron por ella un par de veces después de la noche de póker, pero se dieron cuenta de que no quería hablar de Lily cuando ya no formaba parte de mi vida.

Sin embargo, parece que hay una posibilidad de que vuelva a formar parte de ella. Tal vez. Por eso estoy nervioso, porque sé que Lily se está arriesgando al salir conmigo esta noche. Si las cosas entre nosotros salen bien y todo sigue adelante, su vida podría verse afectada de manera negativa. Y supongo que por ello hace un par de horas empecé a sentir una gran presión, una especie de obligación de que esta cita sea perfecta para ella.

Pero ahora mismo huelo como si los vampiros me dieran pavor, por lo que no puede decirse que las cosas pinten demasiado bien.

Me estaciono junto a la tienda a las cinco cincuenta y cinco. Lily debía de estar esperándome porque sale de la tienda y cierra la puerta sin darme tiempo a bajar del coche.

En cuanto la veo, mis nervios se multiplican. Está increíble. Trae un palazzo negro y se puso tacones. Se pone la chamarra y se reúne conmigo en el estacionamiento.

Me inclino hacia ella y la saludo con un beso rápido en la mejilla.

—Estás espectacular —le digo, y juro que ella se ruboriza al oírme.

—¿En serio? Anoche no dormí. Me siento como si tuviera noventa años.

—¿Por qué no dormiste?

—Emmy tenía fiebre. Está mejor, pero… —Lily bosteza—. Lo siento. Me acabo de tomar un café; pronto me hará efecto.

—No pasa nada. Yo no estoy cansado, pero huelo a ajo.

—Me gusta el ajo.

—Menos mal.

Lily se señala la ropa.

—No sabía qué ponerme, porque como nunca he estado en ese restaurante...

—Yo tampoco he estado nunca, así que no te sé decir, pero tengo el presentimiento de que estás perfecta.

Elegí un restaurante nuevo al que tenía ganas de ir. Está a unos cuarenta y cinco minutos de aquí, pero así podremos ponernos al día por el camino.

—Tengo algo para ti —me dice Lily—. Lo tengo en el coche, deja que lo tome.

La sigo hasta su coche, y la observo mientras saca algo de la guantera. Cuando me lo entrega, no puedo contener la sonrisa.

—¿Es tu diario?

Anoche me leyó otro fragmento, pero le daba tanta vergüenza leerlo en voz alta que se negó a seguir.

—Uno de ellos. Quiero ver qué tal salen las cosas esta noche antes de darte el otro.

—Ah, bien. Sin presión.

La acompaño hasta mi coche y le abro la puerta. Cuando la cierro, veo que ella vuelve a bostezar.

Me siento mal. Probablemente esté demasiado cansada para salir. No tengo ni idea de lo que supone criar a un bebé. Siento que es muy egoísta de mi parte no ofrecerle cambiar la cita a otro día. Por eso le digo:

—Si prefieres ir a casa y dormir, podemos pasarlo al fin de semana que viene.

—No hay nada que me guste más que esto, Atlas. Ya dormiré cuando me muera. —Se abrocha el cinturón de seguridad—. La verdad es que sí, hueles a ajo.

No sé si me está tomando el pelo. Cuando éramos más jóvenes, se pasaba el día bromeando. Era una de las cosas que más me gustaban de ella, que siempre parecía estar de buen humor a pesar de todas las cosas malas que le pasaban. La otra es la fuerza que demuestra una y otra vez, como cuando descubrió que estaba embarazada en Urgencias y pasó unos días en mi casa. Sé que fue uno de los momentos más duros de su vida, pero lo llevó todo con una sonrisa. Hasta mis amigos quedaron impresionados con su sentido del humor durante la noche que pasaron jugando póker.

Cada uno gestiona el estrés como puede, y todas las maneras pueden ser válidas, pero Lily lo lleva con elegancia, y resulta que esa es la cualidad que más admiro en una persona.

—¿Cómo lograste escaparte un sábado por la noche? —me pregunta.

Odio estar conduciendo, porque me gustaría poder mirarla mientras le respondo. Nunca la había visto tan… mujer. ¿O debería decir femenina? ¿Es eso un elogio? No lo sé. Creo que no voy a comentárselo, por si acaso no se lo parece, pero es que, cuando Lily y yo nos enamoramos, ninguno de los dos podía considerarse un adulto. Sin embargo, hoy las cosas son distintas. Somos adultos, ambos tenemos una carrera profesional y ella, además, es madre, y su propia jefa. Es una mujer independiente y me resulta de lo más sexy.

La última vez que estuve con ella, ya como adultos, Lily seguía técnicamente casada con Ryle, por lo que me sentía mal pensando en ella de esta manera.

«Con deseo».

Trato de concentrarme en la carretera y de responderle

rápido para que no se haga un silencio incómodo en el coche, pero no me resulta fácil. Estoy un poco sofocado, lo que me sorprende, porque no es habitual en mí.

—¿Cómo lo logré? —repito sus palabras para que parezca que estoy dándole vueltas a su pregunta y no obsesionándome con las ganas que tengo de mirarla—. Contratando a gente de la que me puedo fiar.

Lily sonríe.

—¿Trabajas todos los fines de semana?

Asiento con la cabeza.

—Normalmente me tomo los domingos libres. Y de vez en cuando un lunes.

—¿Qué es lo que más te gusta de tu trabajo?

Está preguntona hoy. La miro de reojo y sonrío.

—Leer las opiniones de los clientes.

Ella contiene el aliento sorprendida.

—¿Perdón? ¿Dijiste opiniones? ¿Lees las reseñas de tus restaurantes?

—Las leo todas, sí.

—¿Qué? Dios mío, tienes que estar muy seguro de ti mismo. Yo le pedí a Serena que se encargara de llevar las redes sociales para no tener que ver las opiniones.

—Son todas fantásticas.

Ella se voltea casi por completo en el asiento para mirarme.

—¿Lees las opiniones de mi tienda?

—Leo las opiniones de todos los negocios en los que conozco al dueño. ¿Tan raro te parece?

—Pues muy normal no lo veo, no.

Pongo las intermitentes.

—Me gusta leer reseñas y opiniones. Creo que son un reflejo del dueño del negocio, y me gusta saber qué piensa la gente de mis restaurantes. Las críticas constructivas son muy útiles. A mí todavía me falta experiencia y de las críticas se puede aprender mucho.

—Y ¿qué aprendes de las opiniones de otros negocios?

—Pues, en realidad nada, pero me entretiene.

—¿Tengo alguna opinión negativa? —Lily se voltea bruscamente hacia delante—. No, no me respondas. Prefiero pensar que todas son buenas y que a todo el mundo le encantan mis flores.

—Es que a todo el mundo le encantan tus flores.

Ella frunce los labios tratando de disimular la sonrisa.

—Y ¿qué es lo que menos te gusta de tu trabajo?

Me encanta que me haga preguntas tan dispersas. Me recuerda a las noches que pasábamos charlando hasta tarde, cuando me bombardeaba a preguntas sobre mi vida.

—La semana pasada te habría respondido que las inspecciones de sanidad —admito—. Son muy estresantes.

—Y ¿ya no? ¿Qué ha cambiado?

—El vandalismo.

—¿Otra vez?

—Sí, ya van dos veces esta semana.

—¿Sigues sin saber quién es?

Niego con la cabeza.

—Ni idea.

—¿Has hecho enfadar a alguna ex?

—No. Y no veo a ninguna de ellas capaz de hacer esto.

Lily se quita los tacones y sube uno de los pies al asiento para ponerse cómoda.

—¿Cuántas relaciones serias has tenido?

«Quiere ir por ahí. Está bien».

—Define «serias».

—No sé. ¿Más de dos meses?

—Una.

—¿Cuánto tiempo estuvieron juntos?

—Un poco más de un año. La conocí mientras estaba en la Marina.

—¿Por qué rompieron?

—Porque nos fuimos a vivir juntos.

—¿Esa fue la causa?

—Tal vez no, pero aceleró las cosas. Hizo que nos diéramos cuenta de que éramos incompatibles. Aunque tal vez podría ser que estuviéramos en momentos vitales distintos. Yo estaba centrado en mi carrera y ella, en los modelitos que iba a ponerse para ir a las discotecas a las que yo no quería ir porque estaba demasiado cansado. Cuando me licencié y me trasladé a Boston, ella se mudó a un loft con dos amigas.

Lily se echa a reír.

—No te imagino en una discoteca.

—Ya, supongo que por eso sigo soltero. —En ese momento entra una llamada telefónica del Corrigan's, antes de poder devolverle la pregunta—. Tengo que responder —le digo.

—Claro, adelante.

Uso el Bluetooth para responder mientras conduzco. Hay un problema con un congelador que me obliga a hacer dos llamadas más para que envíen a un técnico. Cuando al fin puedo volver a dedicarme a Lily, veo que se quedó dormida, con la cabeza ladeada sobre el hombro. Oigo que ronca ligeramente.

«Parece que el café no le hizo efecto».

La dejo dormir hasta que llegamos al restaurante. Me estaciono cuando aún faltan diez minutos para las siete. Está oscuro y el restaurante parece abarrotado, pero aún faltan unos minutos para la hora de nuestra reservación, así que la dejo descansar un poco más.

Sus ronquidos son tan entrañables como ella. Tan delicados que apenas se oyen. Le grabo un video corto para tomarle el pelo más tarde y luego tomo el diario que dejó en el asiento de atrás. Ya sé que me dijo que no lo leyera delante de ella, pero técnicamente no lo voy a hacer, porque está dormida.

Lo abro en la primera página y empiezo a leer.

Leo la primera entrada y quedo atrapado; no puedo parar. Siento como si estuviera haciendo algo malo, casi ilegal, pero fue ella la que lo trajo.

Leo la segunda entrada. Y la tercera. Y luego entro en la aplicación de reservaciones y cancelo la nuestra porque, a menos que la despierte en este preciso instante, vamos a llegar tarde. Prefiero que les den nuestra mesa a otras personas, porque a Lily parece que le hace más falta dormir que   comer.

Y yo quiero leer otra entrada. Ya la llevaré a cenar a otro sitio cuando se despierte.

Las palabras que escribió tienen el poder de devolverme a la adolescencia. Mientras leo me entran muchas ganas de reír por las cosas que dice y por cómo las dice, pero me aguanto la risa para no despertarla.

Llego a una entrada que estoy casi seguro de que va a acabar con nuestro primer beso. Miro el reloj y veo que ya llevamos aquí media hora, pero Lily sigue profundamente dormida y yo no puedo dejar esta entrada a medias. Sigo leyendo, y espero que continúe durmiendo hasta que llegue al final.

—Tengo que contarte algo —me dijo, y yo contuve el aliento, sin saber qué me iba a decir—. Hoy me puse en contacto con mi tío. Mi madre y yo vivimos con él un tiempo en Boston. Me dijo que, cuando vuelva de su viaje de trabajo, puedo irme con él.

Debería haberme alegrado por él; haber sonreído y haberlo felicitado, pero, con la inmadurez propia de mis años, cerré los ojos y me compadecí de mí misma.

—¿Vas a ir?

Él se encogió de hombros.

—No lo sé. Quería hablarlo contigo primero.

Estábamos tan cerca que podía percibir el calor de su aliento. También noté que olía a menta, lo que me hizo preguntarme si se cepillaba los dientes antes de venir a verme, con las botellas de agua que le doy. Cada día le doy botellas de agua.

Vi que asomaba una pluma en la almohada y la jalé. Cuando logré sacarla, le di vueltas entre mis dedos.

—No sé qué decir, Atlas. Me alegra que tengas un sitio donde vivir, pero ¿qué pasará con el instituto?

—Podría acabar el curso allí.

Asentí y tuve la sensación de que él ya había tomado una decisión.

—¿Cuándo te irás?

Me pregunté a qué distancia estaba Boston. Tal vez solo estuviera a unas cuantas horas por carretera, pero eso es muchísimo cuando no tienes coche.

—Todavía no estoy seguro si me iré.

Dejé la pluma en la almohada y bajé la mano.

—¿Qué te lo impide? Tu tío te está ofreciendo un sitio donde vivir. Eso es bueno, ¿no?

Él frunció los labios y asintió. Luego tomó la pluma con la que yo había estado jugueteando y me imitó. Luego la dejó en la almohada e hizo algo que no esperaba: acercó los dedos a mis labios y los tocó.

Dios mío, Ellen. Pensé que me moría allí mismo. Nunca había tenido sensaciones tan intensas. Sin apartar los dedos de mis labios, me dijo:

—Gracias, Lily. Por todo.

Llevó los dedos hacia arriba y los enredó en mi pelo. Luego se inclinó hacia mí y me besó en la frente. Me costaba tanto respirar que tuve que abrir la boca para conseguir más aire. Vi que su pecho subía y bajaba con tanta dificultad como el mío. Vi también que sus ojos se quedaban clavados en mi boca.

—¿Te han besado alguna vez, Lily?

Yo negué con la cabeza y alcé la cara porque necesitaba que él cambiara esa circunstancia en ese mismo momento, o no iba a poder respirar nunca más.

Entonces, con tanta delicadeza como si yo fuera un jarrón de la porcelana más fina, acercó su boca a

100

la mía y la dejó quieta allí. Yo no sabía qué debía hacer a continuación, pero me daba igual. Si quería quedarse así toda la noche sin moverse, me valía. No necesitaba nada más.

Sus labios se cerraron con más fuerza sobre los míos y noté que le temblaba la mano. Imitándolo, empecé a mover los labios igual que él. Al notar que la punta de su lengua me acariciaba los labios, pensé que los ojos me iban a dar la vuelta dentro de las órbitas. Volvió a hacerlo, y luego otra vez, así que lo hice yo también. Cuando las lenguas entraron en contacto por primera vez, se me escapó una sonrisa, porque había pensado muchas veces en cómo sería mi primer beso, dónde sería y con quién. Pero nunca, ni por casualidad, me imaginé que sería así.

Él me empujó, acostándome sobre la cama. Me apoyó la mano en la mejilla y siguió besándome. A medida que me iba sintiendo más cómoda, los besos eran cada vez mejores. Mi momento favorito fue cuando se apartó un momento, me miró a los ojos y volvió a besarme aún con más ganas.

No sé cuánto tiempo estuvimos así. Mucho. Tanto que empezó a dolerme la boca y me costaba mantener los ojos abiertos.

Cuando al fin nos dormimos, su boca seguía rozando la mía.

No volvimos a hablar de Boston.

Todavía no sé si se irá.

LILY

Guau.

«Guau».

Cierro el diario y me volteo hacia Lily. Describió nuestro primer beso con tanto detalle que ahora me siento inferior a mi yo adolescente.

¿Realmente fueron así las cosas?

Me acuerdo de esa noche, pero, carajo, estaba mucho más nervioso que en la narración de Lily. Ahora resulta gracioso, pero, cuando eres adolescente, te crees que eres el único ser humano nervioso e inexperto del planeta. Piensas que cualquier otro adolescente tiene las cosas mucho más claras que tú, pero no es así en absoluto. Los dos estábamos asustados, y locos el uno por el otro; estábamos enamorados.

Sin embargo, yo no me enamoré ese día, ya llevaba tiempo enamorado de ella. La amaba más de lo que había amado a nadie hasta aquel momento. Y creo que la amaba más de lo que he amado después.

«Creo que la sigo amando así».

Hay muchas cosas que Lily desconoce sobre esa etapa de mi vida. Tantas que, ahora que he leído su versión de nuestra vida en común, quiero contárselas. Es obvio que no es consciente del papel tan trascendental que desempeñó en mi vida. En una época en la que todo el mundo me daba la espalda, Lily fue la única persona que dio la cara por mí.

Sigue profundamente dormida, así que tomo el celular y abro una hoja en blanco en la aplicación de notas. Me pongo a escribir, dándole detalles de cómo era mi vida antes de que ella entrara en ella. No tenía previsto escribir tanto, pero supongo que quiero contarle muchas cosas.

Tardo veinte minutos más en acabar de escribir. Cinco minutos más tarde, Lily empieza a desperezarse.

Dejo el celular en el soporte para bebidas, dudando sobre si dejarla leer o no lo que acabo de redactar. Puedo dejar pasar unos días. O unas semanas. Ella quiere tomarse las cosas con calma y no estoy seguro de que lo que he escrito al final de la carta pueda considerarse ir despacio. Levanta la mano y se rasca la cabeza. Está volteada hacia la ventana, por lo que no veo cuando abre los ojos, pero sé que está despierta porque se incorpora con brusquedad. Mira un instante por la ventana y luego se voltea hacia mí. Tiene varios mechones de pelo pegados a la mejilla.

Yo estoy apoyado en la portezuela observándola tranquilamente, como si esto fuera lo más normal del mundo en una primera cita.

—Atlas. —Pronuncia mi nombre como si fuera una disculpa y una pregunta al mismo tiempo.

—No pasa nada; estabas cansada.

Toma su teléfono y mira la hora.

—¡Ay, Dios! —Se echa hacia delante apoyando los codos en los muslos y escondiendo la cara entre las manos—. No lo puedo creer.

—Lily, no pasa nada, en serio. —Levanto el diario—. Me hiciste compañía.

Al ver el diario, suelta un gruñido.

—Qué vergüenza.

Lanzo el diario hacia el asiento trasero.

—Personalmente me pareció muy esclarecedor.

Lily me golpea en el hombro, en plan juguetón.

—Deja de reírte. Me siento mal, no hace gracia.

—No te sientas mal, estás agotada. Y seguro que hambrienta. Podemos parar a comernos una hamburguesa por el camino, de regreso.

Lily se echa hacia atrás teatralmente.

—Y el chef elegante llevó a la chica a tomar comida basura porque se quedó dormida durante la cita. Claro, ¿por qué no? —Baja el parasol para mirarse en el espejito y se da cuenta de que tiene el pelo pegado a la cara—. Vaya. No puedo negar que soy mamá. ¿Va a ser nuestra última cita? En efecto. ¿Lo estropeé todo ya? No me extrañaría.

Pongo reversa.

—No estropeaste nada y menos después de lo que leí. Dudo que pueda haber una cita mejor que esta.

—Tienes el listón muy bajo, Atlas.

Me parece entrañable que sea tan dura consigo misma.

—Tengo una pregunta sobre el diario.

—¿Qué? —Se está quitando un manchón de máscara de pestañas. Tiene un aspecto tan abatido al pensar que arruinó la cita que me cuesta dejar de sonreír.

—La noche de nuestro primer beso… ¿echaste las cobijas a la lavadora a propósito? ¿Fue un truco para que me metiera en tu cama?

Ella frunce la nariz.

—¿Tanto leíste?

—Dormiste mucho tiempo.

Ella le da vueltas a mi pregunta y acaba asintiendo con la cabeza.

—Quería que mi primer beso fuera contigo y no lo habría conseguido si hubieras seguido durmiendo en el suelo.

Probablemente tenga razón. Su truco funcionó.

Y sigue funcionando, porque al revivir nuestro primer beso gracias a sus palabras estoy volviendo a sentir todas las emociones que despertó en mí aquella noche. Podría pasarse el viaje de vuelta durmiendo y seguiría pensando que ha sido la mejor cita que he tenido nunca.

Lily

—No puedo creer que me hayas dejado dormir tanto tiempo. —Han pasado diez minutos y sigo sintiendo el estómago revuelto por la vergüenza—. ¿Leíste el diario hasta el final?

—No, paré después de nuestro primer beso.

Menos mal. Esa parte no es de las peores. Si hubiera seguido leyendo hasta la primera vez que nos acostamos mientras yo dormía a su lado, creo que me habría muerto de la vergüenza.

—Esto es muy injusto —murmuro—. Tienes que hacer algo humillante para equilibrar la balanza, porque ahora mismo siento que arruiné la cita sin remedio.

Atlas se echa a reír.

—Y ¿crees que si hago algo que me avergüence te vas a sentir mejor?

Asiento con la cabeza.

—Sí, es una ley universal: ojo por ojo, humillación por humillación.

Atlas da golpecitos en el volante con el pulgar mientras se frota la barbilla con la otra mano. Luego señala con la cabeza el teléfono que dejó en el soporte para bebidas.

—Abre las notas y lee la primera.

Oh, vaya. Lo dije de broma, pero no desaprovecho la oportunidad y me apodero del teléfono antes de que se arrepienta.

—¿Cuál es la contraseña?

—Nueve-cinco-nueve-cinco.

Introduzco los números y, cuando se abre la pantalla principal, le echo un vistazo. Las aplicaciones están impecablemente ordenadas en carpetas. No tiene ningún mensaje no leído y solo un correo electrónico pendiente de leer.

—Eres un maniático del orden. ¿Quién tiene solo un correo sin leer?

—No me gusta el desorden. Supongo que es un efecto secundario de mi paso por el ejército. ¿Cuántos correos sin leer tienes tú?

—Miles. —Abro la aplicación de notas y presiono sobre la más reciente. En cuanto leo las dos primeras palabras, apoyo el celular boca abajo sobre el muslo—. Atlas.

—Lily.

La sensación de humillación empieza a desaparecer, tragada por una cálida oleada de expectación que me inunda por completo.

—¿«Querida Lily»? ¿Me escribiste una carta como las mías de «Querida Ellen»?

Él asiente lentamente.

—Dormiste un buen rato.

Al voltearse hacia mí, la sonrisa se le congela en la cara, como si estuviera preocupado por lo que estoy a punto de leer. Vuelve a mirar hacia delante y veo que la nuez le sube y le baja al tragar saliva.

Apoyo la cabeza en la ventanilla y empiezo a leer en silencio.

Querida Lily:

Sé que vas a sentirte avergonzada cuando te despiertes y te des cuenta de que te quedaste dormida en nuestra primera cita. Tengo ganas de ver tu reacción. Pero es que parecías tan cansada cuando fui a buscarte que me hace feliz verte descansar, en serio.

Esta semana ha sido surrealista, ¿verdad? Ya empezaba a pensar que nunca iba a poder formar parte de tu vida de manera significativa y de repente, chas, apareces a mi lado.

Podría escribir páginas enteras sobre lo que este encuentro ha significado para mí, pero le prometí a mi psicólogo que dejaría de decirte cursilerías. No te preocupes, pienso romper esa promesa muchas veces, pero me pediste que fuéramos despacio, así que me esperaré unas cuantas citas.

En vez de eso, creo que voy a seguir tu ejemplo y hablaré del pasado. Me parece que es lo justo. Tú me dejaste asomarme a tus pensamientos más íntimos en aquel periodo tan vulnerable de tu vida. Lo menos que puedo hacer es corresponderte dándote información sobre cómo era mi vida en aquella época.

Mi versión es más cruda, me temo. Trataré de ahorrarte los detalles más escabrosos, pero creo que no acabarás de entender lo que tu amistad significó para mí hasta que sepas por lo que pasé antes de conocerte.

Te conté una versión resumida cuando te expliqué cómo fui a parar a la casa abandonada, pero hacía ya muchos años que sentía que no tenía hogar. En realidad, toda la vida, aunque tenía casa y madre y, de vez en cuando, un padrastro.

No recuerdo cómo eran las cosas cuando era niño. Me gusta imaginarme que en algún momento fue una buena madre. Recuerdo que una vez fuimos a Cabo Cod, donde probé los camarones al coco por primera vez. Si fue una buena madre algún otro día, mi memoria no ha sido capaz de conservar el recuerdo.

Lo que recuerdo es pasar solo casi todo el tiempo y, si no estaba solo, recuerdo que trataba de mantenerme apartado, donde no pudiera verme. Se enfadaba con facilidad y reaccionaba con violencia. Durante los primeros diez años de mi vida aproximadamente, ella era más fuerte y más rápida que yo, por lo que pasé buena parte de esa década huyendo de su mano, de sus cigarros y del azote de su lengua.

Sé que estaba estresada. Era una madre soltera que trabajaba por las noches para que no me faltara un plato en la mesa, pero, por mucho que me esfuerce en buscar excusas para su comportamiento, no lo consigo. A lo largo de mi vida he coincidido con unas cuantas madres solteras que salen adelante sin hacer las cosas que hacía mi madre.

Ya has visto las cicatrices. No ahondaré en el tema, pero, por duros que fueran esos primeros años, peores fueron los siguientes, cuando se casó por tercera vez. Yo tenía doce años cuando se conocieron.

Por entonces, aún no sabía que ese iba a ser el único año tranquilo de mi vida. Mi madre salió mucho ese año porque estaba con él, y cuando volvía a casa podría decirse que estaba de buen humor, porque estaba enamorada. Qué curioso que el amor hacia una pareja pueda alterar la manera en que algunas personas tratan a sus hijos.

Pero de los doce pasé a los trece, y Tim se vino a vivir con nosotros. Los siguientes cuatro años de mi vida fueron un auténtico infierno. Cuando no enfurecía a mi madre, enfurecía a Tim. Cuando estaba en casa, me gritaban. Mientras estaba en el instituto, ellos destrozaban la casa con sus peleas, y esperaban que yo lo recogiera todo al volver.

La vida a su lado era una pesadilla. Cuando al fin decidí que era lo bastante fuerte para detenerlo, Tim decidió que no quería volver a verme.

Y mi madre lo eligió a él. Me obligaron a irme, pero tampoco tuvieron que decírmelo dos veces. Ganas de irme no me faltaban, y me fui, porque tenía adónde ir.

Hasta que eso también cambió. Tres meses más tarde, la familia del amigo con quien me había ido a vivir se mudó a Colorado.

Llegados a ese punto, ya no me quedaba nadie. No sabía adónde ir ni tenía dinero para ir a ninguna parte. Por eso volví a casa de mi madre y le pedí si podía quedarme allí.

Aún recuerdo el día en que regresé. Aunque solo habían pasado tres meses, la casa se caía a pedazos. Nadie había cortado el césped desde que lo había hecho yo por última vez. Las mosquiteras habían desaparecido, igual que la chapa de la puerta, donde ahora había un agujero. Cualquiera habría dicho que llevaba años sin pasar por ahí.

El coche de mi madre estaba estacionado frente a la casa, pero el de Tim no. El de mi madre parecía llevar ahí una temporada. El capó estaba abierto y había herramientas tiradas alrededor. También había muchas latas de cerveza, al menos treinta, que alguien se había dedicado a apilar en forma de pirámide frente a la puerta del garaje.

Los periódicos se acumulaban en el suelo, sobre el hormigón agrietado del camino de entrada. Recuerdo que los recogí y los dejé en una de las viejas sillas metálicas para que se secaran antes de llamar a la puerta.

Me resultó raro llamar a la puerta de una casa en la que había vivido tantos años, pero no tenía intención de entrar sin permiso, por si acaso Tim estaba dentro. Todavía conservaba la llave, pero Tim me había dejado claro que me denunciaría por violación de propiedad privada si me atrevía a usarla.

Daba igual; no habría podido usarla ni aunque hubiera querido: no había chapa ni cerradura.

Oí que alguien se acercaba cruzando la sala. La cortina de la ventanita que dejaba ver quién llamaba a la puerta se movió. Era mi madre, que permaneció unos segundos observándome en silencio.

Finalmente abrió la puerta unos centímetros, lo suficiente para ver que seguía en pijama, aunque eran las dos de la tarde. Ella la llamaba pijama, pero en realidad era una camiseta extragrande de Weezer, que uno de sus ex se había dejado en la casa. Odiaba esa camiseta porque me gustaba su música, pero cada vez que se la ponía le agarraba un poco más de manía al grupo.

Me preguntó qué estaba haciendo allí, pero no respondí inmediatamente. En vez de eso, le pregunté si Tim estaba en casa.

Ella abrió la puerta un poco más y se cruzó de brazos con tanta fuerza que uno de los miembros de la banda parecía decapitado. Me dijo que Tim estaba trabajando y me preguntó qué quería.

Le pedí permiso para entrar y ella lo pensó un rato. Miró por encima de mi hombro examinando la calle. No sé qué buscaba. Tal vez tenía miedo de que algún vecino fuera testigo de que dejaba entrar a su hijo en su casa, de visita.

Dejó la puerta abierta y fue a su habitación a cambiarse de ropa. Recuerdo que la casa estaba inquietantemente oscura. Todas las cortinas estaban corridas, por lo que la persona que permanecía dentro no sabía si era de día o de noche. Tampoco ayudaba el hecho de que el reloj que había sobre la cocina parpadeaba y no tenía puesta la hora. Si yo aún hubiera vivido allí, me habría tocado arreglarlo también.

Si yo aún hubiera vivido allí, las cortinas habrían estado descorridas y las encimeras de la cocina no habrían estado llenas de platos sucios. La puerta habría tenido chapa, el jardín habría estado bien cuidado y no me habría encontrado un montón de periódicos húmedos a la entrada. En ese momento me di cuenta de que había sido yo quien me había ocupado de la casa durante toda mi vida.

Sentí esperanza. Pensé que tal vez se habían dado cuenta de que era una buena aportación al núcleo familiar, y no una carga. Pensé que tal vez me dejarían volver a casa hasta que acabara el instituto.

Vi una chapa nueva sobre la mesa de la cocina y le eché un vistazo. El ticket de compra estaba debajo. Me fijé en la fecha y vi que habían pasado dos semanas. La chapa tenía la medida correcta para la puerta. No entendí por qué Tim no la había colocado si llevaba ahí dos semanas, así que tomé las herramientas y saqué la chapa del empaque. Mi madre tardó unos minutos en salir de la recámara. Cuando lo hizo, yo ya había acabado de colocar la chapa nueva en la puerta.

Me preguntó qué estaba haciendo, y se lo mostré, abriendo la puerta para que viera que funcionaba.

Nunca olvidaré su reacción. Suspiró y me dijo:

—¿Por qué mierdas haces estas cosas? Es como si quisieras que te odiara. —Me quitó el destornillador de la mano—. Creo que deberías irte antes de que se dé cuenta de que has estado aquí.

La principal razón por la que nunca me llevé bien con nadie en aquella casa fue porque sus reacciones siempre me parecieron incomprensibles. Cuando colaboraba en algo de la casa sin que me lo pidieran, Tim decía que lo hacía para provocarlo. Y si no lo hacía, decía que era un vago y un desagradecido.

—No lo hice para molestar a Tim —respondí—. Arreglé la chapa; solo quería ayudar.

—Pensaba hacerlo él cuando tuviera tiempo.

El principal problema de Tim era que siempre tenía tiempo. Los trabajos nunca le duraban más de seis meses, y pasaba más tiempo jugando que con mi madre.

—¿Encontró trabajo?

—Está buscando.

—¿Está buscando trabajo? ¿Fue a buscar trabajo ahora?

Mi madre no respondió, pero por su expresión supe que Tim no había salido de casa a buscar trabajo. No sabía dónde estaba, pero sin duda estaba haciendo que las deudas de mi madre no dejaran de aumentar. Las deudas habían sido la gota que colmó el vaso y que causaron la pelea que hizo que me echaran de casa. Cuando encontré un montón de extractos de tarjetas de crédito a nombre de mi madre con el límite de crédito superado y sin pagar, fui a buscar a Tim y le pedí explicaciones.

A él no le gustó que lo hiciera. Prefería la versión

anterior de mí, la preadolescente, y no la versión adulta en la que me estaba convirtiendo. Le gustaba la versión de mí que podía tratar a empujones, sin que respondiera con otro empujón. La versión de mí que podía manipular sin que yo le llamara la atención.

Pero esa versión de mí desapareció en algún momento entre los quince y los dieciséis años. Y cuando Tim se dio cuenta de que ya no podía amenazarme físicamente, se volcó en destrozarme la vida de otras maneras. Y una de ellas fue dejarme sin un lugar donde vivir.

Finalmente me tragué el orgullo e hice lo que había venido a hacer: le conté a mi madre que no tenía adónde ir. Nunca olvidaré su expresión. No es que careciera de empatía, es que me miraba con fastidio, enfadada.

—Espero que no pretendas volver aquí después de todo lo que hiciste.

—¿Todo lo que hice? ¿Qué hice? ¿Te refieres a cuando le llamé la atención porque su adicción al juego te estaba llenando de deudas?

Entonces fue cuando me llamó mentecato. Bueno, lo que dijo fue «mantecato». Siempre lo decía mal.

Traté de convencerla, suplicando, pero ella volvió a actuar como de costumbre, lanzándome el destornillador. Ni siquiera estábamos discutiendo en aquel momento, por lo que no reaccioné a tiempo a su ataque repentino e inesperado y me alcanzó en la ceja, justo encima del ojo izquierdo.

Me pasé los dedos por la herida, y vi que me salía sangre.

Lo único que hice fue pedirle si podía volver a casa. No le falté al respeto, no la insulté. Fui a casa, le arreglé la chapa de la puerta y traté de razonar con ella. Y lo que obtuve a cambio fue un corte en la ceja.

Recuerdo haberme quedado mirándome los dedos y pensando: «Esto no me lo hizo Tim; me lo ha hecho mi madre».

Llevaba años culpando a Tim de todo lo malo que pasaba en casa, pero las cosas habían empezado a ir mal mucho antes de que Tim apareciera. Tim simplemente amplificó lo que ya era un entorno desastroso.

Recuerdo que pensé que prefería estar muerto a volver a vivir con ella. Hasta ese momento, una parte de mí había conservado algo que no sabría cómo definir. Tal vez una pizca de respeto, no sé. El caso es que era capaz de reconocer y agradecer que me hubiera mantenido con vida cuando era pequeño. Aunque, ¿no es eso lo mínimo que se le puede exigir a alguien que ha decidido traer un hijo al mundo?

En ese momento me di cuenta de que la había valorado demasiado. Siempre pensé que el hecho de ser madre soltera había marcado nuestra relación, pero luego conocí a muchas madres solteras que están igual de ocupadas que ella y sacan tiempo para pasarlo con sus hijos. Madres que defendían a sus hijos cuando alguien los maltrataba. Madres que no miran hacia otro lado cuando a su hijo se lo llevan

116

para castigarlo y vuelve con un ojo morado y el labio partido. Madres que no consienten que sus maridos dejen en la calle a sus hijos en edad escolar. Madres que no lanzan destornilladores a la cabeza de sus hijos.

Aunque ya me había dado cuenta de su falta de humanidad, hice un último intento.

—¿Puedo al menos tomar alguna de mis cosas antes de irme?

—No hay nada tuyo aquí. Necesitábamos más espacio.

Después de aquello, no pude volver a mirarla a la cara. Me juré que, si tantas ganas tenía de borrarme de su vida, la ayudaría a hacerlo.

Salí de la casa con la sangre goteándome por el ojo.

No soy capaz de reproducir cómo fue el resto de aquel día. Me sentí increíblemente rechazado, no querido, solo. No tenía a nadie. No tenía nada: ni dinero, ni pertenencias, ni familia.

Solo una herida.

De pequeños somos muy sugestionables. Si te pasas años y años oyendo a las personas que deberían tener más peso en tu vida decir que no eres nada, que no vales nada, te lo acabas creyendo. Y lentamente empiezas a desaparecer.

Pero entonces te conocí, Lily. Y aunque no era nada, cuando tú me miraste, viste algo; algo que yo no era capaz de ver. Fuiste la primera persona en mi vida que mostró interés por mí como ser humano. Nadie se había interesado en mí como tú lo hiciste.

Después de pasar aquellos meses contigo, conociéndote, dejé de sentir que no era nada. Tú lograste que me sintiera interesante y único. Tu amistad me hizo sentir valioso.

Te lo agradezco. Incluso si esta cita no lleva a ninguna parte y no volvemos a hablar nunca más, siempre te estaré agradecido por haber visto algo en mí que no vio ni mi propia madre.

Eres mi persona favorita, Lily. Y ahora ya sabes por qué.

ATLAS

Tengo un nudo tan grande en la garganta que no puedo responder a lo que acabo de leer. Dejo el celular sobre el muslo y me seco las lágrimas.

Odio que esté conduciendo, porque, si estuviéramos parados, le echaría los brazos al cuello y le daría el abrazo más fuerte que le han dado en toda su vida. Y probablemente lo besaría y me lo llevaría al asiento de atrás, porque nadie me ha dicho nunca cosas tan desgarradoras de un modo tan dulce.

Atlas alarga el brazo para recuperar su celular. Vuelve a dejarlo en el soporte para bebidas y me busca la mano. Entrelaza los dedos con los míos y me aprieta la mano mientras mira al frente. Ese sencillo gesto me genera una conmoción en el pecho. Envuelvo su mano con mi otra mano, lo que me recuerda a los viajes en autobús, en los que viajábamos en silencio, tristes y helados, aferrándonos el uno al otro.

Miro por la ventanilla mientras él mira al frente y ninguno de los dos dice ni una palabra durante el camino de vuelta a la ciudad.

Paramos a comprar hamburguesas para llevar a unos tres kilómetros de la florería. Atlas sabe que no quiero que Emerson se acueste demasiado tarde, y por eso nos las comemos en el estacionamiento del Lily Bloom's. Desde que entramos en la ciudad y pedimos las hamburguesas, la conversación ha sido mucho más ligera y relajada. No me ha pasado por alto que ya no me siento avergonzada. Atlas se mostró tan vulnerable en su carta que fue como apretar el botón de reinicio de la cita.

Hablamos de los lugares a los que hemos viajado. Él me gana por mucho, teniendo en cuenta los años que pasó en la Marina. Ha estado en cinco países; yo, en cambio, solo he visitado Canadá.

—¿No has estado nunca en México? —me pregunta Atlas.

Me limpio la boca con la servilleta antes de responder:

—Nunca.

—¿Ryle y tú no fueron de luna de miel?

Arg. Odio el sonido de su nombre metiéndose en nuestra cita.

—No, nos escapamos a Las Vegas. No teníamos tiempo para lunas de miel.

Atlas da un trago a su refresco y se voltea hacia mí, con una mirada tan penetrante que parece que quisiera destapar todo lo que me callo.

—¿Habrías preferido una boda de verdad?

Me encojo de hombros.

—No lo sé. Ryle siempre decía que no quería casarse. Por eso, cuando dijo que deberíamos ir a casarnos a Las Vegas, lo vi como una oportunidad que podría desaparecer si no la aprovechaba. Supongo que pensé que sería mejor casarnos en Las Vegas que no casarnos nunca.

—Si volvieras a casarte, ¿harías las cosas de otra manera?

Su pregunta me hace reír, pero asiento inmediatamente.

—No lo dudes. Lo querría todo: flores, damas de honor, el lote completo. —Me meto una papa frita en la boca—. Y unos votos bien románticos, y una luna de miel aún más romántica.

—¿Adónde te gustaría ir?

—A París, Roma, Londres. No quiero pasarme el día tirada en una playa. Quiero visitar todos los lugares románticos de Europa, hacer el amor en cada ciudad y tomarme una foto besándonos frente a la torre Eiffel. Quiero comer cruasanes y viajar en tren tomados de la mano. —Dejo la caja de las papas fritas, ya vacía, en la bolsa—. ¿Y tú?

Atlas me busca la mano que me queda libre. No me responde. Se limita a sonreír mientras me aprieta la mano, como si sus deseos fueran un secreto que todavía no me puede contar.

Tomarle la mano me parece de lo más natural. Tal vez sea porque cuando éramos adolescentes nos dábamos la mano siempre que podíamos, pero la verdad es que estar sentada a su lado sin darle la mano me resulta más raro que dársela.

Incluso con la metedura de pata de quedarme dormida, la cita ha sido fácil y cómoda. Estar con él no me supone ningún esfuerzo. Le recorro la muñeca con un dedo.

—Tengo que irme.

—Lo sé —replica acariciándome el pulgar con el suyo.

El teléfono de Atlas suena avisándole que tiene un mensaje. Lo toma con la otra mano y lee el texto. Suspira en silencio y vuelve a soltar el celular donde estaba. Su actitud me dice que está molesto con quien sea que le haya escrito.

—¿Todo bien?

Atlas fuerza una sonrisa, pero el resultado es patético. No logra engañarme y lo sabe. Rompe el contacto visual, bajando la vista hacia nuestras manos, que siguen unidas. Le da la vuelta a la mía para que quede boca arriba y traza las líneas de la palma. Es como si su dedo fuera un pararrayos que me transmite la electricidad al resto del cuerpo.

—Mi madre me llamó la semana pasada.

Su confidencia me toma por sorpresa.

—¿Qué quería?

—No lo sé. Le colgué el teléfono antes de que me lo dijera, pero estoy casi seguro de que necesita dinero.

Vuelvo a entrelazar nuestras manos. No sé qué decirle. Ha de ser durísimo no saber nada de tu madre durante casi quince años y que solo se ponga en contacto porque necesita algo. Doy gracias por contar con mi madre, que siempre ha sido una persona básica en mi vida.

—No quería sacar el tema ahora; sé que tienes prisa. Creo que deberíamos aplazar la conversación para la segunda cita. —Me sonríe y el ambiente en el coche vuelve a cambiar. Es increíble que su sonrisa sea capaz de dictar las emociones que nacen en mi pecho—. Vamos, te acompaño hasta tu coche.

Me echo a reír porque mi automóvil está a dos pasos del suyo, literalmente. Pero eso no impide que Atlas se apresure a bajar y rodear el coche por delante para abrirme la puerta y ayudarme a bajar. Y luego, damos un paso cada uno y ya estamos en el mío.

—Bonito paseo —bromeo—. Me la pasé bien.

Él me dirige una breve sonrisa. No sé si pretendía que fuera seductora, pero, de repente, me sube la temperatura de todo el cuerpo a pesar del frío de la noche. Atlas mira por encima de mi hombro y señala el vehículo con la cabeza.

—¿No tendrás más diarios ahí dentro?

—No, solo el que llevaba encima.

—Una pena. —Apoya el hombro en el coche.

Yo lo imito y quedamos cara a cara. No sé si estamos a punto de besarnos. Si así fuera, no protestaría, pero acabo de comer cebolla después de dormir durante una hora y me temo que mi boca no estará especialmente apetecible ahora mismo.

—¿Me darás una segunda oportunidad?

—¿Para qué?

—Para otra primera cita. Me gustaría estar despierta la próxima vez.

Atlas se echa a reír, pero su risa dura poco. Se me queda mirando y dice:

—Me había olvidado de lo divertido que era estar contigo.

Sus palabras me confunden, porque la palabra *diverti-*

do no es la que usaría para referirme al tiempo que pasamos juntos. Fue triste, por no usar un término peor.

—¿Crees que aquella época fue divertida?

Él alza un solo hombro, porque el otro está apoyado en el coche.

—Fue el peor momento de mi vida, ya lo sé, pero los recuerdos que tengo contigo de esa época siguen estando entre mis favoritos.

Sus palabras consiguen que me ruborice; me alegro de que esté oscuro.

Sin embargo, tiene razón. Fue un momento muy malo en la vida de ambos, pero compartirlo con él fue lo mejor de mi adolescencia. Supongo que llamarlo «divertido» es una buena manera de definir lo que logramos crear juntos. Y si conseguimos divertirnos tanto en la peor época de nuestra vida, me pregunto cuánto podríamos disfrutar ahora que estamos en nuestro mejor momento.

Y esto es justo lo contrario a lo que pensé sobre Ryle la semana pasada. He vivido momentos terribles junto a Atlas y él siempre se ha mostrado respetuoso y me ha apoyado al máximo. Sin embargo, el hombre que elegí como marido me faltó al respeto de un modo que nadie se merece… durante la mejor etapa de nuestra vida.

Me alegro de haber conocido a Atlas porque ha establecido el listón con el que ahora juzgo a las personas. Debería haberlo usado con Ryle desde el principio.

Una oportuna ráfaga de viento helado se cuela entre los dos. Sería la excusa perfecta para que Atlas me abrazara, pero no lo hace. El silencio crece y se afianza hasta que solo hay dos opciones posibles: nos besamos o nos despedimos.

Atlas me aparta un mechón de pelo de la frente.

—No voy a besarte todavía.

Me gustaría que no se notara lo decepcionada que me siento, pero sé que se nota. Prácticamente me desinflo ante sus ojos.

—¿Es tu forma de castigarme por haberme quedado dormida?

—Claro que no. Es que siento que no estaré a la altura tras haber leído lo que escribiste sobre nuestro primer beso en tu diario.

Se me escapa la risa.

—¿A la altura de quién? ¿De ti mismo?

Él asiente.

—Visto a través de tus ojos, el Atlas adolescente era un auténtico seductor.

—Pues igual que el Atlas adulto.

Él gruñe débilmente, como si quisiera cambiar de idea sobre el beso. El gruñido eleva la temperatura del momento. Moviéndose con agilidad, se aparta del coche y se coloca ante mí. Yo apoyo la espalda en la portezuela y alzo los ojos hacia él, deseando que esté a punto de robarme el sentido con un beso.

—Además, me pediste que fuera despacio, así que…

«Mierda. Es verdad».

Dije «muy despacio», si la memoria no me engaña.

«Me odio».

Cierro los ojos cuando Atlas se inclina hacia delante. Siento su aliento en la mejilla antes de que me dé un beso rápido en la sien.

—Buenas noches, Lily.

—Está bien.

«¿Está bien?».

¿Por qué he dicho eso? Estoy demasiado acalorada para pensar.

Atlas se ríe por lo bajo. Cuando abro los ojos, veo que se aleja en dirección a su coche. Antes de irse, apoya un brazo en el techo del vehículo y dice:

—Espero que puedas dormir esta noche.

Asiento en silencio, pero dudo mucho que vaya a poder dormir. Me siento como si toda la cafeína que me he tomado a lo largo del día me hubiera hecho efecto de golpe. Me va a resultar imposible dormir después de esta cita. Me voy a pasar la noche dándole vueltas a la carta que me dejó leer. Y cuando no piense en eso, voy a estar reviviendo nuestro primer beso en bucle, preguntándome cómo será la segunda parte.

—Sigue nadando, nadando, nadando…

Cuando abro la puerta del departamento de Allysa y Marshall, oigo la famosa frase de *Buscando a Nemo*, que llega desde la sala.

Al pasar por la cocina, veo a Marshall frente al refrigerador, con las dos puertas abiertas de par en par. Él me saluda con la cabeza y yo le devuelvo el saludo con la mano, pero no me detengo a charlar con él porque me muero de ganas de abrazar a Emerson.

Al entrar en la sala, me quedo paralizada al ver a Ryle en el sofá. No me dijo que hoy tuviera la noche libre. Emerson está dormida en su pecho y no hay ni rastro de Allysa.

—Hola.

Ryle no alza la vista para saludarme, pero no necesito que me mire para saber que algo le molesta. Lo noto en su modo de apretar los dientes, señal inconfundible de que está enfadado. Mi primer impulso es quitarle a Emerson, pero la niña está tranquila, y la dejo donde está, sobre su pecho.

—¿Hace mucho que duerme?

Ryle sigue con la vista fija en la pantalla. Tiene una mano detrás de la nuca y la otra apoyada en la espalda de Emmy, en un gesto protector.

—Desde que empezó la película.

Reconozco la escena, por lo que sé que lleva durmiendo una hora más o menos.

Allysa entra al fin en la sala, llenándola de vida.

—Hola, Lily. Siento que se haya dormido. Hemos intentado mantenerla despierta, pero…

Cruzamos una mirada de dos segundos. Ella se disculpa en silencio por la presencia de Ryle. Yo le respondo sin palabras que no pasa nada. Ryle y ella son hermanos; no puedo pretender que Ryle no entre en su casa solo porque Allysa esté haciendo de niñera de su hija.

Ryle señala a Allysa.

—¿Puedes acostarla? Tengo que hablar un momento con Lily.

Lo dice con tanta brusquedad que tanto Allysa como yo nos alarmamos y cruzamos otra mirada mientras ella toma a Emerson en brazos. La necesidad que tengo de abrazarla crece aún más mientras Allysa la deja en la colchoneta.

Ryle se levanta y, por primera vez desde que llegué, me mira a los ojos. Luego me mira de arriba abajo, fijándose en la ropa y en los zapatos de tacón. La nuez le sube y le baja lentamente cuando traga saliva. Señala hacia arriba con la cabeza, indicando que quiere que hablemos en la azotea.

No sé de qué quiere que hablemos, pero está claro que necesita privacidad absoluta.

Cuando sale del departamento, me volteo hacia Allysa, en busca de información. Cuando Ryle ya no puede oírnos, me dice:

—Le dije que tenías un evento de trabajo.

—Gracias. —Allysa me había prometido que no le diría a Ryle que tenía una cita, pero, si no sabe dónde he estado, no entiendo por qué está tan enfadado—. ¿Sabes por qué está así?

Allysa se encoge de hombros.

—Ni idea. Parecía estar bien cuando llegó hace una hora.

Sé mejor que nadie que Ryle puede estar perfectamente y, de repente, pasar al extremo contrario. Pero en general sé qué ha causado su cambio de humor.

«¿Habrá descubierto que tuve una cita?».

«¿Se habrá enterado de que salí con Atlas?».

Cuando llego a la azotea, localizo a Ryle asomado en el barandal, mirando hacia abajo. Con un nudo en el estómago, me acerco a él taconeando.

Él vuelve a examinarme brevemente.

—Estás… guapa —me dice, aunque no suena como un piropo, sino como un insulto. O tal vez la culpabilidad me está jugando una mala pasada.

—Gracias.

Me apoyo en el barandal y espero a que se decida a hablar de lo que sea que le haya molestado.

—¿Tuviste una cita?

—Era un evento de trabajo —respondo siguiéndole la corriente a Allysa. No tiene sentido ser sincera con él cuando aún no sé si esto que tengo con Atlas va a llegar a alguna parte. Además, lo único que conseguiría diciéndole la verdad sería enfurecerlo más. Cruzando los brazos sobre el pecho, le pregunto—: ¿Qué pasa, Ryle?

Él hace una pausa antes de responder.

—Es la primera vez que veo esa película de dibujos animados.

¿Está tratando de mantener una conversación intrascendente o algo de la película lo molestó? No entiendo nada.

Hasta que lo entiendo todo.

De verdad, a veces soy muy idiota.

¿Cómo no va a estar molesto? Una vez leyó todos mis diarios. Sabe lo importante que es esa película para mí tras haber leído todo lo que escribí sobre ella. Supongo que, ahora que al fin la ha visto, unió la línea punteada. Y, a juzgar por su expresión, ha añadido algunos más.

Se voltea hacia mí y me dirige una mirada herida, como si acabara de traicionarlo.

—¿Le pusiste a nuestra hija Dory? —Da un paso hacia mí—. ¿Elegiste el segundo nombre de mi hija por tu conexión con ese hombre?

El corazón se me acelera y noto su latido en las sienes.

«Ese hombre».

Aparto la mirada buscando las palabras adecuadas para

expresarme con corrección. Cuando elegí el nombre de Dory para Emerson, no lo hice por Atlas. Esa película ya era importante para mí antes de que Atlas apareciera en mi vida, pero probablemente debería haberlo pensado dos veces antes de ponerle ese nombre.

Me aclaro la garganta dejando espacio para que pase la verdad.

—Elegí ese nombre porque el personaje me inspiró cuando era pequeña. No tuvo nada que ver con nadie más.

Ryle se ríe, pero es una risa de exasperación y decepción.

—Eres única, Lily.

Quiero discutir con él y convencerlo de que no miento, pero me estoy poniendo nerviosa. Su actitud me está haciendo revivir el miedo que pasé a su lado. La manera más rápida de salir de esta situación es escapar.

—Me voy a casa. —Me dirijo hacia la escalera, pero él es más rápido que yo. Se me adelanta y se coloca ante la puerta de la escalera. Nerviosa, doy un paso atrás y me meto la mano en el bolsillo para tener el celular localizado, por si lo necesito.

—Le vamos a cambiar el nombre —me dice.

—Le pusimos Emerson por tu hermano —le recuerdo con la voz firme y el tono sereno—. Esa es tu conexión con su nombre. Su segundo nombre es mi conexión. Es justo que lo lleve. Estás viendo cosas donde no las hay.

Trato de sortearlo dando un paso al lado, pero él se mueve al mismo tiempo que yo.

Miro por encima del hombro para calcular la distancia que nos separa del barandal. No es que piense que me va a lanzar edificio abajo, pero tampoco esperaba que me tirara escaleras abajo.

—¿Lo sabe él?

No hace falta que pronuncie el nombre de Atlas; sé perfectamente a quién se refiere. La culpabilidad amenaza con apoderarse de mí y temo que Ryle lo note.

Atlas sabe que el segundo nombre de Emerson es Dory porque quise contárselo, pero la verdad es que no le puse el nombre por él. Se lo puse por mí. Dory ya era mi personaje favorito antes de saber que Atlas Corrigan existía. Admiraba su fortaleza, y le puse su nombre porque si hay algo que espero que mi hija tenga es precisamente eso: fortaleza.

Pero la reacción de Ryle me despierta las ganas de disculparme, porque *Buscando a Nemo* es importante para los dos, y lo tenía muy presente cuando corrí por la calle detrás de Atlas para contarle cuál era el segundo nombre de Emmy.

«Tal vez el enfado de Ryle está justificado».

Pero es que justo ahí está la clave de nuestro problema. Ryle tiene derecho a enfadarse, pero eso no significa que yo me merezca todo lo que acompaña a sus enfados. Estoy volviendo a caer en su trampa. No puedo olvidarme de que nada de lo que yo hice justifica sus reacciones del pasado.

Puede que yo no sea perfecta, pero no merezco temer por mi vida cada vez que cometo un error. Y tal vez haya cometido un error que merecería una charla más extensa, pero no me siento cómoda manteniendo esta conversación con Ryle en lo alto de la azotea y sin testigos.

—Me estás poniendo nerviosa. ¿Podemos volver abajo, por favor?

La actitud de Ryle cambia cuando le digo esto. Es como si mis afiladas palabras lo hubieran pinchado y se hubiera desinflado de golpe.

—Oh, está bien, vamos, Lily. —Se aparta de la puerta y se aleja hacia la otra punta de la azotea—. Estamos discutiendo. La gente discute, carajo. —Se gira dándome la espalda.

Ya estamos. Ahora toca hacerme *gaslighting*. Está tratando de hacerme sentir mal, pretende que crea que estoy loca por tenerle miedo, aunque mi miedo está más que justificado.

Me lo quedo mirando unos segundos preguntándome si da la discusión por terminada o si tiene algo más que decir. Como yo sí quiero darla por acabada, abro la puerta de la escalera.

—Lily, espera.

Me detengo, porque su tono de voz es mucho más calmado, lo que me lleva a pensar que tal vez podamos mantener una discusión civilizada en vez de una pelea explosiva.

Se dirige hacia mí con expresión dolida.

—Perdona. Ya sabes los sentimientos que me despierta todo lo que se refiera a él.

Lo sé. Justo por eso le he dado tantas vueltas al tema de que Atlas vuelva a formar parte de mi vida. No es fácil de afrontar, teniendo en cuenta que la sola idea de tener que contárselo a Ryle me provoca ganas de vomitar. Y ahora más.

—Me disgusté al darme cuenta de que tal vez habías elegido el segundo nombre de nuestra hija expresamente para hacerme daño. No puedes pretender que algo así no me afecte.

Apoyándome en la pared, cruzo los brazos sobre el pecho.

—No tuvo que ver contigo ni con Atlas, sino conmigo. Lo elegí por mí, lo juro.

La mención del nombre de Atlas parece quedarse flotando en el aire entre los dos, como algo tangible que Ryle podría alcanzar de un puñetazo.

Ryle asiente una vez, con expresión tensa, pero parece aceptar la respuesta. Con franqueza, no sé si debería hacerlo. Tal vez mi subconsciente quiso herirlo. A estas alturas no tengo claro ni eso. Su enfado tiene la capacidad de hacer que me replantee mis intenciones.

«Esto me suena demasiado. Qué asco».

Permanecemos un rato en silencio. Lo único que quiero es estar con Emerson, pero parece que Ryle quiere seguir hablando porque se acerca y apoya una mano en la pared, junto a mi cabeza. Me alivia ver que ya no parece enfadado, pero no me acaba de gustar la emoción que ha sustituido al enfado. No es la primera vez que me mira así desde que nos separamos.

Me tenso cada vez más a medida que su actitud cambia. Se acerca unos cuantos centímetros más; demasiado cerca, e inclina la cabeza.

—Lily —dice, y su voz es un susurro ronco—. ¿Qué estamos haciendo?

No le respondo porque no estoy segura a qué se refiere. Estamos manteniendo una conversación, una que ha empezado él.

Alza una mano y acaricia el escote del palazzo que asoma debajo del abrigo. Cuando suspira, su aliento me revuelve el pelo.

—Todo sería mucho más fácil si pudiéramos… —Hace

una pausa, tal vez para pensar en las palabras que está a punto de pronunciar. Palabras que yo no quiero oír.

—Para —susurro impidiéndole terminar.

Él no acaba la frase, pero tampoco se aparta. Al contrario, tengo la sensación de que se acerca un poco más. En ningún momento de estos últimos meses he hecho nada que haya podido hacerle creer que estoy de acuerdo con lo que está haciendo. No he hecho nada más que mantener una relación civilizada entre dos personas que comparten la custodia de un bebé. Siempre es él quien trata de cruzar la línea y, francamente, estoy bastante harta.

—¿Y si he cambiado? —me pregunta—. ¿Y si he cambiado de verdad? —insiste, y en sus ojos leo una mezcla de sinceridad y dolor.

Pero ni sus palabras ni sus miradas me afectan ya; no causan ningún efecto en mí.

—Me da igual si has cambiado, Ryle. Espero que sea así, pero no es responsabilidad mía comprobarlo.

Mis palabras lo golpean con fuerza. Lo noto en su modo de quedarse inmóvil y tragarse la agria réplica que quería darme. Sabe que no le conviene; por eso deja de hablar, de mirarme y de cernerse sobre mí.

Suelta el aire, frustrado, antes de apartarse de la pared y dirigirse hacia la escalera, espero que con la idea de volver a su departamento. Al salir cierra dando un portazo.

No me doy prisa en seguirlo por razones obvias. Necesito espacio. Necesito procesar lo que ha pasado.

No es la primera vez que me pregunta qué estamos haciendo, como si el divorcio fuera un juego al que estuviéramos jugando. A veces es un comentario que suelta de pasada; otras, me lo escribe en un mensaje; otras veces hace que parezca una broma, pero cada vez que sugiere que nuestro divorcio es algo absurdo y sin sentido me doy cuenta de lo que está haciendo: son tácticas manipuladoras. Piensa que, si trata nuestro divorcio como si fuera una tontería, acabaré por darle la razón y algún día aceptaré que vuelva a casa.

Su vida sería más fácil si estuviéramos juntos, y las vidas de Allysa y Marshall probablemente también —ya que no tendrían que andar siempre con pies de plomo con nosotros—, pero mi vida no. No hay nada fácil en estar siempre temiendo por tu seguridad cada vez que das un paso en falso.

La vida de Emerson tampoco sería más fácil. Yo he estado en su lugar y sé lo duro que es crecer en una familia así.

Espero un poco para calmarme antes de volver abajo, pero no lo consigo. Mi enfado aumenta con cada escalón que desciendo. La reacción que estoy teniendo me parece desproporcionada para lo que acaba de suceder, aunque tal vez sea porque estoy acostumbrada a contenerme cuando estoy con Ryle. O tal vez sea por la falta de sueño. O porque estuve a punto de arruinar la cita con Atlas. No sé qué es lo que me está haciendo reaccionar con tanta intensidad, pero el caso es que, cuando llego ante la puerta de Allysa, me derrumbo.

Necesito un momento para calmarme antes de acercarme a mi hija, por lo que me siento en el suelo del pasillo y me echo a llorar. Prefiero hacerlo en privado. Por desgracia, me pasa más a menudo de lo que me gustaría. Hay muchas circunstancias que me resultan abrumadoras. El divorcio es abrumador, ser madre soltera también. Tener tu propio negocio aún lo es más, pero lo más abrumador de todo, con mucho, es tener que seguir viéndote con un exmarido al que todavía temes.

Y luego está esa astilla de miedo que se me clava en la conciencia cada vez que Ryle sugiere que el divorcio fue un error. Porque a veces no puedo evitar pensar que mi vida sería menos abrumadora si aún tuviera un esposo con el que compartir la carga de criar a su bebé. Y otras veces me pregunto si no estaré exagerando al no permitir que mi hija pase algunas noches en casa de su padre. Por desgracia, las relaciones y los acuerdos de custodia no vienen con manual de instrucciones.

No sé si las decisiones que tomo son las mejores, pero hago lo que puedo. No necesito sus intentos de hacerme *gaslighting* ni sus tácticas manipuladoras para complicarme más la vida.

Ojalá estuviera en casa para poder ir a buscar la lista de recordatorios que guardo en el joyero. Debería sacarle una foto para llevarla siempre en el celular. Me temo que he subestimado la capacidad de Ryle de alterarme y confundirme.

¿Cómo logran romper el círculo las personas que no tienen los recursos y el apoyo de amigos y familia que tuve yo? ¿Cómo logran mantenerse firmes, sin flaquear, cada segundo de cada día? Siento que solo haría falta un instante de debilidad en presencia de tu ex para autoconvencerte de que tomaste la decisión equivocada.

Toda persona que ha sido capaz de dejar a una pareja manipuladora y maltratadora, y se ha mantenido firme en su decisión, se merece una medalla. Una estatua. O protagonizar una película de superhéroes. Es obvio que la sociedad ha elegido mal los héroes a los que adoramos, porque no me cabe duda de que es más fácil levantar un edificio que abandonar definitivamente la relación con un maltratador.

Minutos más tarde, cuando se abre la puerta de la casa de Allysa, aún estoy llorando. Veo salir a Marshall con dos bolsas de basura.

—Oh. —Se detiene al verme sentada en el suelo y mira a su alrededor, como si buscara a alguien que pudiera ayudarme, pero no necesito ayuda; solo necesitaba un respiro.

Marshall deja las bolsas en el suelo y se acerca a mí. Se sienta delante de mí, apoyándose en la pared de enfrente; estira las piernas y se rasca la rodilla antes de hablar.

—No sé qué decir. Esto no se me da demasiado bien.

Se le ve tan incómodo que se me escapa la risa, a pesar de que sigo llorando. Alzo la mano, frustrada.

—Estoy bien. Es que a veces, después de discutir con Ryle, necesito llorar un rato.

Marshall dobla una rodilla, como si estuviera a punto de levantarse para ir tras Ryle.

—¿Te hizo daño?

—No, no. Estaba bastante calmado.

Marshall vuelve a adoptar una postura relajada y, no sé por qué —probablemente porque ha tenido la mala suerte de encontrarse conmigo—, le cuento mis penas.

—Creo que ese es el problema. Esta vez tenía derecho a estar molesto conmigo y reaccionó con calma relativa. A veces discutimos y las cosas no van más allá de una riña.

Y cuando pasa, empiezo a preguntarme si exageré al pedirle el divorcio. Sé que no lo hice, sé que no exageré en absoluto, pero Ryle tiene la capacidad de hacerme dudar de mí misma. Me hace pensar que, tal vez, si le hubiera concedido más tiempo para mejorar, las cosas podrían haberse arreglado. —Me siento mal por estarle contando todo esto a Marshall. No me parece justo, ya que Ryle es su mejor amigo—. Lo siento, sé que no es tu problema.

—Allysa me engañó.

Las palabras de Marshall me dejan muda durante cinco segundos o más.

—Que… ¿qué?

—Hace mucho tiempo. Lo resolvimos juntos, pero, carajo, cómo me dolió. Me rompió el corazón. —Sacudo la cabeza mientras trato de procesar la información. Pero él sigue hablando, por lo que me fuerzo a escucharlo—. Estábamos pasando una mala racha. Íbamos a universidades distintas, éramos muy jóvenes y hacer funcionar la relación a distancia no era fácil. No fue nada grave en especial. Estaba borracha y se metió con un tipo en una fiesta antes de recordar lo mucho que yo le gustaba. Pero, cuando me lo contó… Nunca me había sentido tan furioso en mi vida. Nada me había dolido de esa manera. Quería vengarme, ponerle los cuernos para que supiera lo que se sentía. Quería rajarle las ruedas del coche, terminarme el crédito de todas sus tarjetas y quemarle la ropa. Pero, por muy furioso que estuviera, mientras la tenía delante, nunca, ni por un momento, me pasó por la cabeza la posibilidad de hacerle daño físicamente. Si algo quería era abrazarla y llorar en su hombro. —Marshall me mira y sus ojos tienen un brillo sincero—. Cada vez que recuerdo que Ryle te ha golpeado… me desquicio. Porque lo quiero de verdad. Ha sido mi mejor amigo desde que éramos niños. Pero al mismo tiempo lo odio por no ser mejor persona. Nada de lo que has hecho o de lo que puedas hacer podría servir de excusa para que un hombre te ponga las manos encima. Recuérdalo, Lily. Tomaste la decisión correcta al alejarte de esa situación. Nunca deberías sentirte culpable por haberlo hecho. Lo único que deberías sentir es orgullo.

No era consciente de lo mucho que la situación me pesaba, pero siento que las palabras de Marshall me quitan un enorme peso de encima; tan grande que siento que podría volar.

Y creo que sus palabras son sobre todo importantes porque vienen de alguien que quiere a Ryle como a un hermano. Que se ponga de mi lado me aporta una enorme seguridad. Me siento empoderada.

—Te equivocas, Marshall. Esto se te da estupendamente.

Marshall sonríe y me ayuda a levantarme. Recoge las bolsas de basura y va a tirarlas mientras yo entro en su departamento, me reúno con mi hija y la abrazo con todas mis fuerzas.

13

Atlas

Es asombroso que la noche con la que llevaba años soñando pueda transformarse en la que llevaba años siendo objeto de mis pesadillas.

Si no hubiera recibido el mensaje cuando estaba despidiéndome de Lily, la habría besado, sin dudarlo. Pero quiero disfrutar de nuestro primer beso como adultos sin distracciones.

El mensaje era de Darin, que me informaba que mi madre estaba en el Bib's. No le dije nada a Lily, porque todavía no le he contado que mi madre está tratando de infiltrarse en mi vida. Cuando le comenté que me había llamado por teléfono, me arrepentí enseguida. La cita estaba yendo muy bien y no quería ensombrecerla hablando de mi madre.

No respondí a Darin porque no quería que nada se interpusiera entre Lily y yo, pero, cuando la cita terminó y nos fuimos cada uno en su coche, tampoco respondí. Estuve media hora dando vueltas con el coche, tratando de decidir qué hacer. Supongo que confiaba en que mi madre se cansara de esperarme y se fuera del restaurante. Me tomé mi tiempo, pero ahora estoy aquí, y supongo que llegó el momento de afrontar la situación, porque no se ha ido e insiste en hablar conmigo.

Me estaciono en el callejón para entrar por la puerta de atrás, por si acaso me está esperando en la entrada o sentada a una mesa. No tengo claro que me reconozca al verme, pero prefiero contar con la ventaja del elemento sorpresa.

Cuando Darin me ve entrar, se acerca a mí de inmediato.

—¿Recibiste el mensaje?

Asiento con la cabeza mientras me quito el abrigo.

—Sí. ¿Sigue aquí?

—Sí, insistió en esperar. Le di la mesa ocho.

—Gracias.

Darin me dirige una mirada cautelosa.

—Tal vez me esté metiendo donde no me llaman, pero… juraría que habías dicho que tu madre había muerto.

Sus palabras casi me hacen reír.

—Nunca dije que estuviera muerta; dije que se había ido. Es distinto.

—Puedo decirle que no vas a venir esta noche. —Supongo que nota que se está fraguando una tormenta.

—No, tranquilo. Me temo que no se irá hasta que haya hablado conmigo.

Darin asiente y da media vuelta para regresar a su puesto en la cocina.

Me alegro de que no me haga más preguntas, porque no tengo ni idea de qué la trae por aquí. Ni siquiera sé quién es ahora. Probablemente quiere dinero. Carajo, se lo daría gustoso si a cambio no volviera a llamar o a presentarse por aquí.

Sabiendo que las cosas probablemente irán por ahí, me dirijo a mi despacho y saco un puñado de billetes de la caja fuerte. Luego cruzo la cocina y entro en el restaurante. Me detengo y titubeo unos instantes antes de voltear hacia la mesa ocho.

Al hacerlo, me alivia ver que está de espaldas a mí.

Inspiro hondo para calmarme y me acerco a ella. No quiero tener que abrazarla o fingir un saludo cordial, por lo que, en cuanto establecemos contacto visual, me siento frente a ella.

Ella me mira con su expresión habitual, impasible. Frunce levemente los labios, pero es algo propio de ella. Siempre los tiene fruncidos, no es algo que haga de manera intencionada.

Parece agotada. Aunque solo han pasado trece años desde la última vez que la vi, le han salido tantas arrugas nuevas alrededor de los ojos y de la boca que parece haberse echado varias décadas encima.

Me examina durante unos instantes. Sé que he cambiado mucho desde la última vez que me vio, pero nada en su expresión delata que el cambio la haya sorprendido. Permanece impasible, estoica, como si esperara a que yo hablara primero. No lo hago.

—¿Todo esto es tuyo? —pregunta al fin señalando el restaurante con la mano.

Yo asiento en silencio.

—Vaya.

Cualquiera que nos observara podría pensar que se siente impresionada, pero ellos no la conocen como yo.

Esa palabra era una burla, como si quisiera decirme: «Vaya, Atlas. Con lo tonto que eres y lo que has conseguido».

—¿Cuánto necesitas?

Ella mira al cielo exasperada.

—No vine a pedirte dinero.

—Pues, entonces, ¿qué quieres? ¿Necesitas un riñón? ¿Un... corazón?

Ella se echa hacia atrás en la silla y apoya las manos en el regazo.

—Había olvidado lo difícil que es hablar contigo.

—Y ¿por qué insistes?

Mi madre entorna los ojos.

Esta versión de mí es nueva para ella. Hasta ahora solo ha conocido al Atlas que se sentía intimidado en su presencia. Pero ya no lo estoy; solo estoy enfadado y decepcionado.

Resoplando, apoya los brazos en la mesa y los cruza. Mirándome fijamente, me dice:

—No encuentro a Josh. Esperaba que hubieras hablado con él.

Hace mucho tiempo que no veo a mi madre y, por mucho que me esfuerce, no recuerdo a nadie que se llame Josh.

«¿Quién demonios es ese tal Josh? ¿Un novio nuevo que piensa que conozco? ¿Se sigue drogando?».

—Se ha escapado un montón de veces, pero nunca tanto tiempo. Me amenazaron con acusarme de ausentismo escolar si no vuelve a la escuela.

No entiendo nada.

—¿Quién es Josh?

Ella deja caer la cabeza hacia atrás, como si le molestara que no fuera capaz de seguir la conversación.

—Josh, tu hermano pequeño; se volvió a escapar.

«Mi… ¿hermano?».

Hermano.

—¿Sabías que los padres pueden ir a la cárcel si sus hijos no van a la escuela? Me enfrento a la cárcel, Atlas.

—¿Tengo un hermano?

—Sabías que estaba embarazada cuando te escapaste.

«No tenía ni idea».

—No me escapé, me echaste de casa.

No sé por qué me molesto en aclarárselo, lo sabe a la perfección; solo trata de eludir responsabilidades. Pero ahora entiendo mucho mejor que me echara de casa cuando lo hizo. Tenía un nuevo bebé en camino y yo ya no significaba nada en su vida.

Alzo los brazos y junto las manos detrás de la nuca frustrado, pasmado. Luego dejo caer las manos sobre la mesa y me echo hacia delante para aclarar las cosas.

—¿Tengo un hermano? ¿Cuántos años tiene? ¿Quién es su…? ¿Es hijo de Tim?

—Tiene once años. Y sí, Tim es su padre, pero se largó hace años. Ni siquiera sé dónde vive ahora.

Tardo unos instantes en asimilar las noticias. Me esperaba cualquier cosa menos esto. Las preguntas se me acumulan en la mente, pero lo primero es localizar al niño.

—¿Cuándo lo viste por última vez?

—Hace unas dos semanas.

—¿Denunciaste la desaparición a la policía?

Ella hace una mueca.

—No, claro que no. No desapareció, solo quiere molestarme.

Tengo que presionarme las sienes para no levantar la voz. Aún no entiendo cómo me encontró ni por qué piensa que un niño de once años está tratando de darle una lección, pero mi prioridad es encontrarlo.

—¿Te mudaste a Boston? ¿Desapareció aquí?

Mi madre hace una mueca extrañada.

—¿Mudarme?

Es como si habláramos idiomas distintos.

—¿Te viniste a vivir a Boston o sigues viviendo en Maine?

—Ay, Dios —murmura ella, como si estuviera haciendo un esfuerzo por recordar—. Volví aquí hace... unos diez años. Josh era un bebé.

«¿Lleva viviendo aquí diez años?».

—Van a arrestarme, Atlas.

Su hijo lleva dos semanas desaparecido y ella está más preocupada por el arresto que por el niño.

«Algunas personas no cambian nunca».

—Y ¿qué quieres que haga yo?

—No lo sé. Esperaba que se hubiera puesto en contacto contigo y que tal vez supieras dónde estaba. Pero si ni siquiera sabías que existía...

—¿Por qué iba a ponerse en contacto conmigo? ¿Sabe él que yo existo? ¿Qué sabe?

—¿Aparte de tu nombre? Nada. Nunca ibas a la casa.

La adrenalina me hace circular la sangre a tanta velocidad que no entiendo cómo sigo aún sentado ante ella. Cuando me echo hacia delante, no puedo estar más tenso.

—Recapitulando: ¿tengo un hermano pequeño del que nunca había oído hablar y que piensa que no me ha importado toda la vida?

—No creo que piense demasiado en ti, Atlas. Llevas ausente toda su vida.

Ignoro su crítica porque sé que se equivoca. Cualquier niño de esa edad pensaría en su hermano si cree que ha sido abandonado. Estoy seguro de que me odia. Carajo, probablemente sea él quien ha estado...

«Mierda, claro».

Ahora lo entiendo todo. Apostaría los dos restaurantes a que es él quien está detrás de los ataques. Y eso explica también por qué su modo de escribir mal el insulto me recordó a mi madre. Tiene once años. Seguro que supo cómo encontrarme usando Google.

—¿Dónde vives? —le pregunto.

Ella se revuelve incómoda en la silla.

—Ahora mismo estoy buscando departamento. Llevamos un par de meses viviendo en el motel Risemore.

—Quédate allí por si vuelve —le sugiero.

—Es que ya no puedo seguir pagándolo. Estoy buscando trabajo. Llevo un par de días en casa de un amigo.

Me levanto, me saco el dinero del bolsillo y lo lanzo sobre la mesa.

—El número desde el que me llamaste el otro día... ¿es tu celular?

Ella asiente mientras se apodera del dinero haciéndolo deslizar sobre la mesa.

—Te llamaré si me entero de algo. Vuelve al hotel y pide que te den la misma habitación. Tienes que estar allí por si regresa.

Mi madre asiente y, por primera vez, parece algo avergonzada. La dejo así, sin despedirme. Espero que sienta una pequeña parte de lo que me hizo sentir durante años. Que probablemente es lo mismo que está sintiendo mi hermano pequeño en estos momentos.

Aún me cuesta creerlo. ¿Creó un nuevo ser humano y se olvidó de comentármelo?

Cruzo la cocina y salgo por la puerta de atrás. Aprovechando que no hay nadie en el callejón, me tomo unos momentos para tranquilizarme. Creo que nunca me había sentido tan desconcertado.

Su hijo está solo por las calles de Boston y ella tarda dos putas semanas en mover un dedo. Aunque no sé de qué me sorprendo. Ella es así; siempre ha sido así.

Cuando suena el celular, sigo tan tenso que estoy tentado de lanzarlo contra el contenedor, pero entonces veo que es Lily, que quiere conectarse por FaceTime, y me sereno un poco.

Deslizo el dedo por la pantalla, dispuesto a decirle que no es buen momento, pero cuando veo su cara entiendo que es el momento perfecto. Me alivia tener noticias de ella, aunque solo haga una hora que nos hemos visto. Daría cualquier cosa por poder atravesar la pantalla y abrazarla.

—Hola. —Trato de hablar en tono neutro, pero el saludo me sale cortante.

Ella se da cuenta, porque su expresión cambia; parece preocupada.

—¿Estás bien?

Asiento con la cabeza.

—Las cosas se torcieron cuando volví al trabajo, pero estoy bien.

Ella sonríe, pero es una sonrisa triste.

—Ya. Mi noche también se torció al despedirnos.

No me había dado cuenta, pero, al fijarme, noto que tiene los ojos empañados y un poco hinchados, como si hubiera estado llorando.

—¿Y tú? ¿Estás bien?

Ella fuerza otra sonrisa.

—Lo estaré. Solo quería darte las gracias por esta noche antes de acostarme.

Odio no tenerla delante en estos momentos. No me gusta verla triste. Me recuerda demasiado a todas las veces que la vi triste cuando éramos adolescentes. Al menos, en aquella época estábamos cerca y podía abrazarla.

«Tal vez aún pueda».

—¿Te sentirías mejor si te diera un abrazo?

—Es obvio. Pero seguro que me sentiré mejor después de dormir un poco. ¿Hablamos mañana?

No tengo ni idea de qué ha pasado desde que nos despedimos junto al coche, pero se le ve absolutamente derrotada. Que es justo como me siento yo también.

—Solo se tarda dos segundos en dar un abrazo, y después dormirás mucho mejor. En el restaurante ni se darán cuenta de que me he ido. Dame tu dirección.

Una sonrisa débil asoma en medio de la tristeza.

—¿Vas a hacerte ocho kilómetros en coche solo para darme un abrazo?

—Para darte un abrazo, los haría corriendo.

Su sonrisa se hace más amplia.

—Te envío un mensaje con mi dirección, pero no hagas mucho ruido al llamar. Acabo de acostar a Emmy.

—Hasta ahora.

14

Lily

Llevo tanto tiempo apartada del mercado que, si actualmente *un abrazo* significa otra cosa, no tengo ni idea.

Supongo que *un abrazo* sigue significando «un abrazo».

Me cuesta trabajo mantenerme al día de las redes sociales, y del argot ni hablemos. De verdad, no conozco otra milenial que esté menos al día que yo. Es como si me hubiera saltado la generación X y hubiera ido a parar a territorio *boomer*. Soy una *boomer* milenial, una *boolenial*. Carajo, mi madre es del *baby boom* y probablemente está más al día que yo. Al fin y al cabo, tiene novio nuevo. Tal vez debería llamarla para que me aconseje.

Me lavo los dientes, por si acaso ahora *abrazo* significa «beso». Y luego me cambio de ropa dos veces y acabo volviéndome a poner la pijama que llevaba cuando lo llamé por FaceTime. Estoy esforzándome demasiado en que no se note que me estoy esforzando. A veces ser una mujer es muy tonto.

Recorro el departamento de punta a punta, nerviosa, esperando su llamada. No sé por qué estoy tan nerviosa;

acabo de pasar tres horas con él. Bueno, una y media sin contar la siesta que tomé en plena cita.

Varias docenas de pasos más tarde, oigo que llaman discretamente a la puerta. Sé que es Atlas, pero miro de todas formas por la mirilla.

Incluso distorsionado a través de la mirilla está guapo. Sonrío al darme cuenta de que él también se cambió de ropa. Bueno, no toda. Cuando salimos, llevaba un grueso abrigo negro, que se cambió por una sudadera gris con capucha.

«Ay, Dios. Cómo me gusta».

Abro la puerta y Atlas no deja pasar ni un segundo desde que hacemos contacto visual hasta que me envuelve entre sus brazos.

Me abraza fuerte, muy fuerte. Tanto que quiero preguntarle qué le ha pasado en esta última hora y sin embargo no lo hago. Solo le devuelvo el abrazo en silencio. Apoyo la mejilla en su hombro y disfruto del consuelo que me ofrece.

Atlas ni siquiera ha entrado en el departamento. Estamos en el umbral de la puerta, como si *un abrazo* siguiera significando «un abrazo» y nada más. Me gusta el aroma de su colonia. Me recuerda al verano, como si quisiera desafiar al invierno. Antes estaba muy preocupado por si olía a ajo, pero a mí solo me llegaba el olor de su colonia.

Me apoya una mano en la nuca, con delicadeza.

—¿Estás bien?

—Ahora sí. —Mi voz queda amortiguada por su pecho—. ¿Y tú?

Él suspira, pero no me dice que sí. Deja la respuesta colgando del suspiro hasta que me suelta lentamente. Alza la mano y me acaricia un mechón de pelo.

—Espero que puedas dormir esta noche.

—Y tú.

—No me voy a casa. Voy a quedarme en el restaurante. —Hace un gesto quitándole importancia, como si se arrepintiera de habérmelo comentado—. Es una larga historia y ahora tengo que volver. Mañana te pondré al día.

Quiero invitarlo a pasar para que me lo cuente ahora mismo, pero siento que, si no me lo cuenta ahora, es porque no está de humor. Lo entiendo. Yo tampoco estoy de humor para contarle lo que pasó con Ryle, así que no voy a forzarlo a hablar de lo que sea que le haya enturbiado la noche. Aunque me gustaría poder hacerlo sentir mejor.

Me animo cuando se me ocurre algo que podría funcionar.

—¿Quieres más lectura para esta noche?

Sus ojos se iluminan.

—Pues la verdad es que me vendría muy bien.

—Espera aquí. —Me dirijo a la recámara y busco en la caja de mis cosas hasta que encuentro el diario que va a continuación. Cuando lo encuentro, se lo llevo—. Este es un poco más gráfico —bromeo.

Atlas toma el diario con una mano y desliza el otro brazo a mi alrededor y me atrae hacia él para robarme un beso. Es tan rápido y delicado que no me doy cuenta de que me besa hasta que ya ha pasado.

—Buenas noches, Lily.

—Buenas noches, Atlas.

Ninguno de los dos se mueve. Es como si sintiéramos que la separación nos va a doler. Atlas me abraza con más fuerza y luego baja los labios hacia el punto justo donde tengo el tatuaje, que queda escondido debajo de la ropa. El tatuaje que él ni siquiera sabe que existe. Lo besa sin ser consciente de ello y luego, por desgracia, se va.

Cierro la puerta y apoyo la frente en ella. Siento todas las emociones habituales de cuando te gusta alguien, pero van acompañadas por sentimientos como la preocupación y la duda, aunque se trata de Atlas, y Atlas es de los buenos.

Sé que es por culpa de Ryle, que se apoderó de la poca confianza que me quedaba en los hombres a causa de mi padre y me dejó sin nada.

Pero es innegable que me estoy enamorando de Atlas y creo que eso significa que tal vez él pueda devolverme lo que mi padre y Ryle me robaron. Las mariposas que alzaron el vuelo durante la visita de Atlas se desploman al suelo al darme cuenta de cómo se sentirá Ryle cuando se entere de que me enamoré.

Cuanto más disfruto de mi relación con Atlas, más me aterroriza la idea de que Ryle se entere.

15

Atlas

Cuando estuve en el ejército, hice un amigo que tenía familia en Boston. Sus tíos estaban a punto de jubilarse y querían vender su restaurante. Se llamaba Milla's y, una vez que estuve allí, durante un permiso, me enamoré perdidamente del local. Podría decir que fue por la comida, o porque se encontraba en Boston, pero la verdad es que lo que me enamoró del local fue el árbol que habían respetado y que crecía en medio del comedor.

El árbol me recordaba a Lily.

Si has de elegir algo que te recuerde a tu primer amor, más te vale que no sea un árbol, porque están por todas partes. Tal vez esa sea la causa de que no haya pasado ni un solo día sin pensar en Lily desde los dieciocho años. Aunque también podría deberse a que, aún hoy en día, siento que le debo la vida.

No sé si fue por el árbol o por el hecho de que venía totalmente equipado, incluso con la plantilla completa, pero al enterarme de que el restaurante estaba en venta sentí el impulso irrefrenable de comprarlo. No tenía previsto convertirme en propietario justo después de licenciarme. Había pensado trabajar como chef para ganar experiencia, pero cuando se presentó esta oportunidad no pude dejarla escapar.

Con el dinero que había ahorrado durante mis años como marine y un crédito compré el restaurante, le cambié el nombre y creé una carta del todo nueva.

A veces me siento culpable por el éxito del Bib's, como si no me lo mereciera del todo. No solo heredé un personal con experiencia, sino también buena parte de la clientela. No fue algo que construyera yo solo, partiendo de cero, por eso muchas veces me ataca el síndrome del impostor cuando la gente me felicita por el éxito del Bib's.

Supongo que esa es la razón por la que abrí el Corrigan's. No es que necesitara demostrarle nada a nadie; era una necesidad personal, propia. Necesitaba saber que era capaz de conseguirlo. Quería enfrentarme al desafío de crear algo partiendo de cero y verlo crecer y florecer. Es muy parecido a lo que escribió Lily en su diario sobre lo mucho que le gustaba cultivar cosas en su jardín cuando éramos adolescentes.

Tal vez por eso mi instinto protector es más fuerte con el Corrigan's que con el Bib's, porque lo creé de la nada. Y tal vez esa sea también la razón por la que he invertido más en protegerlo. El sistema de seguridad del Corrigan's funciona, por lo que es mucho más difícil que alguien entre a atracar.

Así que decidí pasar la noche en el Bib's, aunque, si nos guiáramos por el sistema de rotación que el chico ha usado hasta ahora, le tocaría al Corrigan's. La primera noche asaltó el Bib's; la segunda, el Corrigan's. Luego se tomó unos días libres y luego volvió a asaltar el Bib's, dos noches seguidas. Puedo equivocarme, pero algo me dice que vendrá aquí una vez más antes de volver al Corrigan's, por la sencilla razón de que encontró menos resistencia para meterse en el Bib's. Solo espero que no decida tomarse hoy también la noche libre.

Estoy seguro de que vendrá si tiene hambre. El Bib's es su mejor opción para conseguir comida, y por eso estoy aquí, al otro lado del contenedor, esperando. Me acerqué una de las sillas destartaladas que los fumadores usan durante los descansos y he estado leyendo para pasar el rato. Las palabras de Lily me han hecho compañía. Tal vez demasiada, porque varias veces me he abstraído tanto con la lectura que me he olvidado de que se suponía que estaba de guardia.

No estoy seguro si el niño que ha estado atacando mis restaurantes es el mismo con el que comparto madre, pero la coincidencia de fechas me hace pensar que sí. Y eso también explicaría los insultos personales de los grafitis. No se me ocurre nadie que tenga motivos para estar resentido conmigo, aparte de un niño que se siente abandonado por su hermano mayor.

Son casi las dos de la madrugada. Compruebo la aplicación de seguridad del Corrigan's, pero tampoco hay novedad por allí.

Vuelvo a leer el diario, aunque las dos últimas entradas me resultaron dolorosas de leer. No era consciente de que a Lily le hubiera impactado tanto que me fuera a Boston. El Atlas de entonces pensaba que era un lastre en su vida.

No sabía que ella sentía que le había aportado tantas cosas. Leer las cartas que escribió en aquella época ha sido más duro de lo que me imaginaba. Pensaba que sería divertido leer sus pensamientos, pero la lectura me recordó lo crueles que fueron nuestras infancias. No reparaba demasiado en ello porque me siento muy lejos de aquella vida, pero esta semana todo parece haberse conjurado para devolverme al pasado. La información del diario, mi madre, descubrir que tengo un hermano…: es como si al pasado del que trataba de huir le hubiera salido una gotera, una que no deja de crecer y que amenaza con hundirme y ahogarme.

Pero, una vez más, Lily regresó con asombrosa puntualidad. Tiene la habilidad de aparecer siempre que necesito un salvavidas.

Hojeo el resto del diario y veo que ya estoy en la última entrada que escribió. Mis recuerdos de aquella noche son muy vagos porque no me gusta recordar el horrible modo en que acabó. Parte de mí ni siquiera quiere experimentarlos desde su punto de vista, pero no puedo quedarme sin saber cómo se ha sentido durante todos estos años que hemos pasado separados.

Abro la última entrada y sigo leyendo en donde me quedé.

Me tomó las manos y me confirmó que iba a entrar en el ejército antes de lo previsto, pero dijo que no podía irse sin pasar a darme las gracias. Me dijo que estaría fuera cuatro años, y que lo último que quería era pensar que había una chica de dieciséis años que no estaba viviendo su vida al máximo por culpa de alguien a quien no iba a poder ver.

Emocionado, añadió:

—Lily, la vida es algo muy raro y curioso. Solo tenemos unos cuantos años para vivirla, así que debemos hacer todo lo posible para llenarlos al máximo. No debemos perder tiempo en cosas que tal vez sucedan algún día o que tal vez no sucedan nunca.

Entendí lo que me estaba diciendo. Que se alistaba en el ejército y que no quería que me aferrara a su recuerdo en su ausencia. No estaba rompiendo conmigo porque ni siquiera estábamos juntos. Solo éramos dos personas que se habían ayudado cuando se necesitaban y cuyos corazones se habían fusionado por el camino.

Fue duro sentir que me soltaba antes de haberme agarrado por completo. Durante todo el tiempo que compartimos, creo que ambos supimos que lo nuestro no iba a ser una historia para siempre. Y no sé por qué, porque no me costaría seguir amándolo como lo hago. Probablemente, si nuestras circunstancias fueran normales, podríamos seguir juntos como la típica pareja adolescente que vive una vida normal, en un hogar normal. Podríamos ser una pareja que no experimenta lo cruel que puede ser la vida cuando se interpone entre dos personas.

Ni siquiera traté de hacerlo cambiar de opinión. Siento que tenemos ese tipo de conexión que ni siquiera el fuego del infierno sería capaz de romper. Siento que da igual si se alista en el ejército. Yo, mientras tanto, viviré mi vida de adolescente y luego todo volverá a su sitio cuando sea el momento adecuado.

—Voy a prometerte algo —me dijo—. Cuando mi vida sea lo bastante buena para que formes parte de ella, iré a buscarte. Pero no quiero que me esperes porque ese día podría no llegar nunca.

No me gustó su promesa. Atlas pensaba que tal vez no regresara con vida del ejército, o que tal vez su vida nunca sería lo bastante buena para mí. Y aunque para mí su vida ya era lo bastante buena, asentí y me obligué a sonreír.

—Si no vienes, seré yo la que vaya a buscarte. Y ese día te vas a enterar, Atlas Corrigan.

Él se echó a reír ante mi amenaza.

—Bueno, no te costará demasiado encontrarme. Ya sabes dónde estaré.

Mi sonrisa se hizo más amplia.

—Donde todo es mejor.

Él me devolvió la sonrisa.

—Exacto. En Boston.

Y entonces me besó.

Ellen, sé que eres adulta y que sabes lo que vino a continuación, pero igualmente, no me siento cómoda entrando en detalles, así que dejémoslo en que nos besamos mucho. Y reímos mucho. Amamos mucho y respiramos mucho. Mucho. Y los dos tuvimos que taparnos la boca y guardar silencio para que no nos descubrieran.

Al acabar, me abrazó y permanecimos unidos, piel con piel, corazón con corazón. Me besó y mirándome fijamente a los ojos, me dijo:

—Te quiero, Lily. Amo todo lo que eres. Te quiero.

Sé que son palabras que los adolescentes dicen a menudo, muchas veces de manera prematura y sin estar demasiado justificadas. Pero cuando él las pronunció supe que no se estaba declarando. No me estaba diciendo que estaba enamorado de mí; no era ese tipo de «te quiero».

Imagínate a todas las personas que conoces a lo largo de la vida. Son muchísimas. Aparecen en forma de oleaje; unos vienen y otros se van con las mareas. Algunas olas son más grandes e impactan con más fuerza que otras. Algunas de estas olas vienen acompañadas por cosas que arrastran desde lo más profundo del mar y que lanzan en tu orilla, dejando una marca que demuestra que esas personas han estado allí, aunque haga mucho tiempo que la marea retrocedió.

Y eso era lo que Atlas me estaba transmitiendo al decir «te quiero». Me estaba diciendo que yo era la ola más grande con la que se había topado. Y que había dejado tantas cosas en su orilla que mi marca siempre permanecería en su playa, aunque la marea se retirara.

Después me dijo que tenía un regalo de cumpleaños para mí y me enseñó una bolsita café.

—No es gran cosa, pero es todo lo que me pude permitir.

Abrí la bolsita y saqué el mejor regalo que me han hecho nunca. Era un imán con las letras BOSTON en la parte superior. En la parte inferior, en letras dimi-

nutas, ponía: DONDE TODO ES MEJOR. Le dije que lo guardaría siempre y que cada vez que lo viera me acordaría de él.

Al empezar esta carta te dije que el día en que cumplí los dieciséis fue uno de los mejores días de mi vida. Y hasta ese preciso momento, lo fue. Pero los minutos siguientes no lo fueron.

Atlas apareció por sorpresa. No esperaba su visita y por eso no cerré la puerta con pestillo. Mi padre me oyó hablar con alguien en la habitación y abrió la puerta. Al ver a Atlas en mi cama, se enfureció como nunca. Y Atlas estaba en desventaja, porque no estaba preparado para lo que vino a continuación.

Por muchos años que viva, nunca olvidaré lo que sentí cuando mi padre se abalanzó sobre Atlas con un bate de beisbol. El sonido de sus huesos al romperse era lo único que lograba oír más allá de mis gritos.

Aún no sé quién llamó a la policía. Estoy segura de que fue mi madre, pero han pasado seis meses y todavía no hablamos de lo que pasó esa noche. Cuando la policía entró en mi habitación y apartó a mi padre de Atlas, estaba tan cubierto de sangre que no lo reconocí.

Estaba histérica.

Histérica.

No solo tuvieron que llevarse a Atlas en ambulancia, tuvo que venir otra a buscarme a mí porque no podía respirar. Ha sido el primer y único ataque de pánico que he tenido en la vida.

Nadie me decía dónde estaba Atlas; ni siquiera me

decían si estaba bien. Y a mi padre, por supuesto, no le pasó nada. No solo no lo arrestaron, sino que acabó convertido en un héroe. Se corrió la voz de que Atlas era un sin techo que se había alojado en la casa abandonada y a mi padre le llovieron los elogios por salvar a su niñita de las garras del desaprensivo sin techo que había abusado de ella.

Mi padre me dijo que yo era la vergüenza de la familia por darle a la gente algo con lo que criticarnos. Y lo peor es que no le falta razón, sigue siendo fuente de chismes. Hoy mismo oí a Katie contarle a alguien en el autobús que ella trató de advertirme sobre Atlas. Dijo que ella se había dado cuenta de que ese chico era problemático desde la primera vez que lo vio, lo que es una tontería. Si Atlas hubiera estado a mi lado, probablemente me habría callado y habría actuado con madurez, como él me enseñó. Pero no estaba a mi lado, así que me volteé hacia ella y la mandé a la mierda. Le dije que Atlas es mejor persona de lo que ella será nunca y que si vuelvo a oírla decir algo malo sobre él, lo lamentará.

Ella puso los ojos en blanco y me dijo:

—Por Dios, Lily, ¿te lavó el cerebro? Era un chico sin techo, un sucio ladronzuelo que probablemente se drogaba. Te usó para conseguir comida y sexo... ¿y todavía lo defiendes?

Tuvo suerte de que el autobús se parara delante de mi casa en ese momento. Tomé la mochila, me metí en mi habitación y me pasé tres horas llorando. Ahora me duele la cabeza, pero sabía que la única *manera de sentirme un poco mejor iba a ser volcarlo todo sobre el papel. Llevaba seis meses resistiéndome a escribir esta carta.*

No te lo tomes a mal, Ellen, pero me sigue doliendo la cabeza. Y el corazón. Tal vez más que antes. Esta carta no me ha ayudado una mierda.

Creo que voy a dejar de escribirte durante una temporada. Escribirte me hace pensar en él, y me duele demasiado. Hasta que él vuelva por mí, voy a seguir fingiendo que estoy bien. Seguiré fingiendo que nado, cuando en realidad lo que hago es flotar, y me cuesta horrores mantener la cabeza fuera del agua.

LILY

Cierro el diario tras leer la última página.

No sé qué sentir, porque lo siento todo: furia, amor, tristeza, felicidad.

Me daba muchísima rabia no poder recordar casi nada de aquella noche, por mucho que me esforzara en rememorar las palabras que nos dijimos. Que Lily lo recogiera todo en su diario es un regalo… aunque uno muy triste.

En aquel periodo de mi vida hubo muchas cosas que no compartí con ella, porque temía que fuera demasiado frágil. Mi intención era protegerla de las cosas negativas que pasaban en mi vida, pero al leer su diario me he dado cuenta de que no necesitaba que la protegiera. Lo más seguro es que ella me hubiera ayudado a mí a superarlo.

Me dan ganas de escribirle otra carta, aunque en realidad lo que quiero es estar con ella y hablar de todo esto cara a cara. Sé que dijimos que tomaríamos las cosas con calma, pero, cuanto más tiempo paso con ella, más me cuesta tener paciencia.

Me levanto para llevar el diario dentro y tomar algo de beber para amenizar la guardia, pero me detengo en seco. Al final del callejón hay un farol que crea un foco de luz en el edificio de enfrente, y una sombra acaba de cruzar ese foco de luz. La sombra avanza por la pared, como si la persona a la que pertenece se dirigiera hacia mí. Retrocedo un paso para permanecer escondido.

Finalmente alguien aparece en mi campo de visión. Un chico se acerca a la puerta trasera. No sé si este niño es mi hermano, pero estoy seguro de que es la misma persona que vi en la grabación de la cámara de seguridad del Corrigan's. La misma ropa, la misma capucha cubriéndole la cara.

Permanezco escondido, observando cómo se acerca, cada vez más convencido de que se trata de quien creo que es. Tiene la misma constitución que yo; incluso se mueve de la misma manera. Me estoy poniendo nervioso, porque tengo ganas de conocerlo. Quiero que sepa que no estoy enfadado y que sé por lo que está pasando.

Creo que ni siquiera estaba enfadado con el atacante antes de saber que podía ser mi hermano. Es difícil enfadarse con un chiquillo, pero es especialmente difícil enfadarse con alguien que creció junto a la misma mujer que trató de criarme a mí. Sé lo que es tener que hacer cualquier cosa para sobrevivir. Y también sé lo que se siente cuando tratas de llamar la atención de alguien. De cualquiera. Recuerdo algunas veces, durante mi infancia, en las que solo quería que alguien se fijara en mí. Tengo la sensación de que esto es exactamente lo que está pasando aquí ahora.

Desea que lo descubran y lo atrapen. Está procurando llamar la atención.

Se dirige a la puerta trasera del restaurante con decisión. Se nota que no es la primera vez que viene. Intenta abrir la puerta y, al ver que está cerrada con llave, se saca un bote de pintura en espray de la sudadera. Espero a que levante el brazo y, en ese momento, revelo mi presencia.

—No lo sujetas bien.

Se sobresalta al oír mi voz. Cuando se da la vuelta, me mira y compruebo lo pequeño que es, se me forma un nudo tan fuerte en el corazón que temo que me estalle. Trato de imaginarme a Theo aquí solo, en plena noche.

El miedo que asoma a sus ojos hace que parezca aún más niño. Cuando doy un paso hacia él, retrocede mirando a su alrededor en busca de una salida, pero no intenta huir.

Estoy seguro de que siente curiosidad por saber qué va a pasar. ¿Será esto lo que ha estado buscando al presentarse aquí noche tras noche?

Alargo la mano para que me dé el bote de pintura. Él titubea un poco, pero me lo acaba dando, y yo le muestro cómo sostenerlo correctamente.

—Si lo haces así, no goteará. Lo ponías demasiado cerca.

Su rostro delata todas las emociones que está sintiendo mientras me observa, que van desde el enfado hasta la fascinación, pasando por la traición. Ambos nos contemplamos en silencio tratando de asimilar lo mucho que nos parecemos. Los dos hemos salido a nuestra madre. La misma mandíbula, los mismos ojos claros, la misma boca, incluso el modo en que la fruncimos sin darnos cuenta. Son muchas cosas que asimilar. Me había resignado ya a la idea de no tener familia y, sin embargo, la tengo y está aquí, frente a mí, de carne y hueso. Me pregunto qué debe de estar sintiendo él al mirarme. Rabia, como es obvio, y decepción.

Apoyo un hombro contra el edificio, y lo miro con total honestidad.

—No sabía que existías, Josh. Me enteré hace unas horas.

El niño se mete las manos en los bolsillos de la sudadera y se mira los pies.

—Y una mierda —murmura.

Me entristece comprobar lo duro que es ya, a tan tierna edad. Pasando por alto la rabia que encierran sus palabras, saco las llaves y abro la puerta del restaurante.

—¿Tienes hambre?

Le sostengo la puerta abierta.

Parece que va a salir corriendo, pero, tras un instante de indecisión, agacha la cabeza y entra.

Enciendo las luces y me dirijo a la cocina. Tomo los ingredientes para prepararle un sándwich de queso fundido y lo pongo en la parrilla mientras él recorre despacio la cocina fijándose en todo. Toca cosas, abre cajones, armarios. Tal vez está haciendo inventario para la próxima vez que entre a robar. O tal vez disimula el miedo haciéndolo pasar por curiosidad.

Estoy emplatándole el sándwich cuando al fin se decide a hablar.

—¿Cómo sabes quién soy si no sabías que existía?

Parece que la conversación puede alargarse y prefiero que esté cómodo. No hay ninguna mesa en la cocina donde sentarse, por lo que le señalo las puertas que llevan al comedor. El cartel luminoso de la entrada ilumina lo suficiente para no tener que encender las luces.

—Siéntate aquí.

Señalo la mesa ocho y él ocupa el banco donde se sentó nuestra madre hace un rato.

Empieza a comer en cuanto le pongo el plato delante.

—¿Qué quieres para beber?

Él traga y se encoge de hombros.

—Cualquier cosa.

Regreso a la cocina y le preparo un vaso de agua con hielo. Luego me siento en el banco de enfrente, delante de él. Él se bebe medio vaso de un trago.

—Tu madre estuvo aquí esta noche —le digo—. Te andaba buscando.

Él hace una mueca indicando que no le importa y sigue comiendo.

—¿Dónde estabas?

—Por ahí —responde con la boca llena.

—¿Vas a la escuela?

—Últimamente no.

Dejo que dé unos cuantos bocados más antes de seguir. No quiero ahuyentarlo con demasiadas preguntas.

—¿Por qué te escapaste? —le pregunto—. ¿Por culpa de ella?

—¿De Sutton?

Asiento con la cabeza preguntándome qué tipo de relación pueden tener si ni siquiera la llama «mamá».

—Sí. Nos peleamos. Siempre discutimos por cualquier mierda, hasta lo más idiota.

Da el último bocado al sándwich y se acaba el vaso de agua.

—¿Y tu padre? ¿Tim?

—Se fue cuando yo era pequeño. —Mira a su alrededor y se fija en el árbol. Vuelve a mirarme y ladea la cabeza—. ¿Eres rico?

—Si lo fuera, no te lo diría. Has tratado de robarme cuatro veces ya.

Veo que una sonrisa irónica trata de abrirse camino en su rostro, pero no le da permiso para asomarse. Se relaja un poco en el asiento y se echa la capucha hacia atrás. Cuando unos cuantos mechones de pelo castaño grasiento le caen sobre la frente, se los echa hacia atrás. El corte de pelo conserva parte de la forma original, aunque está demasiado largo e irregular por los lados.

—Me dijo que te fuiste por mi culpa; que no querías un hermano.

Tengo que hacer un esfuerzo por contener el enfado. Tomo el plato y el vaso vacíos y me levanto.

—No sabía que existías hasta hoy, Josh. Lo juro. Si lo hubiera sabido, te habría ido a ver.

Él me observa sin levantarse, como si estuviera decidiendo si puede fiarse de mí o no.

—Pues ahora ya lo sabes.

Lo dice en tono desafiante, como provocándome a portarme mejor a partir de ahora. Como si quisiera que le demostrara que se equivoca al no esperar nada bueno de este mundo.

Con la cabeza señalo hacia las puertas de la cocina.

—Tienes razón. Vamos.

Él no se mueve inmediatamente.

—¿Adónde?

—A mi casa. Tengo una habitación para ti, siempre y cuando dejes de maldecir.

Él alza una ceja.

—¿Qué eres? ¿Un fanático religioso de esos?

Le hago un gesto para que se levante.

—Un chico de once años maldiciendo todo el tiempo da imagen de desesperación. No estará bien hasta los catorce por lo menos.

—No tengo once años; tengo doce.

—Oh, ella me dijo que tenías once. Da igual. Sigues siendo demasiado joven; no es bueno.

Josh se levanta y me sigue hacia la cocina.

Me doy la vuelta y abro las puertas con la espalda.

—Y, por si necesitas volver a escribirlo en el futuro, «mantecato» no se escribe así.

Él parece sorprendido.

—Ya me sonó raro al verlo escrito.

Dejo el plato y el vaso en el fregadero, porque son casi las tres de la madrugada y no tengo ganas de lavarlos. Apago las luces y le indico a Josh que salga por la puerta de atrás. Mientras cierro con llave, me pregunta:

—¿Vas a decirle a Sutton dónde estoy?

—Aún no sé lo que voy a hacer —admito.

Echo a andar callejón abajo y él se apresura a seguirme.

—Da igual, pienso irme a Chicago —me dice—. No creo que me quede más de una noche en tu casa.

Me resulta gracioso que el chiquillo crea que voy a dejar que se vaya a otra ciudad ahora que sé que existe.

«¿En qué lío me estoy metiendo?», me pregunto. Tengo el presentimiento de que mis responsabilidades diarias acaban de duplicarse.

—¿Tenemos algún hermano más del que no sepa nada? —le pregunto.

—Bueno, solo los gemelos. Tienen ocho años.

Me detengo en seco y me volteo hacia él.

Josh se echa a reír.

—Es broma. Solo estamos nosotros dos.

Sacudiendo la cabeza, le agarro la capucha y le cubro la cabeza con ella.

—Más te vale.

Él va sonriendo de camino al coche. Yo también sonrío hasta que noto una punzada de preocupación.

Solo hace media hora que lo conozco, y hace menos de un día que sé de su existencia; sin embargo, de repente tengo la sensación de que voy a querer protegerlo durante el resto de mi vida.

16

Lily

Cuando tienes niños, pierdes las mañanas.

A mí antes me gustaba despertarme y quedarme en la cama un rato antes de tomar el celular y ponerme al día de lo que pudiera haberme perdido mientras dormía. Me tomaba una taza de café y luego planificaba la jornada mientras me bañaba.

Pero ahora que tengo a Emmy, su llanto de buena mañana me arranca de la cama y me convierto en su recadera, sin tiempo ni de orinar. Le cambio el pañal, la visto y le doy de comer a toda velocidad. Cuando termino de cumplir con mis labores maternas matutinas, ya es tarde y apenas me queda tiempo para ocuparme de mis propias necesidades antes de salir corriendo hacia el trabajo.

Por eso me gustan tanto los domingos por la mañana. Es el único día de la semana en que consigo un poco de paz y tranquilidad. Cuando Emmy se despierta los domingos la meto en la cama conmigo. Nos quedamos las dos acostadas y la escucho balbucear tan a gusto, porque no tenemos prisa por llegar a ninguna parte.

Algunas veces, como ahora mismo, se vuelve a dormir y yo me dedico a observarla durante un buen rato, maravillándome por el milagro de la maternidad.

Tomo el celular y le tomo una foto para enviársela a Ryle, pero dudo antes de hacerlo. No añoro a Ryle en absoluto, pero a veces me entristece que no pueda compartir momentos como este con nosotras; igual que me apena no poder compartir los buenos momentos que pasan ellos dos cuando están solos. No hay nada mejor que adorar al bebé que has creado junto a la persona con la que lo creaste. A menudo le envío fotos y videos, pero sigo alterada por lo de anoche y para nada quiero ponerme en contacto con él, así que me guardo la foto para otro instante en que las cosas estén más calmadas.

«Maldito Ryle».

El divorcio es complicado. Sabía que lo sería, pero está resultando serlo más de lo que pensaba. Y afrontar un divorcio con un bebé de por medio es un millón de veces más complicado. No te queda más remedio que seguir interactuando con la otra persona durante el resto de tu vida. Tienes que encontrar la manera de celebrar los cumpleaños juntos o asumir que van a celebrarlos por separado. Debes planificar qué parte de tus vacaciones vas a pasar con tu hijo; qué días de la semana. A veces, incluso debes distribuirte las horas del día.

No puedes chasquear los dedos y olvidarte de la persona con la que te casaste y de la que te divorciaste. Tienes que cargar con ella, para siempre.

A mí me ha tocado preocuparme eternamente por los sentimientos de Ryle y, con franqueza, me estoy hartando de estar siempre preocupada por él, de sentir pena por él, de tenerle miedo, de tener que ir con cuidado para no dañar sus sentimientos.

¿Cuánto tiempo voy a tener que esperar antes de poder salir con alguien sin que Ryle considere que tiene derecho a seguir celoso? ¿Cuánto voy a tener que esperar antes de poder decirle que estoy saliendo con Atlas, si es que acabamos saliendo? ¿Cuánto tiempo ha de pasar antes de que pueda tomar decisiones sobre mi vida sin preocuparme por sus sentimientos?

Cuando el teléfono vibra, veo que es mi madre, que me está llamando. Me deslizo silenciosamente por la cama y voy a la sala a responder.

—Hola.

—¿Puedo quedarme a Emerson hoy?

Me echo a reír porque, ahora que tiene una nieta, es como si yo no existiera.

—Estoy bien. ¿Y tú? ¿Cómo estás?

Mi madre quiere a Emmy tanto como yo, estoy segura de ello. Cuando Emmy cumplió seis semanas, mi madre empezó a llevársela unas cuantas horas mientras yo trabajaba. De hecho, el mes pasado se quedó a dormir una noche entera en su casa. Fue la primera noche que pasé separada de Emmy desde que nació. Se había quedado dormida en casa de mi madre y ninguna de las dos queríamos despertarla, así que volví a buscarla a la mañana siguiente.

—Robert y yo estamos por aquí cerca. Podríamos recogerla en veinte minutos. Vamos al jardín botánico y pensé que sería divertido llevarla. Además, seguro que te caerá bien descansar un rato.

—Sí, claro. Ahora la visto.

Media hora más tarde, llaman a la puerta. Abro para que pasen Rob y mi madre, la cual va directa a la sala y se abalanza sobre Emmy, que está en su colchoneta, en el suelo.

—Hola, mamá —le digo en tono burlón.

—¡Qué conjunto más lindo lleva! —comenta mi madre tomándola en brazos—. ¿Se lo compré yo?

—No, es heredado de Rylee.

Es muy práctico que Rylee sea seis meses mayor que Emmy. Casi no hemos tenido que comprarle ropa, porque Allysa me pasa muchísima. Siempre está como nueva, porque rara es la vez que Allysa le pone el mismo modelito dos veces.

Hoy le puse el conjunto que Rylee llevó el día en que cumplió un año. Esperaba con ganas que me lo pasara porque es adorable. Son unos *leggings* rosas con sandías estampadas, y la parte de arriba es un suetercito con una rodaja de sandía estampada en el centro.

Mi madre le compró casi toda la ropa que tiene que no ha heredado de Rylee, incluido el abrigo azul que le estoy poniendo.

—No le queda con el conjunto —protesta mi madre—. ¿Dónde está el abrigo rosa que le compré?

—Le queda pequeño. Estamos hablando de un abrigo y de una niña de un año; da igual si no hacen juego.

Mi madre suelta un resoplido. Conozco esa expresión y sé que Emmy volverá a casa con un abriguito nuevo. Le doy un beso en la mejilla a Emmy, y mi madre se dirige a la puerta.

Le doy a Rob la pañalera y él se la cuelga al hombro.

—¿Quieres que la lleve yo? —le pregunta a mi madre, que la abraza con más fuerza.

—Yo puedo. —Mirándome por encima del hombro, añade—: Volveremos dentro de unas horas.

—¿A qué hora, más o menos? —le pregunto.

No suelo concretar una hora con ella, pero pensé en proponerle a Atlas si quiere que comamos juntos, ya que los dos tenemos el día libre y no tengo a Emmy.

—Te enviaré un mensaje antes de venir. ¿Por qué? —me pregunta—. Pensaba que recuperarías sueño atrasado.

No me atrevo a decirle que estoy pensando en escaparme para verme con un hombre. Probablemente empezaría a hacerme preguntas y cerrarían el jardín botánico antes de que acabara.

—Sí, supongo que dormiré, pero dejaré el teléfono encendido. Pásenlo bien.

Mi madre ya salió y camina por el pasillo, pero Rob se detiene y me mira.

—Asegúrate de estacionar en el mismo sitio. Si cambias el coche de lugar, se dará cuenta y te hará preguntas. —Me guiña el ojo, señal de que me tiene aún más calada que mi madre.

—Gracias por el consejo —susurro.

Cierro la puerta y voy por el teléfono. Me di prisa para que Emmy estuviera lista cuando llegara mi madre, y no he mirado el celular desde que recibí su llamada hace un rato. Veo que tengo una llamada perdida de Atlas de hace veinte minutos.

Se me encoge el estómago de nervios. Espero que esté libre hoy. Uso la cámara para comprobar si estoy presentable y le devuelvo la llamada mediante videollamada.

La primera vez que él usó esa vía de comunicación me sentí incómoda, pero ahora ya me parece de lo más normal. Siempre quiero verle la cara. Me gusta fijarme en lo que lleva puesto, dónde está, y las caras que pone cuando dice las cosas que dice.

Sonrío en cuanto reconozco el sonido que indica que aceptó la videollamada. Levanta el celular y, cuando al fin distingo el fondo, veo que está en una cocina que no reconozco. Es blanca y luminosa; no es la cocina que recuerdo de cuando estuve en su casa, hace casi dos años.

—Buenos días —me saluda. Está sonriendo, pero parece cansado, como si acabara de despertarse o estuviera a punto de meterse en la cama.

—Hola.

—¿Dormiste bien? —me pregunta.

—Sí, por fin. —Entorno los ojos fijándome más en el fondo—. ¿Remodelaste la cocina?

Atlas mira por encima del hombro.

—No, me cambié de casa.

—¿Qué? ¿Cuándo?

—Este año, hace unos meses. Vendí la casa y me vine a vivir más cerca del restaurante.

—Oh, qué bien. —Si está más cerca del restaurante, está más cerca de mí. Me pregunto a qué distancia estaremos—. ¿Estás cocinando?

Atlas enfoca la barra con la cámara. Veo un sartén con huevos, una pila de tocino, tortitas y… dos platos.

Y dos vasos de jugo.

Se me cae el alma a los pies.

—Mucha comida veo ahí —comento tratando de disimular los intensos celos que me acaban de asaltar.

—No estoy solo —replica volviendo a enfocarse la cara.

Mi decepción debe de ser imposible de disimular, porque él niega con la cabeza inmediatamente.

—No, Lily, no es eso...

Se echa a reír. Parece nervioso. Su reacción es adorable, pero sigo teniendo muchas dudas. Alza el celular un poco más hasta que veo a la persona que está a su espalda. No sé quién es, pero no es otra mujer.

Es un niño.

Un niño que es muy parecido a Atlas, y que me está mirando con unos ojos que son idénticos a los de Atlas.

«¿Tiene un hijo del que no me había hablado?».

¿Qué está pasando?

—Cree que soy tu hijo —dice el niño—. La estás asustando.

Inmediatamente, Atlas vuelve a enfocarse la cara.

—No es mi hijo, es mi hermano.

«¿Hermano?».

Atlas mueve el teléfono para que vuelva a ver a su hermano.

—Saluda a Lily.

—No.

Atlas hace una mueca exasperada antes de dirigirme una mirada de disculpa.

—Es un poco tonto —dice delante de su hermano pequeño.

—¡Atlas! —susurro escandalizada por todo en general.

—No pasa nada; él sabe que es un tonto.

Veo que su hermano se echa a reír a su espalda, y sé que el niño sabe que Atlas está bromeando. Yo, en cambio, cada vez estoy más confundida.

—¿Tienes un hermano? No tenía ni idea.

—Yo tampoco lo sabía. Me enteré anoche, después de nuestra cita.

Pienso en la noche pasada. Era obvio que el mensaje que recibió lo había dejado preocupado, pero no sabía que se trataba de un asunto familiar de este calibre. Supongo que esto explica que su madre tratara de ponerse en contacto con él.

—Parece que tienes muchas cosas que procesar hoy.

—Espera, no cuelgues aún —me pide. Sale de la cocina y se dirige a otra habitación buscando privacidad. Cierra la puerta y se sienta en su cama—. A las galletas les faltan unos diez minutos; puedo hablar.

—Guau, tortitas y galletas. Es un niño afortunado, yo desayuné un café solo.

Atlas sonríe, pero la sonrisa no le ilumina los ojos. Delante de su hermano parecía estar de buen humor, pero ahora que estamos a solas noto que está muy tenso.

—¿Dónde está Emmy?

—Mi madre se la llevó unas cuantas horas.

Cuando se da cuenta de que ninguno de los dos trabajamos y que no he de cuidar de Emmy, suspira como si lo hubiera dejado hecho polvo.

—¿Me estás diciendo que tienes el día libre?

—No pasa nada; te recuerdo que dijimos que nos lo tomaríamos con calma. No todos los días descubre uno que tiene un hermano.

Él se pasa una mano por el pelo y vuelve a suspirar.

—Era él quien atacaba los restaurantes.

Me sobresalto al oírlo. Necesito más información.

—Por eso me llamó mi madre la semana pasada; quería saber si sabía algo de él. Y ahora me siento como un cabrón por haber bloqueado su número.

—No lo sabías. —Estoy de pie en la sala, pero la conversación se ha vuelto seria y prefiero sentarme. Me dirijo al sofá y dejo el celular en el reposabrazos, apoyado en el soporte—. ¿Y él? ¿Sabía él que tú existías?

Atlas asiente con la cabeza.

—Sí, y pensaba que yo también conocía su existencia, así que descargaba su rabia contra los restaurantes. Aparte de los miles de dólares que me van a costar las reparaciones, parece buen chico. O, al menos, diría que tiene potencial para ser un buen chico. No lo puedo asegurar. Ha pasado por muchas de las mierdas por las que mi madre me hizo pasar a mí; es imposible saber hasta qué punto lo habrán afectado.

—¿Y tu madre? ¿Está ahí también?

Atlas niega con la cabeza.

—Todavía no le he dicho que lo encontré. Aunque hablé con un amigo, que es abogado, y me dijo que debo decírselo cuanto antes, para que no pueda usarlo contra mí.

«¿Usarlo contra él?».

—¿Quieres pedir su custodia?

Atlas asiente sin vacilar.

—No sé si es lo que Josh quiere, pero yo no podría vivir sin intentarlo. Sé qué tipo de madre tiene. Josh mencionó que quería buscar a su padre, pero Tim es incluso peor que mi madre.

—¿Qué derechos tienes como hermano? ¿Tienes alguno?

Atlas vuelve a negar con la cabeza.

—No, a menos que mi madre acceda a que él viva conmigo. No te imaginas las pocas ganas que tengo de hablar con ella. Sé que se negará solo para fastidiarme, pero... —Suspira hondo—. Si se queda con ella, está perdido. Tiene una coraza más dura de la que tenía yo a su edad. Y está mucho más amargado. Tengo miedo de que el enfado se convierta en algo peor si no consigue un poco de estabilidad en su vida. Pero ¿y si no soy capaz de dársela? ¿Y si la jodo más que mi madre?

—No lo harás, Atlas. Sabes que no.

Él reacciona a mis palabras de ánimo con una sonrisa.

—Tú lo ves muy fácil. Criar niños se te da perfecto.

—Son puras apariencias —le digo—. En realidad, no tengo ni idea de lo que estoy haciendo. Ningún padre lo sabe. Todos cargamos con el síndrome del impostor y vamos improvisando constantemente.

—¿Por qué me resulta tan aterrador como reconfortante? —me pregunta.

—Acabas de resumir la maternidad en dos palabras. Válido también para la paternidad.

Él suspira hondo.

—Debería ir a asegurarme de que no me está desvalijando la casa. Te llamo luego, ¿está bien?

—Está bien. Buena suerte.

El modo en que Atlas se despide de mí vocalizando la palabra *adiós* sin decirlo en voz alta me resulta de lo más sexy.

Cuando cuelgo, me voy a la cama, me dejo caer de espaldas y suspiro. Me gusta cómo me siento después de hablar con él. Me hace sentir eufórica, llena de energía, feliz, incluso cuando la conversación es tan sorprendente y caótica como la que acabamos de mantener.

Me gustaría saber dónde vive para ir a darle un abrazo como el que él vino a darme anoche. Odio que tenga que enfrentarse a esta situación, pero, al mismo tiempo, me alegro por él. No puedo imaginarme lo solo que ha debido de sentirse sin un solo miembro de su familia con quien contar.

Y ese pobre niño. Es como si se volviera a repetir la historia de Atlas, como si un niño sintiéndose tan abandonado por su madre no hubiera sido suficiente.

Un aviso del celular me indica que me entró un mensaje de texto. Sonrío al ver que es suyo. Y mi sonrisa se hace más amplia al ver lo largo que es.

Gracias por ser el consuelo que necesito en la vida. Gracias por ser el faro que me guía cada vez que siento que estoy perdido, ya trates de iluminarme o no. Doy las gracias porque existes. Te echaba de menos. Obviamente, debería haberte besado.

Cuando acabo de leerlo, me cubro la boca con la mano. Siento una emoción tan grande que no sé dónde ponerla.

> Josh es muy afortunado por tenerte
> en su vida ahora.

Apenas unos segundos más tarde, Atlas indica que le gustó mi mensaje con un corazón. Y entonces le envío un segundo mensaje.

> Y tienes razón. Obviamente,
> deberías haberme besado.

A Atlas también le gusta este mensaje. El corazón que aparece bajo mi mensaje lo demuestra.

17

Atlas

Josh no se fía de mí, pero sé que acabaré consiguiéndolo. Estoy seguro de que no se fía de nadie, por lo que no me lo tomo como algo personal. Si su infancia se parece en algo a la mía, a los doce años debe tener la piel curtida, demasiado para su edad.

Aunque me observa con desconfianza, noto que también le despierto curiosidad. No hace muchas preguntas; aun así, su modo de mirarme me dice que no es por falta de ganas. Se nota que tiene miles de preguntas en la punta de la lengua, pero, por alguna razón, se las guarda. Probablemente se está preguntando por qué me estoy portando tan bien con él tras haber descubierto que fue él quien causó daños a mis restaurantes. Probablemente también se está preguntando por qué no sabía que existía, y cómo es que he salido tan distinto a mi madre y a Tim.

Sea lo que sea lo que se esté preguntando, está tratando de mantener sus emociones bajo llave. No quiero que se sienta incómodo, por lo que me he encargado de hablar mientras él desayuna. No me resulta difícil, porque yo también tengo muchísimas preguntas que hacerle. Anoche, cuando al fin llegamos a casa, me costó mucho dormir. Estaba atento a los ruidos, por si intentaba huir durante la noche. La verdad es que me sorprendió verlo todavía aquí esta mañana.

Aunque es posible que lo esté agobiando con tantas preguntas, recuerdo lo que sentía a los doce años. Lo único que quería era que alguien mostrara interés en mí como persona, aunque fuera un interés fingido. Si su vida se parece a la mía, lleva doce años siendo ignorado, y me niego a que se sienta así bajo mi techo. De momento solo le estoy haciendo preguntas fáciles; me guardo las difíciles para más adelante.

Josh come las cosas de una en una. Primero una galleta, después el tocino. Está atacando la primera tortita cuando le pregunto:

—Y ¿qué te interesa? ¿Tienes algún hobby?

Él da un bocado a la tortita y alza una ceja, pero no sé si es por la tortita o por la pregunta.

—¿Por qué?

—¿Por qué quiero saber qué cosas te interesan?

Él asiente, con la nuca muy rígida.

—Me he perdido doce años de tu vida. Quiero saber quién eres.

Josh aparta la mirada y se mete más trozos de tortita en la boca.

—Manga —murmura.

Su respuesta me sorprende, pero, gracias a Theo, sé lo que es el manga.

—¿Cuál es tu serie favorita?

—*One Piece* —responde, pero enseguida niega con la cabeza y rectifica—. No, probablemente *Chainsaw Man* es mi favorita.

No puedo seguir con este tema si no quiero quedar como un ignorante.

—Si quieres, luego podemos ir a una librería.

Él asiente con la cabeza.

—Las tortitas están buenas.

—Gracias.

Da un trago al jugo y, mientras deja el vaso, me pregunta:

—Y a ti, ¿qué te interesa? —Señala el plato—. Aparte de cocinar.

No sé qué responderle. Dedico casi todo mi tiempo a los restaurantes. Y el poco tiempo que me sobra lo dedico a reparaciones de la casa, lavar la ropa o dormir.

—Me gusta ver el canal de cocina.

Josh se echa a reír.

—Qué triste.

—¿Por qué?

—Dije aparte de cocinar.

Ahora que me toca a mí responder, me doy cuenta de que es una pregunta más difícil de lo que pensaba.

—Me gustan los museos —respondo al fin—. O ir al cine. Y viajar. Lo que pasa es que no lo hago.

—¿Porque siempre estás trabajando?

—Sí.

—Pues eso, lo que dije: triste. —Se inclina sobre el plato para hacerse con otro trozo de tortita.

Lo de plantearle preguntas para conocerlo mejor no

está saliendo como esperaba, así que cambio de táctica y voy directo al grano.

—¿Por qué se pelearon?

Él se encoge de hombros.

—La mitad de las veces no sé qué demonios he hecho mal. Se enfada por cualquier cosa.

Sé de lo que habla. Lo dejo comer tranquilo un rato antes de hacerle otra pregunta.

—¿Dónde has dormido estos días?

Josh no me mira y juguetea con la comida durante unos momentos antes de responder:

—En tu restaurante. —Alza la vista despacio hasta que vuelve a mirarme a los ojos—. El sofá de tu oficina es francamente cómodo.

—¿Has estado durmiendo en el restaurante? ¿Cuánto tiempo?

—Dos semanas.

No lo puedo creer.

—Y ¿cómo entrabas?

—No tienes alarma en ese restaurante así que, tras unos cuantos intentos, logré forzar la cerradura. En el otro no pude entrar; demasiado complicado.

—¿Sabes forzar cerraduras? —Se me escapa la risa, no puedo evitarlo. Brad y Darin van a disfrutar diciéndome: «Te lo dije»—. Y ¿por qué pasaste de dormir ahí a romper cosas?

Josh me dirige una mirada insegura.

—No lo sé. Supongo que estaba enojado. —Empuja el plato y se echa hacia atrás—. Y ahora ¿qué va a pasar? ¿Tengo que volver con ella?

—¿Tú qué quieres que pase?

—Quiero vivir con mi padre. —Se rasca el codo—. ¿Puedes ayudarme a encontrarlo?

Tengo tantas ganas de volver a ver a Tim como tenía de volver a ver a mi madre, es decir, ningunas.

—¿Sabes algo de él?

—Creo que está viviendo en Vermont, pero no sé dónde.

—¿Cuándo lo viste por última vez?

—Hace unos años, pero ahora él ya no sabe dónde localizarme.

En estos momentos, Josh aparenta tener su edad real. Es un niño frágil y abandonado por su padre, que se niega a perder la esperanza. No quiero ser yo quien se la arrebate, por eso me limito a asentir con la cabeza.

—Sí, veré lo que puedo hacer. Pero, de momento, tengo que decirle a tu madre que estás bien. Tengo que llamarla.

—¿Por qué?

—Porque, si no lo hago, podría considerarse secuestro.

—No, si estoy aquí voluntariamente.

—Aunque estés voluntariamente. Aún no tienes edad para decidir dónde quieres vivir. Ahora mismo, tu custodia legal la tiene tu madre.

Su humor se ensombrece de forma visible. Clava el tenedor varias veces en la comida, pero no se mete nada en la boca.

Salgo de la cocina para llamar a Sutton. Desbloqueé su número después de su visita al restaurante del otro día, por si necesitaba ponerse en contacto conmigo. Marco su número y me llevo el teléfono a la oreja. Tarda un poco, pero al final responde con voz soñolienta.

—Ey, lo encontré.

—¿Quién llama? —Cierro los ojos mientras espero a que acabe de despertarse y recuerde que su hijo está desaparecido. Tras unos cuantos segundos, reacciona—: ¿Atlas?

—Sí. Encontré a Josh.

Oigo ruidos, como si se estuviera levantando de la cama.

—¿Dónde estaba?

No tengo ganas de responder a esa pregunta. Ya sé que es su madre, pero tengo la sensación de que no es asunto suyo, lo cual no deja de ser curioso.

—No sé por dónde ha estado, pero está conmigo ahora. Oye... Estaba pensando que podría quedarse aquí una temporada, para que puedas descansar un poco.

—¿Quieres que se quede ahí, contigo? —Su modo de enfatizar la última palabra hace que me encoja haciendo una mueca. Esto va a ser más complicado de lo que me imaginaba. Mi madre es de esas personas que disfrutan peleando, sin importarle la razón ni el resultado.

—Podría inscribirlo en una escuela por aquí cerca y asegurarme de que va a clase —le propongo—. Así no hará falta que te preocupes por lo del ausentismo.

Ella guarda silencio, como si se lo estuviera planteando.

—Ya está el mártir —murmura—. Tráemelo. Ya —me ordena, y cuelga.

Trato de recuperar la llamada tres veces, pero las tres me sale el buzón de voz.

—Eso no sonó muy prometedor —comenta Josh desde la puerta de la cocina.

No sé cuánto habrá oído de lo que dije, pero al menos no escuchó lo que dijo ella.

Me guardo el celular en el bolsillo.

—Quiere que vuelvas hoy, pero mañana llamaré a un abogado. Carajo, llamaré al Servicio de Protección a la Infancia, si quieres. Pero hoy domingo no puedo hacer gran cosa.

Josh se encoge al oírme.

—¿Me darás tu número de teléfono al menos? —Parece que le asusta la idea de que le diga que no.

—Por supuesto. No voy a abandonarte ahora que sé que existes.

Él juguetea con un agujero de la manga, evitando mirarme cuando dice:

—No te culparía si estuvieras enfadado conmigo. Te he costado un montón de dinero.

—Eso es verdad. Esos crutones eran carísimos.

Josh se ríe por primera vez esta mañana.

—Hombre, esos crutones estaban jodidamente deliciosos.

Suelto un gruñido.

—Deja de usar esa palabra.

El motel Risemore está en la otra punta de Boston. Tardamos cuarenta y cinco minutos en llegar, y eso que es festivo. Cuando detengo el coche en el estacionamiento, Josh no baja enseguida. Se queda sentado en silencio a mi lado, contemplando el edificio como si prefiriera estar en cualquier lugar del mundo antes que allí.

Desearía no tener que devolverlo a su madre, pero, después de hablar con Sutton, volví a llamar a mi amigo abogado. Me repitió que, si quiero hacer las cosas bien, sin darle munición a mi madre para que pueda atacarme, tengo que devolvérselo. Y luego, si quiero llevarla ante los tribunales, necesito un abogado que se encargue de seguir los pasos del proceso.

Cualquier cosa que se salga del procedimiento establecido puede ser un punto negativo.

Al parecer, uno no puede secuestrar a su hermano, ni siquiera sabiendo que corre peligro.

Quería explicarle todo esto a Josh, para que sepa que no lo estoy abandonando otra vez, pero está tan obcecado en que quiere irse a vivir con su padre que ni siquiera tengo claro que quiera vivir conmigo. Y tampoco sé si estoy preparado para criar a un hermano pequeño. Lo único que sé es que, mientras viva, no pienso dejarlo bajo la custodia permanente de esta mujer sin al menos intentar hacer algo.

Hasta que no se me ocurra una solución mejor, no quiero que se encuentre en una situación apurada, sin nada que comer ni dinero para alargar su estancia en la pensión. Saco la cartera y le ofrezco una tarjeta de crédito.

—¿Puedo confiar en ti?

Josh se queda mirando la tarjeta con los ojos un poco más abiertos de lo habitual.

—¿Por qué ibas a hacerlo? Me he pasado las dos últimas semanas tratando de destrozar tus negocios.

Le acerco la tarjeta un poco más.

—Úsala para las cosas básicas: comida o recargas para el celular. —Paramos en una tienda por el camino y le compré un celular de prepago para que podamos seguir en contacto—. Y quizá ropa nueva, que sea de tu talla.

Josh acepta la tarjeta, no muy convencido.

—Ni siquiera sé cómo se usa.

—La deslizas y listo. Pero no le digas a Sutton que la tienes. —Le señalo el teléfono—. Escóndela entre el celular y la funda.

Él le quita la funda al celular y guarda la tarjeta dentro.

—Gracias. —Apoya la mano en la portezuela—. ¿Vas a entrar a hablar con ella?

Niego con la cabeza.

—Creo que será mejor que no; solo conseguiría que se enfadara más.

Josh suelta un suspiro antes de bajar del coche. Nos miramos en silencio unos segundos y al fin cierra la puerta.

Me siento como un cabrón dejándolo aquí, pero tengo que hacer las cosas bien. Si no se lo devuelvo a su madre, ella podría denunciarme. Y conociéndola, sé que probablemente lo haría. La mejor opción es dejarlo hoy aquí, y, en cuanto mañana empiece la semana laboral, comenzaré a llamar a todo el mundo para enterarme de qué puedo hacer para que se venga a vivir conmigo.

Sé que, si permanece junto a Sutton, no va a salir adelante. Yo tuve la suerte de encontrarme con Lily. Ella me salvó la vida. Pero no sé si existe tanta suerte en el mundo como para que a los dos nos salve un desconocido.

Soy todo lo que tiene en el mundo.

Permanezco en el coche mientras Josh cruza el estacionamiento. Sube la escalera y llama a la segunda puerta del primer piso. Me mira por encima del hombro y lo saludo con la mano mientras se abre la puerta.

Veo la rabia en la mirada de Sutton desde el coche. Empieza a gritarle inmediatamente. Y luego le da una bofetada. ¡Le da una bofetada!

Abro la puerta antes de que Josh tenga tiempo de reaccionar. Sutton agarra a Josh del brazo y jala de él hacia el interior de la habitación del motel. Estoy ya a unos metros del coche cuando lo veo cruzar el umbral y desaparecer dentro de la habitación.

Subo los escalones de dos en dos, con el corazón desbocado, y llego a la puerta antes de que la cierre. Josh está tratando de levantarse, pero ella se cierne sobre él, sin dejar de reclamarle.

—¡Podría haber ido a la cárcel, mocoso de mierda!

Sutton no tiene ni idea de que estoy a su espalda. Le rodeo la cintura con un brazo y la aparto de Josh levantándola del suelo y lanzándola sobre la cama. Todo pasa tan deprisa que la sorpresa no la deja reaccionar.

Ayudo a Josh a levantarse. Al ver que su teléfono también ha ido a parar al suelo, lo recojo y se lo doy. Luego le señalo la puerta para que salga.

Al darse cuenta de lo que está pasando, Sutton se levanta de la cama de un salto y nos sigue al exterior.

—¡Tráelo aquí!

Noto el contacto de sus manos. Me está jalando de la camisa para que me detenga o me haga a un lado y así poder alcanzar a Josh.

—Ve al coche —le digo.

Cuando él sigue andando hacia la escalera, me volteo hacia ella, que contiene el aliento al ver la furia en mi mirada. Pero enseguida me golpea el pecho con ambas manos y me da un empujón.

—¡Es mi hijo! —grita—. ¡Llamaré a la policía!

Se me escapa una risotada exasperada. Quiero decirle

que la llame. Quiero gritarle. Pero, sobre todo, quiero llevarme a Josh lejos de aquí. No voy a permitir que le arruine la vida delante de mis narices.

Ni siquiera me molesto en decirle nada; esta mujer no se merece que gaste mi energía en ella. Me voy y la dejo gritándome, como en los viejos tiempos.

Josh ya está sentado en el asiento del acompañante cuando entro en el coche y cierro de un portazo. Agarro el volante con fuerza con ambas manos antes de poner el coche en marcha. Necesito calmarme un poco antes de incorporarme a la carretera.

Josh no parece afectado por lo que acaba de pasar, lo que me lleva a preguntarme si es su modo habitual de relacionarse con su madre, porque ni siquiera tiene la respiración alterada. No está llorando ni maldiciendo. Me está observando, y me doy cuenta de que probablemente está esperando a ver cuál es mi reacción. Soy consciente de que mis próximos movimientos van a marcarlo durante el resto de su vida.

Sin soltar el volante, deslizo las manos hacia abajo mientras suelto el aire con calma.

Veo que, aparte de la mejilla roja, Josh está sangrando por un pequeño corte que se hizo en la frente.

Tomo un pañuelo de papel de la guantera y se lo doy. Luego bajo el parasol para que sepa dónde limpiarse.

—Vi cuando te dio la bofetada, pero ¿de dónde salió el corte?

—Creo que me di contra el mueble de la tele.

«Respira hondo, Atlas».

Pongo reversa para salir del estacionamiento.

—Tal vez deberíamos pasar por Urgencias para que le echen un vistazo a ese corte y asegurarnos de que no tienes una contusión.

—Estoy bien. Normalmente ya me doy cuenta de cuándo es una contusión.

«¿Normalmente se da cuenta?».

Aprieto los dientes con rabia al percatarme de que no sé en qué clase de infierno ha estado viviendo. Y yo he estado a punto de enviarlo de vuelta a las llamas.

—Mejor nos aseguramos —le digo, aunque en realidad lo que quiero decir es «Mejor será que quede constancia documentada, por si necesitamos pruebas de sus malos tratos más adelante».

18

Lily

Llevo cinco días sin ver a Atlas. Trato de no estresarme pensando en lo ocupados que estamos, porque sé que todo será más fácil cuando me sienta más segura y lo deje formar parte de la vida de Emmy. Pero, si quiero hacer lo correcto, tengo que avisar al padre de mi hija de que estoy saliendo con alguien antes de dar el paso.

Es frustrante que lo correcto sea tan aterrador, pero lo es. Por eso voy a posponerlo tanto como pueda. La paciencia es una virtud.

Esta mañana estamos cortos de personal en la florería, ya que Lucy se casa pronto. Y Atlas ha estado más ocupado de lo normal, entre las gestiones de la custodia, los dos restaurantes y cuidar de un niño. Para acabar de complicar las cosas, la fiebre de mi madre resultó ser una gripe terrible, por lo que no ha podido cuidar de Emmy en absoluto. Me la he traído conmigo al trabajo dos de los tres días laborables que llevamos de semana.

Ha sido una semana espantosa. Ni siquiera hemos tenido tiempo de un rápido abrazo de emergencia.

Hoy Ryle y Marshall llevaron a las niñas al zoológico. Emmy es probablemente demasiado pequeña para disfrutarlo, así que espero que al menos lo haga Ryle.

Esta mañana, cuando le entregué a la niña, no hubo ningún problema. No habíamos hablado desde la conversación que mantuvimos en la azotea sobre el segundo nombre de Emmy. Se mostró un poco seco y distante, pero lo prefiero así a cuando se pone en plan seductor.

Allysa vino a trabajar aprovechando que no tiene a Ryle. Acaba de volver de la cafetería, con café para las dos, tras habernos puesto al día con los pedidos de la mañana. El repartidor ya se llevó todo y por fin tenemos tiempo para nuestras cosas. Es la primera ocasión que tenemos de hablar a solas desde mi cita con Atlas de la semana pasada.

Allysa me da mi café y luego revisa la computadora para ver si hay nuevos pedidos.

—¿Qué te vas a poner para la boda de Lucy? —le pregunto.

—No vamos a ir.

—¿Qué?

—No podemos. Es el aniversario de bodas de nuestros padres. Cumplen cuarenta años de casados y Ryle y yo les organizamos una cena sorpresa.

Me lo había contado, pero no sabía que coincidía con la boda de Lucy.

—Era la única tarde que Ryle tenía libre —añade.

Me desanimo. Odio el horario de Ryle. Sé que mejorará cuando deje de ser uno de los cirujanos novatos de la plantilla, pero, por si no bastara con la complicación que suponen sus horarios para la custodia de la niña, ahora obliga a elegir a mi mejor amiga entre una boda y una celebración familiar.

Sé que no es culpa de Ryle, pero me gusta echarle la culpa de cosas, aunque no dependan de él; me hace sentir mejor.

—¿Lo sabe Lucy?

Allysa asiente con la cabeza.

—Sí, sin problemas. Dos bocas menos que alimentar. —Da un trago al café—. ¿Vas a ir con Atlas?

—No lo he invitado. Pensaba que irían Marshall y tú, y no quería tener que pedirles otra vez que mintieran.

Me sentí mal pidiéndole a Allysa que cuidara de Emmy la semana pasada para salir con Atlas, porque sabía que, si Ryle le hacía alguna pregunta, tendría que mentir. Y eso es justamente lo que pasó.

—¿Cuándo piensas contarle a Ryle que volviste al ruedo de las citas?

Suelto un gruñido.

—¿Tengo que hacerlo?

—Se enterará en algún momento.

—Ojalá pudiera decirle que salgo con un tipo llamado Greg. Creo que no se sentiría tan amenazado por un Greg. Tal vez no hace falta que especifique el nombre de mi nueva pareja, y así no se enfadará tanto. Le daré los detalles más adelante, dentro de una década o dos.

Allysa se echa a reír, pero luego me dirige una mirada curiosa.

—¿Por qué Ryle lo odia tanto, si puede saberse?

—No le gustó enterarse de que guardaba recuerdos de cuando salíamos juntos.

Allysa me observa en silencio y espera.

—¿Qué más? —pregunta al fin.

Niego con la cabeza. No hay nada más.

—¿A qué te refieres?

—¿Le pusiste los cuernos con Atlas?

—¿Qué? No. Dios, claro que no. Nunca le habría hecho eso a Ryle. —Me ofende un poco su pregunta, pero, bien pensado, tiene lógica. La reacción de Ryle haría que cualquiera se preguntara qué pudo provocarla.

Allysa me mira confundida.

—Pues no lo entiendo. Si no lo engañabas con él, ¿por qué lo odia?

Dejo escapar un suspiro teatral.

—Me lo he preguntado un millón de veces, Allysa.

Ella pone esa mueca de enfado que usan los hermanos entre ellos.

—No te lo había preguntado antes porque pensaba que te daba vergüenza haberle sido infiel a mi hermano y no querías contármelo.

—Ni siquiera he besado a Atlas desde que tenía dieciséis años. Pero Ryle no podía soportar que, a veces, mi pasado se asomara al presente, aunque fuera de manera totalmente platónica.

—¿Cómo? ¿No lo has besado desde los dieciséis años? —Ha puesto atención en lo que no debía—. ¿Ni siquiera en la cita de la semana pasada?

—Nos estamos tomando las cosas con calma, y me parece bien. Cuanto más despacio, más tiempo tendré para darle la noticia a tu hermano.

—Creo que deberías arrancar el curita de golpe. —Señala el teléfono que tengo sobre el mostrador—. Envíale un mensaje a Ryle y dile que estás saliendo con Atlas. Lo superará; no le queda otra.

—Algo así tengo que decírselo en persona.

—Eres demasiado considerada.

—Y tú, demasiado ingenua. Si te crees que Ryle lo superará, es que no conoces a tu hermano demasiado bien.

—Nunca he afirmado lo contrario. —Allysa suspira y apoya la barbilla en la mano—. Marshall me dijo que te había contado que le fui infiel.

Me alegro de que cambie de tema.

—Sí, me quedé paralizada.

—Fue un error de borrachera. Y tenía diecinueve años. Nada cuenta hasta que cumples los veintiuno.

Me echo a reír.

—¿Es verdad eso?

—Sip. —Sube al mostrador de un salto y balancea las piernas—. Cuéntame más cosas sobre Atlas. Y cuéntamelas como se las contarías a tu mejor amiga; no a la hermana de tu ex.

Y vuelta al tema. Fue una pausa corta.

—¿Estás segura de que no te resulta incómodo?

—¿Por qué? ¿Porque Ryle es mi hermano? No, no me resulta incómodo en absoluto. Si él te hubiera tratado mejor, no tendrías que salir con dioses griegos. —Mueve las cejas sonriente—. Va, dime, ¿cómo es? Parece un tipo misterioso.

—No, no lo es; al menos, no conmigo. —Noto que una sonrisa quiere abrirse camino en mi cara y le doy permiso para hacerlo—. Es muy fácil hablar con él. Y es muy amable. Es parecido a Marshall, pero no tan extrovertido. Es más reservado. Trabaja mucho y, como yo tengo a Emmy todo el tiempo, nos está costando encontrar momentos para vernos. Además, acaba de descubrir que tiene un hermano pequeño, esta misma semana, por lo que su vida es un caos ahora mismo. Nos comunicamos por mensajes de texto y llamadas de teléfono. Un rollo, vaya.

—¿Por eso te pasas el día pegada al celular?

Me ruborizo al oírla. Odio que se haya dado cuenta; pensaba que había conseguido disimularlo bien. No quiero que nadie sepa si Atlas y yo nos pasamos el día enviándonos mensajes, o cuántas veces al día pienso en escribirle, o pienso en él, sin más.

Tal vez tenga miedo de hablar sobre ello porque no quiero darme permiso para ser feliz antes de saber si Ryle se va a enfurecer con nosotros.

En ese instante me llega un mensaje y me cuesta la vida misma no sonreír cuando lo leo.

—¿Es él? —me pregunta Allysa.

Asiento con la cabeza.

—¿Qué dice?

—Me preguntó si quiero que me traiga la comida.

—Sí. —Allysa asiente con entusiasmo—. Dile que te mueres de hambre, y tu amiga también.

Riendo, le respondo:

> ¿Podrías traer almuerzo para dos hoy?
> Mi colega se pone celosa cuando
> me traes comida.

Él responde inmediatamente.

Estaré ahí en una hora.

Cuando Atlas se presenta al fin con una bolsa de papel café en la mano, tanto Allysa como yo estamos ocupadas con clientes. Le indico que se coloque junto al mostrador y él espera con paciencia mientras atendemos. Allysa acaba antes que yo y, durante al menos cinco minutos, Atlas y ella mantienen una conversación que no puedo escuchar desde donde estoy. Trato de prestarle atención al cliente que está frente a mí, pero me pone muy nerviosa pensar que Allysa está hablando con él, porque es imposible saber qué va a soltar por esa boca.

Aunque Atlas parece contento. No sé qué le estará contando Allysa, pero está disfrutando.

Aproximadamente una década más tarde, o eso me parece a mí, puedo reunirme con ellos. Atlas se inclina hacia mí y me da un beso en la mejilla cuando llego a su lado. Me roza el codo con los dedos durante unos segundos antes de apartar la mano. Es un gesto insignificante, pero que me carga de electricidad. Me cuesta tanto concentrarme en la conversación como disimular las mariposas que me provoca su cercanía.

Allysa me dirige una sonrisa cómplice.

—Adam Brody, ¿eh?

No tengo ni idea de qué está diciendo hasta que miro a Atlas y veo que se está riendo. Tenía un póster de Adam Brody en mi habitación cuando Atlas entró por primera vez en mi casa.

—¡Tenía quince años! —Le doy un empujón.

Él se echa a reír y me alegra que Allysa esté siendo amable con él. Sé que tendría todo el derecho a no hacerlo, por lealtad hacia su hermano, pero Allysa no es de las que son maleducadas con otras personas solo porque a terceras personas no les caen bien.

No es de esas personas que lo viven todo en plan «o conmigo o contra mí», ni como amiga, ni como hermana. Y eso es lo que más me gusta de ella, porque yo tampoco soy ese tipo de persona. Si haces una tontería, soy la amiga que te va a decir que estás haciendo una tontería, no la que se une a ti en la estupidez.

Y espero que mis amigos me traten de la misma manera. Prefiero la sinceridad a la lealtad, sin dudarlo, porque la lealtad nace de la sinceridad.

—Gracias por la comida —le digo—. ¿Resolviste ya el tema de la escuela de Josh?

Atlas ha estado haciendo gestiones para trasladarlo y que vaya a clase cerca de su casa, y no donde estaba inscrito, en la otra punta de la ciudad.

—Sí. Crucemos los dedos para que no revisen los impresos de inscripción demasiado a fondo. Tuve que mentir un poco.

—Estoy segura de que no se opondrán —lo animo—. Qué ganas tengo de conocerlo.

—¿Cuántos años tiene? —pregunta Allysa.

—Acaba de cumplir doce —responde Atlas.

—¡Guau! —exclama Allysa—. La peor edad posible. Pero al menos te ahorras pagar niñera; todo tiene un lado bueno. —Allysa chasquea los dedos—. Hablando de niños, Lily no tendrá a Emerson el sábado que viene porque va a una boda. Saldrá de noche, como adulta soltera, sola y disponible.

Me volteo hacia ella poniendo los ojos en blanco.

—Estaba a punto de invitarlo; no necesitaba tu ayuda.

Atlas se anima y me dirige una sonrisa traviesa.

—Así que una boda, ¿eh? ¿Piensas pasártela durmiendo?

Me ruborizo, lo que despierta la curiosidad de Allysa. Atlas se voltea hacia ella y le pregunta:

—¿No te comentó que se pasó nuestra primera cita durmiendo?

No miro a Allysa, pero noto su mirada clavada en mí.

—Estaba cansada —me defiendo tratando de excusar lo inexcusable—. Fue un accidente.

—Oh, necesito más detalles de esta historia —dice ella.

—Se quedó dormida durante el camino de ida. Se pasó más de una hora durmiendo en el estacionamiento del restaurante; ni siquiera entramos.

Cuando Allysa se echa a reír, me dan ganas de esconderme debajo del mostrador.

—¿Quién se casa? —me pregunta Atlas.

—Mi amiga Lucy. Trabaja aquí.

—¿A qué hora es?

—A las siete de la noche, si te las puedes arreglar.

—Podré. —Atlas me mira como si deseara que estuviéramos a solas. No necesito más para que corrientes de calor me bajen por la columna vertebral—. Tengo que volver. Disfruten de la comida. —Saluda a Allysa con una inclinación de cabeza—. Ha sido un placer conocerte oficialmente.

—Lo mismo digo.

Cuando está a medio camino de la puerta, se pone a silbar. Se va de tan buen humor que se me hincha el corazón al verlo tan feliz. No sé si su buen humor tiene que ver conmigo, pero la adolescente que aún vive en mí y que sufría tanto por él se alegra muchísimo al comprobar lo bien que le van las cosas.

—¿Qué problema tiene?

Me volteo hacia Allysa, que observa con curiosidad la puerta por la que Atlas acaba de desaparecer.

—¿A qué te refieres?

—¿Por qué no está casado? ¿Por qué no tiene novia?

—Creo que pronto tendrá novia, o eso espero. —Se me escapa una sonrisa al decirlo.

—Tiene que ser malo en la cama. Seguro que por eso sigue soltero.

—Te aseguro que no es malo en la cama.

—Pero si me dijiste que ni siquiera se habían besado, ¿cómo lo sabes? —me pregunta sorprendida.

—De adultos —respondo—. Se te olvida que tuvimos una historia de jóvenes. Fue el primero, y te aseguro que es muy muy bueno. Y estoy segura de que ha mejorado con el tiempo.

Allysa me observa en silencio unos instantes.

—Me alegro mucho por ti, Lily —me asegura, aunque tiene el ceño fruncido—. A Marshall le va a caer bien; es tan agradable… —Lo dice como si fuera lo peor que nos pudiera pasar.

—Y ¿eso es malo?

—No estoy convencida de que sea bueno. Todo esto es un problema, ya lo sabes, qué te voy a contar. Lo que sí entiendo es por qué te resistes a contárselo a Ryle. Saber que tu exmujer comparte cama con ese dechado de perfección ha de ser un golpe a la hombría de cualquiera.

Alzo una ceja.

—Lo que debería ser un golpe a la hombría de cualquiera es darle una paliza a tu mujer.

Me sorprendo a mí misma por lo que acabo de decir, pero no lo retiro. No siento la necesidad de hacerlo porque, por suerte, mi amiga no es de las de «o conmigo o contra mí».

Por eso, en vez de ofenderse, Allysa asiente con la cabeza.

—*Touchée*, Lily. *Touchée*.

19

Atlas

No tengo ni idea de si a los doce años se es demasiado pequeño para tomar un Uber, pero no quería dejar a Josh solo otra vez en mi casa después de clase, así que envié uno a recogerlo a la escuela para que lo deje aquí, en el restaurante. Esta semana estuvimos hablando del tema y acordamos que debería colaborar en el restaurante para ayudar a pagar los desperfectos que causó.

He estado siguiendo el Uber en el mapa de la aplicación y salgo a recibirlo a la puerta. Cuando Josh baja del coche, parece un niño distinto al que conocí hace solo unos días. Aparte de que ahora viste ropa de su talla, ayer lo acompañé a que le cortaran el pelo. Y en la mochila, en vez de botes de pintura en espray, lleva libros y cuadernos.

Dudo que Sutton lo reconociera si lo viera.

—¿Cómo te fue en la escuela?

Hoy fue el segundo día en el nuevo centro. Ayer dijo que había ido bien, pero no me explicó nada.

—Me fue bien.

Supongo que no puedo esperar mucho más de un niño de

doce años. Abro la puerta del restaurante, pero Josh se detiene antes de entrar. Alza la cara hacia el edificio y lo examina.

—Es curioso. Dormí aquí durante dos semanas, pero es la primera vez que entro por la puerta principal.

Riendo, lo sigo hacia el interior. Tengo muchas ganas de que conozca a Theo, a pesar de que no he podido hablarle de Josh. Theo llegó hace un momento, y entró por la puerta de atrás justo mientras yo me dirigía a la puerta principal.

Theo no ha estado en el restaurante desde la semana pasada y yo no he traído a Josh hasta ahora, porque me tomé unos días libres para poner su vida en orden.

Cuando cruzamos las puertas batientes que llevan a la ajetreada cocina, Josh se detiene a observarlo todo con los ojos muy abiertos. Estoy seguro de que no tiene nada que ver esta cocina en plena actividad a como era por las noches, cuando dormía aquí, solo.

La puerta de mi despacho está abierta, lo que significa que Theo debe de estar allí haciendo la tarea. Le señalo la puerta a Josh y él me sigue hasta el despacho, donde Theo está sentado a mi escritorio leyendo. Me mira y luego mira a Josh antes de echarse hacia atrás en la silla, con la barbilla pegada al pecho.

—¿Qué haces aquí?

—¿Qué haces tú aquí? —replica Josh.

Se lo preguntan como si se conocieran. No pensaba que pudieran conocerse, ya que en Boston las escuelas son muy grandes, y hay muchos estudiantes. Ni siquiera sabía a qué escuela iba Theo.

—¿Se conocen?

—Sí, es el chico nuevo que llegó a mi escuela —me responde Theo antes de voltearse hacia Josh—. Y tú, ¿de dónde conoces a Atlas?

Josh suelta la mochila y me señala con la cabeza mientras se sienta en el sofá.

—Es mi hermano.

Theo me mira, mira a Josh y vuelve a mirarme a mí.

—¿Por qué no sabía que tenías un hermano?

—Es una larga historia.

—¿No crees que es algo que tu terapeuta debería saber?

—No viniste por aquí en toda la semana —me defiendo.

—Tuve prácticas de matemáticas todos los días al salir de clase —replica él.

—¿Prácticas de matemáticas? ¿Cómo se practican las matemáticas?

—Un momento. ¿Theo es tu terapeuta? —interviene Josh.

—Sí, pero no me paga —responde Theo—. Ey, ¿te tocó Trent en Mates?

—No, me tocó Sully.

—Qué mierda. —Theo me mira, vuelve a mirar a Josh y de nuevo me observa a mí—. ¿Por qué nunca mencionaste que tenías un hermano?

Theo parece obsesionado con el tema, pero no tengo tiempo de darle explicaciones ahora mismo. Estoy retrasado en la cocina.

—Que te lo cuente Josh; yo tengo una cocina que dirigir.

Los dejo en mi despacho y voy a ayudar con los platos pendientes de preparar.

Me gusta que se conozcan, pero lo que más me gusta es que Theo se mostró cómodo en presencia de Josh. Conozco a Theo mucho mejor que a mi hermano pequeño y, si Theo se hubiera sentido incómodo en su presencia, yo lo habría notado.

Una hora más tarde aproximadamente, con todo el personal ya en su puesto de trabajo, me tomo unos minutos de descanso. Al entrar en la cocina, veo a Josh y a Theo inmersos en lo que parece ser una acalorada discusión sobre el manga que Theo tiene en la mano.

—Siento la interrupción. —Le hago un gesto a Josh para que me siga—. ¿Acabaste la tarea?

—Seguro.

—¿Seguro? —No lo conozco lo suficiente para saber qué clase de respuesta es esa—. ¿Eso es un sí? ¿Un no? ¿Un casi?

—Sí. —Suspira mientras me sigue—. Bueno, un casi. La acabaré esta noche; me duele el cerebro.

Le presento a varias personas en la cocina, dejando a Brad para el final.

—Josh, él es Brad, el padre de Theo. —Señalo hacia Josh—. Él es Josh, mi hermano pequeño. —Brad frunce el ceño, pero no dice nada—. Josh tiene una deuda con nosotros. ¿Tienes trabajo para él?

—¿Tengo una deuda? —pregunta Josh confundido.

—Sí, una deuda en crutones.

—Ah, esa.

Brad ata cabos inmediatamente. Asiente despacio y luego le pregunta a Josh:

—¿Has lavado platos alguna vez?

Josh lo sigue hasta el fregadero poniendo los ojos en blanco.

No me hace feliz ponerlo a trabajar, pero me sentiría peor si no hubiera consecuencias después de los miles de dólares que me ha costado. Dejaré que lave platos durante una hora y luego estaremos en paz.

En realidad, lo que más me interesaba era sacarlo de mi despacho para poder hablar con Theo sobre Josh sin que él estuviera presente.

Theo sigue sentado a mi mesa guardando la tarea en su mochila. Me siento en el sofá para preguntarle sobre Josh, pero él se me adelanta.

—¿Ya besaste a Lily?

Como siempre, centra la atención en mí rehuyendo hablar sobre sí mismo.

—Aún no.

—Pero ¿qué demonios, Atlas? ¡Qué soso eres, chico!

—¿Conoces bien a Josh? —Cambio de tema.

—Solo hace dos días que llegó. ¿Cómo quieres que lo conozca bien? Coincidimos en un par de clases.

—¿Cómo le va en la escuela?

—Ni idea, no soy su profesor.

—No hablo de las calificaciones; me refiero a sus relaciones. ¿Está haciendo amigos? ¿Es amable con la gente?

—¿Me estás preguntando si tu hermano es amable? ¿No deberías saberlo?

—Acabo de conocerlo.

—Pues ya somos dos. Y eso que me preguntas es muy delicado. Los niños pueden ser crueles a veces y abusar de los demás niños; ya sabes, el *bullying* y todo eso.

—¿Me estás diciendo que Josh es un abusador?

—Hay distintos tipos de abusadores y Josh está entre

los mejores. —No entiendo lo que me está diciendo y él se da cuenta, por eso sigue hablando—. Abusa de los abusadores, si puede decirse así.

Esta conversación me está poniendo nervioso.

—Entonces, Josh es... ¿el rey de los abusadores? No suena demasiado bien.

Theo hace una mueca exasperada.

—Es difícil de explicar. Creo que no te sorprenderás si te digo que no estoy entre los chicos populares de la clase. Formo parte del equipo de matemáticas y soy... —Se encoge de hombros y deja la frase a medias—. Pero no tengo que preocuparme de los chicos como Josh.

»Si me preguntas si es amable, no sé qué responderte porque no, no lo es; pero tampoco es cruel. Al menos no es cruel con la gente amable. —Guardo silencio mientras trato de asimilar toda esta información, aunque creo que estoy más confundido que antes. En cualquier caso, me alegra que Theo no tenga miedo de Josh—. A lo que íbamos —insiste Theo cerrando el cierre de la mochila—. Lily y tú. ¿Terminaron?

—No, lo que pasa es que estamos ocupados. Pero mañana iré con ella a una boda.

—¿La besarás de una vez?

—Si ella quiere.

Theo asiente.

—Probablemente querrá, a menos que le digas alguna cursilería como: «En el mar hay barcos. ¿Lo ves? Soy muy sabio, así que entrégame tus labios».

Tomo uno de los cojines del sofá y se lo lanzo.

—Voy a buscarme otro terapeuta que no me haga *bullying*.

20

Lily

Es todo un reto ser la encargada de las flores de una boda y, al mismo tiempo, asistir como invitada. Llevo todo el día corriendo arriba y abajo para asegurarme de que colocan las flores tal como Lucy las quiere. Además, como cerramos antes por la boda, tuve que ayudar a Serena para poder tener listas las entregas a domicilio.

Cuando Atlas llega a mi casa a buscarme, no estoy lista ni de broma. Acaba de enviarme un mensaje y me pregunta si quiero que suba. Seguro que actúa con cautela porque todavía es todo muy reciente. No sabe quién puede estar en casa conmigo si llama a la puerta sin avisar, ni si quiero que mi posible acompañante sepa que él es mi pareja para la boda.

Precisamente por eso dudaba sobre si invitarlo o no, pero no creo que nadie en la boda de Lucy conozca a Ryle, ya que nos movemos en círculos distintos. De todos modos, en el caso poco probable de que alguno de los invitados conozca a Ryle y le llegue la información de que yo estaba con alguien, creo que vale la pena que me arriesgue, porque la recompensa es grande. Llevo esperando este momento desde que Atlas aceptó mi invitación.

Sube, aún me estoy arreglando.

Atlas llama a la puerta poco después. Cuando abro para dejarlo pasar, me quedo con los ojos tan abiertos que sé que debo de parecer un personaje de dibujos animados.

—Guau —exclamo mientras lo examino de arriba abajo. Viste un traje negro, de diseñador. Lo hago esperar en la puerta más de lo habitual, porque cuando estoy en su presencia se me olvidan cosas tan básicas como la hospitalidad. Lleva un ramo en la mano, pero no es de flores, sino de galletas.

—Pensé que ya tendrías bastantes flores —me dice cuando me ofrece el ramo. Se inclina hacia mí y me besa en la mejilla.

Siento el impulso de ladear la cara para que sus labios se encuentren con los míos, pero no lo hago. Espero no tener que seguir siendo paciente demasiado tiempo.

—Son perfectas —replico invitándolo a entrar con un gesto de la mano—. Pasa. Necesito un cuarto de hora para acabar de vestirme.

He estado tan ocupada que no he tenido tiempo ni de comer. Abro el envoltorio de una de las galletas y le doy un mordisco. Con la boca llena, me disculpo.

—Perdona la ordinariez, pero es que me moría de hambre. —Señalo hacia mi recámara—. Puedes esperar en mi habitación conmigo mientras termino. No tardaré.

Atlas me sigue observándolo todo a su paso.

Tengo el vestido encima de la cama. Lo tomo y me lo llevo al baño, pero dejo la puerta entreabierta para poder hablar con él mientras me cambio.

—¿Dónde está Josh?

—¿Te acuerdas de Brad? Lo conociste la noche del póker.

—Ah, sí. Me acuerdo.

—Su hijo Theo está en mi casa, con Josh. Van a la misma escuela.

—¿Qué tal le va en la escuela? ¿Le gusta?

No veo a Atlas, pero su voz suena más cerca cuando responde:

—Bien, supongo. —Suena como si estuviera junto a la puerta.

Me pongo el vestido por encima de la cabeza y abro la puerta un poco más. Elegí un vestido entallado de color vino, con tirantitos. Tiene un chal a juego, que todavía está en el armario.

Atlas me examina de arriba abajo cuando aparezco en la puerta, pero no le doy tiempo a piropearme.

—¿Puedes abrocharme el cierre? —Me volteo de espaldas y me levanto el pelo, pero él titubea. O tal vez está empapándose de las sensaciones del momento.

Un par de segundos más tarde, noto sus dedos en mi espalda mientras me sube el cierre y no puedo contener el estremecimiento que me eriza la piel. Cuando termina, me suelto el pelo y me volteo hacia él.

—Tengo que maquillarme. —Me dirijo hacia el baño, pero Atlas me agarra por la cintura.

—Ven aquí —me dice atrayéndome hacia él hasta que quedamos pegados. Admira mi cara durante unos instantes y sonríe como si le gustara lo que ve; como si quisiera seducirme; como si estuviera a punto de besarme—. Gracias por invitarme.

Le devuelvo la sonrisa.

—Gracias por venir. Sé que has estado muy ocupado esta semana.

Atlas parece cansado. Sus ojos están más apagados de lo normal; como si hubiera pasado por una situación estresante y necesitara relajarse un poco. No puedo resistirme a acariciarle la mejilla mientras le digo:

—Si quieres podemos pedir un Uber. Diría que te iría bien tomarte un trago.

Atlas toca la mano que apoyé en su mejilla y ladea la cara para besarme la palma. Luego me aparta la mano y enlaza nuestros dedos. Abre la boca para decir algo, pero vuelve a cerrarla en cuanto se fija en mi tatuaje.

Es la primera vez que ve el tatuaje en forma de corazón que me hice en el hombro, el que me hice tatuar porque él siempre me besaba allí. Lo acaricia con delicadeza, trazando su contorno con los dedos, y me busca con la mirada.

—¿Cuándo te lo hiciste?

Se me hace un nudo en la garganta. Carraspeo antes de responder:

—Cuando estaba en la universidad.

He pensado muchas veces en este momento, imaginándome lo que él diría cuando lo viera, qué emociones le despertaría.

Él me mira a los ojos en silencio y vuelve a bajar la mirada hacia el tatuaje. Está tan cerca que su aliento me hace cosquillas en el hombro.

—¿Por qué te lo hiciste?

Me lo hice por mil razones, pero opto por responder con la más obvia.

—Porque sí. Te echaba de menos.

Espero que agache la cabeza y me bese justo allí, como ha hecho tantas veces en el pasado. O que pegue su boca a la mía en un gesto de agradecimiento silencioso.

Pero no hace ninguna de las dos cosas. Se queda observando el tatuaje un momento, pero luego me suelta y se da la vuelta.

—Creo que deberías acabar de arreglarte o llegaremos tarde —me dice en tono distante. Da un par de pasos hacia la puerta de la recámara y luego, sin mirar atrás, me dice—: Te espero en la sala.

Siento que me falta el aire.

Su actitud cambió por completo. Esta no era la reacción que esperaba, en absoluto. Permanezco petrificada durante unos segundos deprimentes, pero luego me fuerzo a acabar de arreglarme. Tal vez malinterpreté su reacción pensando que era negativa. Tal vez le gustó tanto que necesita un tiempo a solas para procesarlo.

Cualquiera que sea la causa de esa reacción inesperada, tengo que hacer un esfuerzo para contener las lágrimas mientras me maquillo. No puedo evitarlo. Me temo que ha herido mis sentimientos, algo con lo que no contaba esta noche.

Voy a buscar los zapatos y el chal al armario. Al salir de la recámara, no me habría extrañado ver que Atlas se había ido, pero sigue allí. Está en el pasillo mirando las fotos de Emmy que tengo colgadas de la pared. Cuando me oye salir de la recámara, me mira y luego se voltea hasta que quedamos cara a cara.

—Guau. —Parece contento de verme aparecer. Sus cambios de humor me están aturdiendo—. Estás preciosa, Lily.

Aunque agradezco el piropo, no puedo pasar por alto lo que acaba de suceder. Y si hay algo que he aprendido de mi relación anterior y de la relación de mis padres es que no pienso convertirme en alguien que esconde los problemas debajo de la alfombra. Ni siquiera quiero tener una alfombra.

—¿Por qué te molestó el tatuaje?

La pregunta lo toma con la guardia baja. Juguetea con la corbata mientras parece estar buscando una excusa, pero no se le ocurre nada. El pasillo permanece silencioso hasta que inspira hondo, entrecortadamente, y responde:

—No fue por el tatuaje.

—Entonces ¿qué pasa? ¿Por qué estás enfadado conmigo?

—No estoy enfadado contigo.

Lo dice con total convicción, pero su actitud cambió desde que vio el tatuaje. No es el mismo, y no quiero empezar una relación con mentiras. Por suerte, él parece querer lo mismo que yo, porque lo veo esforzándose en buscar las palabras adecuadas. Parece incómodo, como si no quisiera mantener esta conversación o, al menos, no quisiera mantenerla ahora.

Se mete las manos en los bolsillos de los pantalones y suspira.

—Aquella noche, cuando te llevé a Urgencias, te vendaron el hombro. —Su voz suena apenada, pero cuando me mira a los ojos el dolor de su voz no es nada comparado con la agitación que leo en su mirada—. Te oí decirle a la enfermera que te había mordido, pero desde donde yo estaba no veía... —Hace una pausa y traga saliva con dificultad—. Desde donde estaba no vi el tatuaje y no me di cuenta de que te había mordido justo... —Vuelve a interrumpirse. Está tan disgustado que no es capaz ni de acabar la frase y pasa a la siguiente—. ¿Lo hizo por eso? ¿Te mordió ahí porque leyó tus diarios y sabía que te lo habías hecho por mí?

Me tiemblan las rodillas.

Me doy cuenta de por qué Atlas no quería mantener esta conversación ahora. No es un tema del que pudiéramos hablar informalmente mientras salimos de casa. Me cubro el estómago con una mano, preparándome para responderle, pero no es fácil hacerlo, sobre todo sabiendo lo disgustado que está ya.

No quiero que sufra por mí, pero tampoco quiero mentirle ni proteger a Ryle. Porque Atlas tiene razón. Esa es exactamente la razón por la que lo hizo, y odio que, a partir de ahora, para Atlas mi tatuaje siempre vaya a estar unido a ese horrible recuerdo.

Mi falta de respuesta le da la confirmación que necesitaba. Haciendo una mueca me da la espalda. Inspira hondo, con lentitud, esforzándose en calmarse. Parece estar a punto de estallar, pero Ryle no está aquí y no tiene con quién explotar.

Atlas está furioso, pero su furia no me da ningún miedo.

No se me escapa la trascendencia de este momento. Estoy a solas en mi departamento con un hombre enfurecido, pero no temo por mi vida porque no está enfadado conmigo. Está furioso con la persona que me hizo daño. Es un enfado protector y mi reacción a la rabia de Atlas es del todo distinta a la que me despertaba la ira de Ryle.

Cuando Atlas se voltea de nuevo hacia mí, veo que tiene los dientes apretados y la vena del cuello hinchada.

—¿Y se supone que voy a tener que tratarlo con educación, Lily? —Baja la voz hasta convertirla en un susurro—. Debería haber estado a tu lado —añade en tono culpable—. Debería haber hecho más.

Entiendo que esté enfadado, pero no comparto en absoluto su opinión. Atlas no tiene ningún motivo para sentirse culpable. En aquel momento de mi vida, nada de lo que Atlas pudiera haber dicho o hecho habría alterado lo que pensaba sobre Ryle. Era un proceso que debía experimentar sola.

Me acerco a Atlas y apoyo la espalda en la pared. Él hace lo mismo en la pared de enfrente y quedamos cara a cara. Sé que está procesando un montón de emociones ahora mismo y quiero darle el espacio que necesita para no agobiarlo, pero también quiero que sepa lo que pienso sobre la culpabilidad a la que se aferra.

—La primera vez que Ryle me pegó, fue porque me reí de él. Estaba un poco borracha y, cuando algo que no era gracioso me pareció gracioso, me golpeó con el revés de la mano.

Atlas rompe el contacto visual al oírme. Tal vez no quiere conocer tantos detalles, pero hacía tiempo que quería contarle todo esto. Permanece apoyado en la pared, pero su aspecto es el de alguien que debe hacer un esfuerzo inmenso para no salir corriendo en busca de Ryle. Cuando sus ojos vuelven a clavarse en los míos esperando a que siga hablando, su mirada es mucho más intensa.

—La segunda vez me empujó escaleras abajo. Esa vez la

discusión empezó porque encontró tu número de teléfono escondido en la funda de mi celular. Y cuando me mordió en el hombro... Sí, tienes razón. Fue porque leyó los diarios y descubrió que me había hecho el tatuaje por ti, y que el imán que tenía en el refrigerador también era un recuerdo tuyo. —Agacho la cabeza un momento, porque es muy duro ver cómo todo esto lo está afectando—. Solía pensar que sus reacciones se debían a cosas que yo había hecho. Pensaba que, tal vez si no me hubiera reído, no me habría pegado. O que, si no hubiera llevado tu número en el celular, no se habría enfurecido hasta el punto de empujarme en las escaleras. —Atlas ya no me mira. Echó la cabeza hacia atrás y mira el techo, asimilándolo todo, petrificado en su furia—. Cada vez que empezaba a cargar con la culpa para justificar los actos de Ryle, pensaba en ti. Me preguntaba cuál habría sido tu reacción si te hubieras encontrado en la misma situación que Ryle. Y tengo clarísimo que tus reacciones habrían sido distintas.

»Si me hubiera reído de ti en la misma situación en que me reí de Ryle, tú te habrías reído conmigo. Nunca me habrías abofeteado. Y si algún hombre desconocido me hubiera dado su número de teléfono para protegerme de alguien que consideraba peligroso, tú se lo habrías agradecido; no me habrías tirado escaleras abajo. Y si en los diarios que te he dejado leer hubiera salido otro chico del instituto, tú me habrías tomado el pelo. Probablemente habrías subrayado frases que te parecieran cursis y nos habríamos reído juntos. —Dejo de hablar hasta que Atlas vuelve a mirarme a los ojos y luego termino diciendo—: Cada vez que dudaba de mí y empezaba a pensar que, de alguna manera, me merecía lo que Ryle me hacía, lo único que necesitaba era pensar en ti, Atlas. Pensar en lo diferentes que habrían sido las cosas si hubieras sido tú quien estuviera a mi lado me hacía darme cuenta de que nada de ello era culpa mía. Tú eres en buena parte responsable de que lograra superar aquella situación, aunque no estuvieras allí.

Atlas deja pasar unos cinco segundos asimilando todo lo que he dicho, pero luego elimina la distancia que nos separa y me besa. Por fin.

«Por fin».

Me rodea la cintura con una mano y me jala para pegarme a él mientras su lengua se desliza, cálida y suave, contra mis labios, animándome a separarlos para dejarlo entrar en mi boca. Su otra mano se abre camino entre mi pelo hasta que queda pegada a mi nuca. Una madeja de deseo empieza a desenroscarse en mi interior.

Me besa sin precipitarse. Su boca saluda a la mía con confianza y la mía responde con alivio. Lo jalo deseando que me inunde con su calor. Su boca y su contacto me resultan familiares, ya que no es la primera vez que nos entregamos a la danza de la pasión, pero, al mismo tiempo, es algo totalmente distinto, ya que este beso contiene ingredientes del todo nuevos.

Nuestro primer beso nació del miedo e inexperiencia juvenil, pero este ha nacido de la esperanza. Este beso está hecho de consuelo, de seguridad y estabilidad; de todo lo que me ha faltado en la edad adulta. Me hace tan feliz que Atlas y yo nos hayamos recuperado que me echaría a llorar.

21

Atlas

A lo largo de mi vida ha habido muchas cosas que me han enfurecido, pero ninguna comparable a la rabia que me ha generado ver el tatuaje de Lily y las cicatrices casi borradas en forma de mordisco que lo rodean.

Nunca entenderé que un hombre sea capaz de hacerle eso a una mujer. Jamás entenderé que un ser humano sea capaz de hacerle eso a otro ser humano al que, en teoría, ama y quiere proteger.

Pero lo que sí entiendo perfectamente es que Lily se merece algo mejor. Y que yo voy a ser la persona que se lo dé. He empezado ya, con este beso al que ninguno de los dos podemos poner fin. Cada vez que nos detenemos para mirarnos a los ojos, volvemos con ímpetu renovado, como si tuviéramos que compensar el tiempo perdido.

Trazo un reguero de besos hasta llegar a su hombro. Siempre me ha encantado besarla allí, pero hasta que no leí su diario no fui consciente de que ella sabía lo mucho que me gustaba. Cubro el tatuaje con mis labios, porque quiero asegurarme de que recuerda los buenos momentos que compartimos en cada uno de los futuros besos que voy a darle justo ahí. Si hacen falta un millón de besos para asegurarme de que no piensa en las cicatrices que rodean al corazón tatuado, la besaré un millón de veces y una más.

Besándola en el cuello, recorro el camino inverso hasta su rostro. Cuando vuelvo a mirarla a los ojos, le recoloco el tirante en su sitio, porque, aunque podría seguir aquí horas y horas, se supone que debo llevarla a una boda.

—Tendríamos que irnos —susurro.

Ella asiente con la cabeza, pero vuelvo a besarla. No puedo evitarlo. Llevo esperando este momento desde que era un adolescente.

No puedo decir gran cosa de la boda porque, básicamente, solo he estado pendiente de Lily. No conocía a ninguno de los invitados y, después de haberla besado al fin, en lo único en lo que podía pensar era en las ganas que tenía de volver a hacerlo. Y se notaba que Lily tenía tantas ganas de quedarse a solas conmigo como yo. Estar obligado a permanecer sentado con paciencia a su lado después de lo que había pasado en el pasillo de su casa ha sido una tortura.

En cuanto llegamos a la recepción y Lily vio el gentío que había, se sintió aliviada. Dijo que, entre tanta gente, Lucy no se daría cuenta si nos íbamos temprano. Yo ni siquiera conozco a Lucy, así que ni me pasó por la cabeza discutir cuando, tras menos de una hora de socializar, Lily me tomó de la mano y nos escapamos.

Acabamos de detenernos frente al edificio de Lily y, aunque estoy casi seguro de que quiere que suba con ella, no pienso darlo por hecho. Le abro la portezuela y espero a que se ponga los zapatos. Se los quitó en el coche porque le lastimaban los pies, pero parecen difíciles de abrochar. Hay muchas cintas y Lily se está peleando con ellas. Dudo que quiera andar descalza por el estacionamiento.

—Puedo llevarte a cuestas.

Ella me mira y se ríe, como si estuviera bromeando.

—¿Quieres llevarme a caballito?

—Sí, toma los zapatos.

Ella se me queda mirando un momento, pero luego sonríe, como si la idea le entusiasmara.

Le doy la espalda y ella se sigue riendo mientras me rodea el cuello con los brazos. La ayudo a sujetarse bien y luego cierro el coche de una patada.

Cuando llegamos a su departamento, me inclino hacia delante para que pueda abrir la puerta. Una vez dentro, ella se sigue riendo cuando la dejo en el suelo. Me doy la vuelta mientras ella suelta los zapatos y se lanza a besarme una vez más.

«Y lo retomamos justo donde lo habíamos dejado».

—¿A qué hora tienes que estar en casa? —me pregunta.

—Le dije a Josh que volvería entre las diez y las once. —Miro la hora y veo que pasan unos minutos de las diez—. ¿Llamo y le digo que tal vez me retrase?

Lily asiente con la cabeza.

—Vas a llegar tarde seguro. Llámalo mientras preparo unas copas —responde dirigiéndose a la cocina.

Saco el teléfono y llamo a Josh. Elijo hacer una videollamada porque quiero asegurarme de que no ha hecho una fiesta en mi ausencia. Dudo que Theo lo permitiera, pero no pienso correr riesgos con ese par.

Cuando Josh responde, veo que el teléfono está en el suelo, apuntando hacia su barbilla y la luz que sale de la televisión. Tiene un control en la mano.

—Estamos a medio torneo —me dice.

—Solo quería saber si va todo bien.

—¡Todo bien! —oigo gritar a Theo.

Josh sacude el control apretando botones y luego grita:

—¡Mierda! —Lanza el control lejos y toma el teléfono acercándoselo a la cara—. Perdimos.

Theo se asoma por detrás de su cabeza.

—Eso no parece una boda. ¿Dónde estás?

No le respondo.

—Puede que llegue un poco tarde esta noche.

—Oh, ¿estás en casa de Lily? —pregunta Theo mientras se acerca a la pantalla sonriendo—. ¿La besaste ya? ¿Puede oírme? ¿Qué frase usaste para conseguir que te deje subir? «¡Lily! Ya se casó la dama. ¡Vámonos a la cama!».

Cuelgo rápidamente, pero es tarde. Lily lo oyó todo. Está a un par de metros de mí, con la cabeza ladeada, dos copas de vino en las manos y cara de no entender nada.

—¿Quién era?

—Theo.

—¿Cuántos años tiene?

—Doce.

—¿Le has hablado de nosotros a un niño de doce años? —me pregunta con expresión divertida.

Tomo una copa de vino y, antes de darle un trago, respondo:

—Es mi terapeuta. Nos reunimos todos los jueves a las cuatro.

Ella se echa a reír.

—¿Tu terapeuta aún va a la escuela?

—Ey, ya está en secundaria. —Alzo las cejas y Lily se sigue riendo—. Pero da igual, después de lo de hoy lo voy a despedir.

Le rodeo la cintura con una mano y la atraigo hacia mí. Cuando la beso, noto en su boca el sabor del vino que acaba de servir. La beso más profundamente porque quiero más, más sabor, más de ella. Al separarnos, dice:

—Esto es raro.

No sé a qué se refiere; espero que no se refiera a nosotros, porque *raro* no es la palabra que emplearía para definir esto.

—¿Qué es raro?

—Tenerte a ti aquí en vez de a un bebé. No estoy acostumbrada a tener tiempo libre o... tiempo para chicos. —Da otro trago al vino y se aparta de mí. Deja el vino en la barra y se dirige a la recámara—. Vamos, aprovechemos la ocasión.

Me faltan piernas para seguirla.

22

Lily

Estoy tratando de mostrarme segura y confiada, pero el aplomo me abandona en cuanto entro en la recámara.

Es que llevo tanto tiempo sin acostarme con nadie... Probablemente desde que quedé embarazada de Emmy. No he tenido sexo después del parto y no me he acostado con Atlas desde que tenía dieciséis años. Estas dos ideas han empezado a repetirse en bucle en mi cabeza creando un tornado mental del que no logro librarme.

Estoy quieta en medio de la recámara cuando Atlas aparece en la puerta unos instantes después. Me llevo las manos a las caderas y permanezco inmóvil. Él me observa en silencio. Siento que soy yo la que debería tomar la iniciativa, ya que he sido yo quien lo invitó a entrar en mi habitación.

—No sé qué sigue ahora —admito—. Ha pasado mucho tiempo desde la última vez.

Atlas se echa a reír y luego camina seductoramente hacia la cama porque, por supuesto, no iba a caminar de un modo normal. Todo, absolutamente todo, lo que hace es sexy. Su manera de quitarse la chamarra ahora mismo es muy sexy. La deja en el tocador y luego se quita los zapatos dando dos patadas.

«Dios, hasta eso fue sexy».

Luego se sienta en la cama.

—Vamos a hablar. —Apoya la espalda en la cabecera y cruza los tobillos. Se le ve muy relajado.

«Y sexy».

No me veo acostada en la cama con este vestido. Sería incómodo y probablemente sería un problema quitármelo si llegamos a ese punto.

—Deja que me cambie de ropa.

Me dirijo al vestidor y cierro la puerta. Enciendo la luz, pero no ocurre nada. El foco se fundió.

«Mierda».

No puedo cambiarme a oscuras. Y no traje el celular, por lo que tampoco puedo usar la linterna.

Me esfuerzo, pero tardo un minuto en bajar el cierre. Cuando al fin lo logro, en vez de hacer bajar el vestido hasta los pies, me da por quitármelo por encima de la cabeza y, cómo no, el cierre se me engancha en el pelo. Trato de liberarme, pero el vestido pesa, está oscuro y no lo consigo. Además, no puedo salir a buscar un espejo porque Atlas está ahí fuera. Sigo intentándolo, con el mismo éxito, hasta que Atlas llama a la puerta.

—¿Todo bien por ahí?

—No. Me quedé enganchada.

—¿Puedo abrir la puerta?

Estoy en calzones y brasier con el vestido a medio sacar por encima de la cabeza, pero me lo merezco. Es el karma, castigándome por haberlo encerrado en el armario de la florería.

—Está bien, pero no estoy vestida del todo.

Oigo reír a Atlas al otro lado de la puerta, pero cuando la abre y se da cuenta de la situación, entra en acción inmediatamente. Lo primero que hace es encender la luz, pero, claro, no sirve de nada.

—El foco se fundió.

Él se acerca a mí para inspeccionar la situación.

—¿Qué pasó?

—Se me enganchó el cierre en el pelo.

Atlas saca su celular del bolsillo y usa la linterna para ver dónde está el problema. Jala del pelo y del vestido en direcciones opuestas y, un instante después, el vestido está en el suelo, como por arte de magia.

Me aliso el pelo.

—Gracias. —Trato de cubrirme con los brazos—. Esto es un poco bochornoso.

La linterna de Atlas sigue encendida. Al ver que estoy en calzones y brasier, la apaga, pero la puerta del vestidor está abierta y entra la luz de la recámara, por lo que me sigue viendo.

Ambos titubeamos un instante. Él no sabe si debería irse y dejar que acabe de cambiarme, y yo no sé si quiero que lo haga.

Y luego, de pronto, nos estamos besando.

Simplemente sucede, como si los dos nos hubiéramos acercado al mismo tiempo. Me agarra por la nuca con una mano mientras la otra mano se dirige directa a la parte baja de mi espalda, tan baja que sus dedos me acarician por encima de los calzones.

Le rodeo el cuello con los dos brazos y jalo de él con tanta fuerza que tropezamos y vamos a parar sobre una hilera de ropa colgada. Atlas me ayuda a incorporarme y noto que sonríe sin dejar de besarme. Se aparta de mí lo justo para poder hablar:

—¿Tienes fijación con los armarios o qué? —me pregunta antes de seguir besándome.

Seguimos manoseándonos ahí dentro unos minutos, lo que me despierta un montón de recuerdos de cuando lo hacíamos a escondidas. El deseo, la excitación, la novedad de hacer cosas que no has hecho nunca antes o, como ahora, cosas que llevabas mucho tiempo sin hacer.

Me recuerda a lo mucho que me gustaba estar en la cama con él, ya fuera besándonos o charlando o haciendo otras cosas. Los recuerdos que fabriqué con él en mi recámara forman parte de mis recuerdos favoritos de todos los tiempos. Mientras me besa el cuello, le susurro:

—Llévame a la cama.

Él no espera a que se lo repita. Deslizando las manos por debajo de mis nalgas, me agarra por los muslos y me levanta en brazos. Sale del vestidor, cruza la recámara, me lanza sobre la cama y trepa colocándose sobre mí.

Notar su contacto hace que mi deseo se convierta en desesperación, pero él actúa como de costumbre, con paciencia, disfrutando de cada segundo, como si besarme y acariciarme fuera todo lo que necesita, como si fuera un gran privilegio que le permita besarme.

No sé de dónde saca la paciencia y la contención, porque yo solo quiero que se arranque la ropa y me tome como si hoy fuera a ser nuestra única vez.

Tal vez si esta fuera a ser nuestra única oportunidad, lo haría, pero ambos sabemos que esto es solo el principio. Se lo está tomando con calma porque yo se lo pedí. Estoy segura de que, si le pidiera que se diera más prisa, me haría caso también.

«Atlas, siempre tan considerado».

Finalmente, llegamos a un punto en que debemos decidir si seguimos adelante o no. Tengo un condón en la mesilla, y él probablemente podría quedarse un rato antes de que el deber lo reclame, pero, cuando paramos el tiempo suficiente para mirarnos a los ojos, niega con la cabeza. Los dos respiramos de forma entrecortada, algo cansados por mantener este grado de excitación. Sale de encima y se acuesta a mi lado mirando al techo.

Él sigue vestido y yo, en calzones y brasier; no hemos pasado de ahí.

—Por mucho que quiera —susurra—, no quiero tener que irme justo después.

Se coloca de lado y me apoya una mano en el vientre. Me dirige una mirada frustrada, como si estuviera a punto de mandar sus convicciones a la porra y lanzarse sobre mí. Suspirando, cierro los ojos.

—A veces odio la responsabilidad.

Atlas ríe y noto que se acerca a mí. Me besa en la comisura de los labios y dice:

—Aún no tengo que irme. —Mientras lo dice, desliza el dedo índice bajo la goma de los calzones, varios centíme-

229

tros por debajo del ombligo. Mueve el dedo de un lado a otro, como si esperara una reacción por mi parte.

Yo alzo las caderas, y espero que le sirva como respuesta, porque no tengo ganas de ponerme a hablar ahora.

Siento que mi cuerpo prende en llamas cuando desliza dos dedos más bajo la ropa interior. Y cuando mete la mano entera, estoy perdida. Suelto el aire de manera entrecortada y me aferro a las sábanas arqueando la espalda y alzando las caderas contra su mano.

Él acerca su boca a la mía, pero no me besa. Permanece junto a mis labios, usando el movimiento de mis caderas y el sonido de mis gemidos como guía para saber si me acerco a la meta.

Es tremendamente intuitivo. No tardo mucho en tensarme contra su mano y jalar de su cuello para besarlo mientras llego al final.

Cuando acabo, él saca la mano de los calzones, pero vuelve a apoyarla en el mismo sitio, por encima de la tela, mientras me recupero. Mi pecho sube y baja trabajosamente para recobrar el aliento.

La respiración de Atlas está igual de alterada que la mía, pero necesito un minuto antes de ponerle remedio.

—Lily. —Atlas me besa con delicadeza en la mejilla—. Creo que… —Se detiene, así que abro los ojos y lo miro. Él baja la vista hacia mis pechos y luego vuelve a mirarme a los ojos. Después tira de su camisa y baja la vista hacia ella.

Al seguir la dirección de su mirada es cuando veo la mancha.

«¡Oh, mierda!».

Me miro el brasier y, cómo no, está empapado.

«¡Ay, Dios!».

Hay leche por todas partes. Soy una idiota.

A Atlas no parece molestarle en absoluto.

—Salgo para que tengas intimidad —me dice levantándose de la cama.

Me da un poco de vergüenza que Atlas me vea así, con el brasier empapado en leche, por lo que tomo la sábana y me cubro con ella antes de reunirme con él a los pies de la cama. Siento que he arruinado la magia del momento.

—¿Ya te vas?

—No, claro que no.

Él me besa y luego sale de la habitación, como si fuera lo más normal del mundo estar con una mujer que le está dando el pecho a un bebé que ni siquiera es suyo. Todo esto tiene que resultarle incómodo, pero la verdad es que lo disimula muy bien.

Paso unos minutos en el baño usando el sacaleches, y luego me doy un baño extrarrápido. Me pongo una camiseta amplia y unos pantalones cortos de pijama antes de ir a buscarlo a la sala.

Atlas está sentado en el sofá esperando pacientemente con el celular en la mano. Cuando me oye entrar en la sala se voltea hacia mí y me examina de arriba abajo. Yo sigo un tanto avergonzada, por lo que, cuando me siento en el sofá, dejo un par de palmos de distancia entre los dos.

—Siento lo que pasó —murmuro.

—Lily. —Al darse cuenta de mi estado de ánimo, alarga el brazo hacia mí—. Ven aquí. —Se echa hacia atrás en el sofá y jala de mi pierna hasta que quedo montada sobre su regazo. Me acaricia los muslos, me sujeta por la cintura y echa la cabeza hacia atrás—. Todo lo que ha pasado esta noche ha sido perfecto. Ni se te ocurra disculparte.

Pongo los ojos en blanco.

—Lo dices porque eres amable. Te bañé en leche materna.

Atlas me sujeta por la nuca con una mano y me atrae hacia él.

—Sí, mientras nos metíamos mano. No podría importarme menos, te lo aseguro —me dice justo antes de volver a besarme, lo que no es muy prudente, porque no tardamos en volver a estar tan entregados a la pasión como hace un rato.

Si seguimos así, le va a ser imposible irse. Probablemente debería haberme puesto otro brasier, pero, la verdad, pensaba que solo iba a decirle adiós. No sabía que íbamos a retomar las cosas donde las habíamos dejado, aunque no seré yo quien se queje.

Vuelve a estar duro como una piedra y, tal como estamos situados, ni siquiera tenemos que cambiar de postura para sacarle el máximo partido a la situación. Él gruñe mientras nos besamos, lo que me espolea a seguir con más entusiasmo.

Atlas desliza una mano por debajo de la camiseta y lo noto dudar cuando se da cuenta de que no llevo brasier. Rompe el beso y me mira a los ojos. Yo sigo ondulándome contra él. Su modo de mirarme me causa estragos en el vientre. La mano que tiene en mi espalda se desplaza hasta que llega a los pechos. Cuando se apodera de uno de ellos, es como si alguien hubiera pulsado un interruptor. Algo cambia en él. En los dos.

El beso se vuelve febril cuando empiezo a desabrocharle la camisa. No decimos nada más; estamos demasiado ocupados quitándonos todas las prendas de ropa que se interponen entre nosotros. Ni siquiera nos molestamos en regresar a la recámara. Solo detenemos el beso cuando él busca la cartera, saca un condón y se lo pone.

Y luego, como si fuera lo más natural del mundo, Atlas me besa mientras se clava en mí, y yo me siento tan amada como la primera vez que lo hicimos. Me asalta tal cantidad de sentimientos a la vez que creo que nunca he experimentado algo tan caóticamente hermoso como esta conexión tan largamente esperada.

Él suspira con la cara pegada a mi cuello, como si estuviera sintiendo lo mismo que yo. Empieza a moverse hacia dentro y hacia fuera, poco a poco, sin dejar de besarme con delicadeza en ningún momento. Minutos más tarde, los besos son frenéticos. Estamos sudorosos, pero estoy tan absolutamente volcada en el momento que no me importa nada aparte del hecho de que estamos juntos una vez más. Atlas tiene razón: esto es perfecto.

Estoy justo donde me corresponde: siendo amada por Atlas Corrigan.

23

Atlas

Sé que debería volver a casa, pero no es nada fácil salir de esta cama tras las dos últimas horas que he compartido con ella. Primero pasó lo del sofá; luego vino lo del baño y ahora estamos los dos demasiado cansados para hacer otra cosa que no sea hablar.

Está acostada boca abajo, con los brazos doblados sirviéndole de almohada. Me está mirando y me escucha atentamente mientras le cuento la reunión que mantuve ayer con un abogado.

—Dice que hice bien en llevarlo al hospital. En el hospital están obligados por ley a informar de las lesiones al Servicio de Atención a la Infancia. No te creas que me acaba de gustar, porque eso deja la decisión en manos del Estado, y ¿qué pasa si no me consideran adecuado para cuidarlo?

—¿Por qué iban a pensar eso?

—Trabajo muchas horas y no estoy casado, por lo que Josh tendría que pasar mucho tiempo solo. Y no tengo experiencia con niños. Tal vez piensen que estaría mejor con

Tim, ya que es su padre biológico. O podrían devolvérselo a mi madre. No sé si lo que hizo es suficiente para que le retiren la custodia.

Lily se inclina hacia mí y me da un beso en el antebrazo.

—Voy a decirte lo mismo que me dijiste tú a mí la primera vez que hablamos por FaceTime. Me dijiste: «Te estás estresando por acontecimientos que ni siquiera han sucedido».

Frunzo los labios antes de replicar:

—Lo dije.

—Lo dijiste —insiste, y se pega a mí colocándome una pierna sobre el muslo—. Todo saldrá bien, Atlas. Eres lo mejor que podría pasarle a Josh y cualquiera que tenga un mínimo interés en su bienestar se dará cuenta. Te lo prometo.

La envuelvo con mi cuerpo, apoyando la barbilla sobre su cabeza. Es increíble lo mucho que ambos hemos cambiado en el físico desde la adolescencia y, sin embargo, seguimos encajando tan perfectamente como entonces.

—Llevo tiempo queriendo preguntarte una cosa —dice apartándose para mirarme a los ojos—. ¿Te acuerdas de nuestra primera vez? ¿Qué pasó después de aquella noche? Después de que mi padre te pegara.

No me extraña que haya pensado en eso, porque a mí también me han venido recuerdos de aquel día. Es la primera vez que nos acostamos desde aquella noche que tuvo un final tan espantoso, por lo que es casi inevitable comparar ambas noches.

De esto precisamente trataba la última entrada de su diario. Me dolió leerlo, ver lo mucho que había sufrido. Ojalá hubiera acabado mejor.

—No recuerdo gran cosa de aquella noche —admito—. Me desperté en el hospital al día siguiente, confuso. Sabía que había sido tu padre quien me había dejado en ese estado, eso sí lo recordaba, pero no sabía si te había pegado a ti también. Pulsé el botón para pedir ayuda varias veces y, al ver que no venía nadie, fui dando saltos hasta el pasillo, aunque tenía el tobillo roto. Estaba fuera de mí. No paraba de preguntarle a la pobre enfermera si estabas bien, pero ella no sabía de qué le hablaba. —Lily me abraza con más fuerza mientras sigo hablando—. Al final logró que me calmara lo suficiente para darle información coherente. Le di tus datos y, al cabo de un rato, volvió y me dijo que yo era la única persona que habían ingresado con heridas.

»Me preguntó si tu padre era Andrew Bloom. Le dije que sí y añadí que quería presentar una denuncia. Cuando le pedí si podía hacer venir a un agente de policía a la habitación, ella me dirigió una mirada compasiva. Recuerdo sus palabras exactas: "La ley está de su lado, cariño. Nadie lo denuncia, ni siquiera su esposa".

Cuando noto que Lily suelta el aire contra mi pecho, interrumpo la narración para darle un beso en la coronilla.

—¿Qué pasó luego? —susurra.

—Lo hice igualmente. Sabía que, si no lo denunciaba, tu madre nunca iba a poder escapar de esa situación. Hice que la enfermera llamara a la policía, pero, cuando un agente se presentó en la habitación aquella tarde, no lo hizo para escuchar mi declaración. Vino a dejarme claro que, si alguien iba a acabar arrestado, no sería tu padre. Dijo que tu padre podía hacer que me arrestaran por allanamiento de morada y por forzar a su hija. Esas fueron las palabras del agente, como si nuestra relación fuera un acto criminal. Me sentí culpable durante años.

Lily me mira y me pone una mano en la mejilla.

—¿Qué? Atlas, solo nos llevamos dos años y medio. No hiciste nada malo.

Agradezco que me lo diga, pero eso no cambia el hecho de que me sentí muy culpable por haber añadido estrés a su vida; igual que me sentí culpable por abandonarla después de haber causado ese estrés.

—En aquel momento, ninguna opción me parecía adecuada. No quería quedarme y ponerte en peligro al volver a aparecer por tu casa. Y tampoco quería que me arrestaran porque eso habría impedido mi entrada en el ejército. Llegué a la conclusión de que lo mejor sería poner distancia entre los dos y, más adelante, ponerme en contacto contigo y comprobar si seguías pensando en mí como yo pensaba en ti.

—Todos los días —susurra—. Pensaba en ti todos los días.

Le acaricio la espalda durante un rato, y luego deslizo los dedos en su pelo, preguntándome cómo es posible que me haga sentir completo, cuando no tenía idea de que solo era la mitad de mí mismo en su ausencia.

Por supuesto que la he echado de menos todos estos años. Si hubiera podido devolverla a mi vida chasqueando los dedos, lo habría hecho sin dudar. Pero ambos habíamos seguido adelante con nuestra vida. Ella tenía a Ryle, y yo, mi carrera, y di por hecho que ese era nuestro destino. Me acostumbré a vivir sin que estuviera presente; pero, ahora que ha vuelto, sé que no volvería a sentirme completo sin ella. Sobre todo después de esta noche.

—Lily —susurro.

Ella no responde. Me aparto un poco y veo que tiene los ojos cerrados y el brazo totalmente relajado, sin fuerza. Temo despertarla si me muevo, pero le dije a Josh que me retrasaría un par de horas y ya pasaron tres. Y no sé si es legal dejar solos a niños de doce años.

Brad no vio ningún problema cuando le pregunté si podían quedarse solos. Brad es de los que no dejan que su hijo tenga celular, así que no creo que hubiera accedido a que los dejara solos para irme a una cita si no hubiera dejado a Theo solo alguna vez.

Tal vez debería buscar en Google cuál es la edad mínima para dejar a un niño solo en casa.

Le estoy dando demasiadas vueltas al tema. Por supuesto que estarán bien. Ninguno de los dos ha llamado ni me ha enviado mensajes. Además, sé que hay niños de su edad que cuidan de niños más pequeños a veces.

Me quedo algo más tranquilo, pero, igualmente, necesito volver a casa. Apenas conozco a Josh, y no sé si es capaz de hacer una fiesta descontrolada a mis espaldas.

Muy despacio, retiro el brazo de debajo de la cabeza de Lily y me levanto de la cama. Me visto tan silenciosamente como puedo y voy a buscar papel y lápiz. No quiero despertarla, pero tampoco quiero irme sin despedirme, sobre todo después de la noche que compartimos.

Encuentro una libreta y un bolígrafo en un cajón de la cocina y me siento a la mesa para escribirle una carta. Cuando termino, regreso a la recámara, le dejo la nota en la almohada que quedó libre y le doy un beso de buenas noches.

24

Lily

Siento un martilleo en la cabeza.

Y fuera de la cabeza.

Alzo la cara que tenía hundida en la almohada y noto que tengo baba en la barbilla. Me la limpio con la funda de la almohada, me siento y veo que Atlas me dejó una nota. Me dispongo a leerla, pero entonces vuelvo a oír los golpes. Escondo la nota bajo la almohada para leerla más tarde y me esfuerzo en apartar la niebla que me enturbia la cabeza para poder procesar la situación.

Emmy está en casa de mi madre.

Acabo de disfrutar de una noche de sueño reparador; la mejor en dos años.

«Hay alguien en la puerta».

Tomo el celular que está en la mesita de noche y entorno los ojos para leer la pantalla. Tengo varias llamadas perdidas de Ryle y, por un momento, me preocupo por si ha pasado algo. Pero mi madre me envió una foto de Emmy desayunando hace media hora.

«Ufff».

Emmy está bien.

Me relajo un poco, aunque, sabiendo que probablemente es Ryle quien está llamando a la puerta, no demasiado.

—Un momento —grito.

Me pongo algo encima —unos jeans y una camiseta— y abro la puerta para que pase, aunque él no espera a que lo invite y se cuela a mi lado a toda prisa.

—¿Está todo bien? —me pregunta alarmado, pero al mismo tiempo aliviado al ver que estoy viva.

—Estaba durmiendo, todo está bien —respondo sin disimular el enfado. Cuando él mira a su alrededor, buscando a Emmy, añado—: Pasó la noche en casa de mi madre.

—Oh —replica disgustado—. Te llamé porque quería llevármela un rato. Como sé que a estas horas siempre estás despierta y no respondías al teléfono…

Deja de hablar cuando se fija en el sofá. No necesito mirar hacia allí para saber qué está viendo. La camiseta y los shorts de la pijama aún están tirados de cualquier manera sobre el respaldo.

—Deja que llame a mi madre para avisarle que vas para allá.

Voy a buscar el celular rezando para que Ryle no me interrogue. Atlas me dejó de muy buen humor anoche, pero Ryle lo está estropeando todo otra vez.

Vuelvo a entrar en la sala y me detengo mientras busco el contacto de mi madre en el celular. Veo que Ryle sostiene una copa de vino en la mano y la inspecciona. Es la de Atlas. La mía está en la barra, no muy lejos, una clara indicación de que alguien estuvo bebiendo vino conmigo anoche.

Justo antes de quitarme la ropa que quedó colgando del sofá.

Veo los celos de Ryle burbujeando en su interior, justo antes de que deje la copa y se voltee a mirarme cara a cara.

—¿Alguien pasó la noche aquí?

No me molesto en negarlo. Soy una mujer adulta. Adulta y sin pareja.

«Bueno, lo de "sin pareja" no lo tengo tan claro, pero eso no viene a cuento ahora».

—Estamos divorciados, Ryle. No puedes hacerme ese tipo de preguntas.

Tal vez no haya sido buena idea decirle eso, porque Ryle reacciona dando dos pasos rápidos hacia mí.

—¿No puedo preguntarte si alguien pasó la noche en la casa donde vive mi hija?

Doy un paso atrás.

—No era eso lo que quería decir. Y nunca traería a alguien mientras ella estuviera en casa sin tu aprobación; por eso está en casa de mi madre.

Ryle entorna los ojos y me dirige una mirada acusatoria, como si le despertara repugnancia.

—No dejas que pase la noche en mi casa, pero la sueltas en cualquier parte cuando tienes ganas de coger. —Se echa a reír—. Eres la madre del año, Lily.

Me estoy empezando a enojar de verdad.

—Es la segunda vez que pasa la noche fuera de casa desde que nació, hace casi un año. No tienes derecho a hacerme sentir mal por tomarme una noche libre. Y, cuando me tomo una noche libre, lo que haga durante ese tiempo no es asunto tuyo.

Ryle tiene esa expresión de vacío en los ojos que solía preceder al momento en que perdía el control.

Mi enfado se transforma en miedo. Cuando Ryle ve que retrocedo alejándome de él, suelta su frustración en un grito de rabia, un rugido furioso, profundo y gutural, que se queda resonando por la sala.

Se va y cierra de un portazo. Mientras se aleja por el pasillo, lo oigo gritar: «Carajo».

No estoy segura de qué es lo que lo enfureció tanto. ¿Se enfadó al ver que le di la vuelta a la página? ¿O porque mi madre se quedó a Emmy? ¿O es porque dejo que Emmy se quede a dormir en casa de mi madre, pero no me siento cómoda dejándosela a él? O tal vez por las tres cosas.

Suelto el aire lentamente para calmarme, aliviada porque se fue, pero antes de poder decidir qué voy a hacer a continuación, Ryle vuelve a abrir la puerta y se me queda mirando desde el pasillo, sin expresión.

—¿Es él? —me pregunta.

El corazón se me queda atascado en la garganta al oírlo. No pronunció el nombre de Atlas, pero ¿a quién más podría referirse? Y como no lo niego enseguida, él lo toma como una confirmación.

Ryle mira hacia el techo brevemente y luego niega con la cabeza.

—Entonces ¿tenía razón? ¿Mi preocupación estaba justificada?

Los últimos minutos han sido una montaña rusa de emociones, pero nada comparable al tumulto que me provocó la última pregunta que salió de su boca. Avanzo hasta llegar a la puerta, dispuesta a cerrársela en las narices en cuanto acabe de decir lo que tengo que decir.

—Si quieres convencerte de que te fui infiel, adelante; piensa lo que quieras. No pienso gastar fuerzas tratando de convencerte de lo contrario. Ya te lo expliqué en su momento, así que no voy a repetirlo. Nunca te habría dejado por Atlas, no te dejé por Atlas; te dejé porque merecía que me trataran mejor de lo que tú me tratabas.

Me dispongo a cerrar la puerta, pero Ryle se me adelanta y me empuja hasta que la espalda me queda pegada a la puerta de la sala. Veo sus ojos brillar de rabia mientras me apoya la mano en el cuello y presiona, como si quisiera aprisionarme con ella. Con la otra mano da una ruidosa palmada en la puerta, justo al lado de mi cabeza. Estoy tan asustada que cierro los ojos porque no quiero ver lo que está a punto de pasar.

Una inmensa oleada de ansiedad y miedo me sacude con tanta intensidad que tengo miedo de desmayarme. Ryle está tan cerca que siento su aliento en mi mejilla a través de sus dientes apretados, y el corazón me late tan fuerte que es imposible que no lo note contra la palma de su mano. Quiero gritar, pero tengo miedo de que, si hago ruido, se enfurezca aún más.

Pasan varios segundos desde el momento en que Ryle me acorrala contra la puerta y el momento en que empieza a darse cuenta de lo que ha hecho. Y de lo que probablemente estaba a punto de hacer.

Todavía tengo los ojos cerrados, pero siento su arrepentimiento en su modo de dejar caer la frente sobre la puerta, al lado de mi cabeza. Todavía me tiene atrapada entre sus brazos, pero ha aflojado la presión de la mano con la que me agarraba del cuello. Y está emitiendo un ruido extraño, como si estuviera tratando de no llorar.

Me asaltan los recuerdos de la última vez que me agredió, de las disculpas que susurraba mientras yo perdía el conocimiento y lo recobraba una y otra vez.

«Lo siento, lo siento, lo siento».

Se me rompe el corazón, porque Ryle no ha cambiado en absoluto. Por mucho que yo lo desee y él también, sigue siendo el mismo de siempre. Me aferraba a la esperanza de que se hubiera vuelto un hombre más fuerte por Emmy, pero esto me confirma que las decisiones que he tomado por mi hija han sido las correctas.

Ryle se aferra a mí como si yo pudiera ayudarlo, y admito que en otro momento de mi vida pensé que podría. Pero está roto por dentro y no es por mi culpa; ya lo estaba cuando lo conocí. A veces las personas piensan que, si aman a alguien roto con la suficiente intensidad, lograrán repararlo, pero no es así. Lo más probable es que la otra persona acabe rota también.

No puedo permitir que nadie me rompa nunca más. Tengo una hija y he de mantenerme entera, por ella.

Con delicadeza, le apoyo las manos en el pecho y lo empujo hasta que sale al pasillo de la escalera. Cuando al fin hay suficiente espacio entre los dos, cierro la puerta y le doy vueltas a la llave. Luego, llamo a mi madre inmediatamente y le digo que meta a Emmy en el coche y se reúna conmigo en el parque. No quiero que estén en casa por si a Ryle se le ocurre presentarse allí.

Cuando cuelgo, recorro el departamento con decisión. Si me detengo y me doy permiso para recrearme en lo que ha pasado, lo más seguro es que me eche a llorar, y ahora mismo no tengo tiempo para eso. Me visto para pasar la mañana en el parque, porque necesito estar presente en la vida de mi hija en todo tipo de situaciones.

Antes de salir de casa, tomo la nota que Atlas me escribió y la guardo en la bolsa. Tengo el presentimiento de que sus palabras van a ser el único momento luminoso de todo el día.

Mi premonición se cumple. Oigo un fuerte trueno mientras me estaciono junto al parque. Se ha formado una tormenta en el este y viene en esta dirección.

«Qué apropiado».

Todavía no empieza a llover, así que busco entre los columpios hasta que veo a mi madre. Tiene a Emmy en brazos y la está ayudando a tirarse por el tobogán. No me ha visto, por lo que aprovecho el momento para sacar la carta de Atlas de la bolsa. Sigo afectada por lo que pasó con Ryle. Espero que leer la carta de Atlas me ayude a superarlo y me mejore el humor para poder saludar a mi hija como se merece.

Querida Lily:

Siento haberme ido sin despedirme, pero es que tienes una gran facilidad para quedarte dormida. No me importa; me gusta verte dormir, incluso si estamos en un coche en plena cita.

Solía observarte mientras dormías a veces, cuando éramos más jóvenes. Me gustaba verte tan relajada, porque, cuando estabas despierta, se notaba que siempre estabas asustada, aunque trataras de disimularlo. En cambio, cuando dormías, el miedo desaparecía y eso me tranquilizaba.

No sé ni cómo expresar lo mucho que esta noche significó para mí, aunque creo que no necesito decirlo con palabras porque tú estabas allí y también lo sentiste.

Sé que antes te dije que me sentía culpable por lo que pasó entre nosotros, pero no quiero que pienses que me arrepiento de haberte amado. Si hay algo de lo que me arrepiento es de no haber luchado más por ti. Creo que es de ahí de donde nace casi toda mi culpabilidad, de pensar que, si no te hubiera dejado, no habrías conocido a un hombre que te ha hecho daño, igual que tu padre le hizo daño a tu madre.

Pero no importa cómo hemos llegado hasta aquí; lo importante es que aquí estamos. Yo tenía que llegar a un punto de mi vida en que pudiera creer que era digno de ti, que siempre lo había sido. Odio haber tardado tanto en conseguirlo, porque hay muchas cosas en tu vida que querría haberte ahorrado. Pero si las cosas hubieran sido distintas, Emerson no habría nacido, así que doy las gracias por que hayan sido así.

Me encanta observarte cuando hablas de ella. Tengo muchas ganas de conocerla. Pero eso llegará a su debido tiempo, igual que todas las demás cosas que espero compartir contigo. Seguiremos tomándonos

esto al paso que sea más cómodo para ti. Poder hablar
contigo todos los días o una vez al mes; cualquier cosa
será mejor que los años que tuve que vivir sin saber
nada de ti.

Me hace muy feliz que seas feliz. Eso es lo que
siempre he querido para ti.

Pero tengo que reconocer que no hay nada mejor
que ser la persona que comparte tu felicidad.

Con todo mi amor,

Atlas

Cuando alguien da golpecitos en la ventanilla, doy un salto tan fuerte que estoy a punto de romper la carta en dos. Conteniendo el aliento, alzo la vista y veo a mi madre junto al coche. Emmy me dirige una sonrisa resplandeciente al verme y no necesito nada más para devolverle una sonrisa igual de brillante.

Bueno, su sonrisa y la carta que tengo en la mano.

La doblo y la guardo en la bolsa mientras mi madre abre la portezuela del coche.

—¿Está todo bien?

—Sí, todo bien.

Tomo a Emmy en brazos, pero mi madre me dirige una mirada desconfiada.

—Parecías asustada cuando me llamaste para vernos aquí.

—No pasa nada —insisto, porque no quiero hablar del tema—. Es que no quería que Ryle pasara a buscarla hoy. No estaba de buen humor y sabía que Emmy estaba contigo, así que…

Suelto el aire y me acerco a los columpios, que están vacíos. Me siento en uno de ellos y coloco a Emerson delante de mí, mirando al frente. De una patada me impulso, mientras mi madre se sienta en el columpio de al lado.

—Lily. —Mi madre me mira ahora con preocupación—. Cuéntame qué pasó.

Sé que Emmy solo tiene un año y que no me entiende, pero igualmente me siento incómoda hablando de su padre en su presencia. Estoy convencida de que los bebés y los niños pequeños notan nuestros estados de ánimo, aunque no entiendan las palabras que pronunciamos.

Trato de explicarle la situación sin mencionar nombres.

—Estoy... ¿saliendo con alguien? —La confesión acaba convertida en una pregunta porque todavía no lo hemos hecho oficial, pero no creo que ni Atlas ni yo necesitemos una etiqueta para saber hacia dónde nos lleva esto.

—¿En serio? ¿Con quién?

Niego con la cabeza. No tengo intención de hablarle de Atlas, aunque lo más seguro es que no supiera de quién le hablo. Lo vio un par de veces, pero nunca hablamos de él. Incluso si se acuerda de él, lo más seguro es que no quiera recordarlo, ya que su marido le dio tal paliza que tuvieron que ingresarlo en el hospital.

Tal vez un día se lo presente oficialmente, y ese día no quiero que mi madre lo identifique con aquel episodio del pasado, porque no quiero que se sienta avergonzada.

—Alguien que conocí. Todavía llevamos muy poco, pero... —Suspiro y doy otra patadita al suelo para ganar más impulso—. Ryle se enteró y no le hizo ninguna gracia.

—Mi madre se encoge y hace una mueca, como si supiera

248

con exactitud a qué me refiero—. Pasó por la casa esta mañana y su reacción fue alarmante. Me asusté mucho pensando que iba a presentarse en tu casa para llevarse a la niña, por eso no quería que te encontrara allí.

—¿Qué hizo?

Niego con la cabeza.

—No me hizo daño. Lo que pasa es que hacía tiempo que no lo veía así y me inquieté, pero estoy bien. —Beso a Emmy en la cabeza y me sorprendo al darme cuenta de que me está cayendo una lágrima por la mejilla. Me la seco rápidamente antes de seguir hablando—. Y ahora no sé qué hacer con sus visitas. Casi preferiría que me hubiera hecho algo para poder denunciarlo esta vez, pero, al mirar a Emmy, me siento una madre espantosa por pensar eso de su padre.

Mi madre alarga el brazo y me aprieta la mano, lo que hace que el columpio se detenga. Me volteo un poco hacia ella.

—Hagas lo que hagas, no eres una madre espantosa. Todo lo contrario. —Me suelta la mano y se sujeta de las cadenas del columpio mirando a Emmy—. Admiro las decisiones que has tomado por su bien. A veces me entristece no haber sido tan valiente como tú, por ti.

Enseguida niego con la cabeza.

—No puedes comparar las situaciones, mamá. Yo conté con mucha ayuda y eso me permitió tomar la decisión que tomé. Tú no podías contar con nadie.

Ella me dirige una sonrisa triste pero agradecida. Luego se echa hacia atrás y se impulsa con los dos pies.

—Sea quien sea… es un tipo afortunado. —Me mira de reojo—. ¿Quién es?

Me echo a reír.

—Ah, no; no me presiones. No pienso hablarte de él hasta que la cosa sea oficial.

—Ya es oficial —replica mi madre—. Lo veo en tu sonrisa.

Las dos alzamos la cara hacia el cielo al mismo tiempo cuando empieza a chispear. Protejo a Emmy bajo mi barbilla y nos dirigimos hacia el estacionamiento. Mi madre le da un beso a Emmy antes de que la siente en su sillita.

—Te quiero —le dice—. La abu te quiere, Emmy.

—¿La abu? La semana pasada querías que te llamara «yaya».

—Todavía no me decido.

Mi madre me da un beso en la mejilla y se va corriendo hacia su coche.

Entro en el coche justo cuando el cielo se abre y deja caer el diluvio. Las gotas son ahora enormes y hacen tanto ruido al caer sobre el parabrisas, el suelo y el techo que parece que estuvieran lloviendo bellotas.

Me quedo ahí sentada un momento, decidiendo adónde voy a llevar a Emmy antes de poner el coche en marcha. No quiero ir a casa todavía, porque temo que Ryle vuelva a presentarse. La casa de Allysa queda descartada porque él vive en el mismo edificio y tengo demasiadas posibilidades de encontrármelo allí.

Me siento especialmente protectora ahora mismo, porque, sobre el papel, Ryle tiene derecho a llevársela a pasar el día con él cuando quiera, pero no pienso dejar que se la lleve hoy, después de que perdió el control.

Miro por el retrovisor y veo que Emmy está tan tranquila mirando la lluvia por la ventanilla. No tiene ni idea del caos que rodea su existencia, porque, para ella, yo soy todo su mundo. Depende de mí y tiene plena confianza en mí para todo. Por esa razón está tan tranquila y contenta, convencida de que yo lo tengo todo bajo control.

Yo no comparto su opinión, pero el hecho de que Emmy crea que lo tengo todo controlado, me basta.

—¿Adónde vamos a ir hoy, Emmy?

25

Atlas

—¿A qué hora llegaste anoche? —me pregunta Josh mientras entra en la cocina arrastrando los pies, con calcetines dispares. Lleva uno de los nuevos que le compré y el otro es mío. Cuando llegué a casa, Theo y Josh estaban dormidos, pero aun así me levanté tres horas antes que ellos. Brad se llevó a Theo hace unos veinte minutos.

—No es asunto tuyo. —Señalo la mesa donde sigue la tarea, abierta e inacabada. Me prometió que la haría ayer si dejaba que Theo se quedara a dormir, pero me temo que los videojuegos y los mangas se interpusieron entre la obligación y sus buenas intenciones—. ¿No hiciste la tarea?

Josh mira los trabajos y después me mira a mí.

—No.

—Pues va, hazla —le digo con confianza, aunque no tengo ni idea de cómo se hace esto. Es la primera vez que le digo a un niño que se ponga a hacer la tarea. Ni siquiera sé cómo castigarlo si no la hace. Siento que estoy actuando. Exacto. Soy un impostor.

—No es que no quiera hacerla —replica Josh—. Es que no sé.

—¿Es muy difícil? ¿Qué es? ¿Matemáticas?

—No, eso ya lo hice; las mates son fáciles. Pero no sé cómo hacer la mierda esta de trabajo para informática.

—No digas «mierda», di «caca» —lo corrijo, aunque supongo que es igual de malo. Me siento a su lado para ver qué le está causando problemas. Él desliza el trabajo hacia mí y le doy un vistazo.

Es un trabajo de investigación sobre los antepasados. Consta de cinco apartados y uno de ellos es un árbol genealógico que tenía que haber entregado el viernes. Y el viernes que viene tiene que entregar el siguiente apartado sobre sus antepasados, que debe hacer usando una web de genealogía.

—Se supone que debemos encontrar a nuestros parientes usando una web, pero no sé por dónde empezar porque no me sé ningún nombre. ¿Y tú? ¿Conoces alguno?

Niego con la cabeza.

—La verdad es que no. Una vez vi al padre de Sutton, pero murió cuando yo era pequeño. Ni siquiera recuerdo su nombre.

—Y ¿de los padres de mi padre sabes algo?

—No, tampoco sé nada sobre la familia de Tim.

Josh me quita la tarea.

—No sé por qué mandan hacer estas cosas. Ningún niño tiene una familia normal hoy en día.

—Pues tienes toda la razón.

Oigo que me llega un mensaje en el celular que dejé en la barra y me levanto a tomarlo.

—¿Pudiste buscar a mi padre? —me pregunta Josh.

Lo cierto es que sí, intenté hablar con él, pero Tim no respondió al mensaje de voz que le dejé. Lo que pasa es que no quiero decírselo, porque sé que será una decepción para él. Tomo el celular y regreso junto a Josh antes de mirar los mensajes.

—No he tenido tiempo todavía. ¿Estás seguro de que quieres que lo haga?

Josh asiente con la cabeza.

—Tal vez quiera saber algo de mí. Estoy seguro de que Sutton ha hecho todo lo posible por mantenernos separados.

Siento una punzada de preocupación en el pecho. Esperaba que Josh se sintiera lo bastante cómodo aquí como para olvidarse de encontrar a Tim, pero sé que era una esperanza absurda por mi parte. Es un niño de doce años, claro que quiere encontrar a su padre.

—Te ayudaré a buscarlo. —Señalo la tarea—. Pero contesta lo que puedas. La cuestión es que vean que lo intentaste. No pueden suspenderte por no conocer a tus abuelos.

Cuando Josh se inclina sobre la tarea, leo el mensaje. Es de Lily.

¿Puedo llamarte?

Debería saber ya que puede llamarme en cualquier momento del día y le voy a responder siempre. Voy a mi habitación y la llamo sin responder a su mensaje. Ella descuelga al primer tono.

—Hola —saluda.

—Hola.

—¿Qué haces?

—Estoy ayudando a Josh con la tarea, mientras finjo que no estoy pensando en ti. —Al ver que se queda callada, noto que algo no va bien—. ¿Estás bien?

—Sí, es que… Es que no quiero ir a casa. Me preguntaba si podría ir a la tuya.

—Por supuesto. ¿Emmy sigue con tu madre?

Ella suspira.

—Ese es el tema. Está conmigo. Ya sé que es raro, pero prefiero explicártelo cuando llegue.

Confirmado. Si piensa traer a Emerson a casa, es que algo va mal. Ha insistido mucho en que no quiere que pase tiempo conmigo hasta que Ryle sepa lo nuestro.

—Te envío la dirección en un mensaje.

—Gracias, llegaré en un rato.

Cuando ella cuelga, me dejo caer hacia atrás en la cama preguntándome qué pudo pasar entre que la dejé durmiendo en su cama y la llamada.

¿Habrá encontrado la carta? ¿Habré dicho algo inapropiado?

¿Estará a punto de romper conmigo?

Todas esas preocupaciones se arremolinan en mi estómago mientras la espero, pero la principal no es ninguna de estas, sino otra que mi mente se resiste a formular: «¿Le habrá hecho daño Ryle?».

Estoy pendiente de su llegada y, cuando oigo que se estaciona frente a la casa, salgo a recibirla. Noto que algo va mal en cuanto la veo bajar del coche. Sin embargo, no creo que el problema tenga que ver conmigo porque parece aliviada al verme. Le doy un abrazo, pues tengo la sensación de que lo necesita.

—¿Qué pasó?

Ella me apoya las manos en el pecho y se aparta un poco para mirarme a los ojos. Parece estar dudando. Echa un vistazo al asiento trasero del coche, donde su hija está durmiendo en la sillita.

Y entonces se echa a llorar. Esconde la cara en mi pecho y solloza. Su llanto me rompe el corazón. Le apoyo los labios en la coronilla y le doy un momento para desahogarse.

No necesita mucho tiempo. Poco después, más calmada, se seca los ojos.

—Lo siento —se disculpa—. Llevaba conteniéndome toda la mañana, desde que se fue Ryle.

La mención de su nombre hace que me ponga tenso. Sabía que esto tenía que ver con él.

—Sabe de lo nuestro —añade.

—¿Qué pasó? —Me está costando la vida misma quedarme quieto y no salir disparado en su busca. Es como si los huesos me estallaran de furia—. ¿Te hizo daño?

—No, pero está muy enfadado y no quería estar en casa a solas ahora mismo. Sé que no debería traer a Emmy aquí todavía, pero me siento más segura contigo, por si Ryle se presentara en casa para llevársela. Lo siento, es que no quiero estar en ninguna parte donde pueda encontrarme.

Le alzo la barbilla para que me mire a los ojos.

—Me alegro de que estén aquí, las dos. Quédate todo el día si quieres.

Ella suelta el aire y me besa.

—Gracias. —Se acerca a la puerta trasera del coche y saca a su hija, que ni se despierta. Sigue durmiendo en brazos de Lily, está profundamente dormida—. Estuvo una hora en el parque; está agotada.

Me quedo mirando a Emerson maravillado. No deja de sorprenderme lo mucho que se parece a Lily. Son como dos gotas de agua, y no podría importarme menos que no se parezca a su padre.

—¿Necesitas que tome algo del coche?

—Sí, la bolsa con sus cosas; está en el asiento del acompañante.

La tomo y entramos en casa. Josh mira por encima del hombro cuando me oye entrar. Lily lo saluda levantando la mano y él le devuelve el saludo con la cabeza, pero cuando se fija en Emerson voltea por completo en la silla.

—Es un bebé.

—Sí —replica Lily—. Se llama Emerson.

Josh se voltea hacia mí.

—¿Es tuyo? —Usa el plumón de punta fina que tiene en la mano para señalar a Emerson—. ¿Es mi sobrina?

Lily se echa a reír, pero es una risa incómoda.

Supongo que debería haber puesto al día a Josh antes de que llegaran.

—No, ni yo soy padre ni tú eres tío.

Josh se nos queda mirando un poco más. Luego se encoge de hombros y dice:

—Está bien. —Se da la vuelta y se concentra en la tarea una vez más.

—Lo siento —me disculpo en voz baja con Lily mientras dejo la bolsa con las cosas de Emerson cerca del sofá—. ¿Quieres que traiga una cobija para dejarla?

Cuando Lily asiente, voy en busca de una gruesa cobija que guardo en el armario del recibidor y la dejo en el suelo, junto al sofá. La doblo para que la cuna improvisada quede más mullida. Lily la deja sobre la cobija y Emerson no se despierta en ningún momento.

—No te dejes engañar; se despierta con mucha facilidad.

Lily se quita los zapatos y se sienta en el sofá, recogiendo los pies. Yo me siento a su lado y espero que le apetezca contarme qué ha pasado, porque necesito saber por qué está asustada.

Como Josh no nos ve desde el comedor, le doy un beso rápido. Dudo que pueda oírnos desde donde está, pero, de todas formas, susurro al preguntarle:

—¿Qué pasó?

Ella suspira con tanto sentimiento que se le mueve todo el cuerpo antes de volverse hacia mí.

—Se presentó en casa para recoger a Emmy. No lo esperaba. Vio las copas de vino y mi ropa tirada por el sofá. Sumó dos más dos, y reaccionó exactamente tal como me temía.

—¿Cómo reaccionó?

—Se enfureció. Pero se fue antes de que las cosas se pusieran demasiado feas.

«¿Demasiado feas? ¿Qué demonios significa eso?».

—¿Sabe que fui yo quien estuvo contigo?

—Sí, fue casi lo primero que preguntó. Se enfureció y le pedí que se fuera. Y se fue, pero…

Deja de hablar y, en ese momento, me doy cuenta de que le tiembla la mano. Dios, cómo odio a ese tipo. La atraigo hacia mí hasta que su mejilla queda pegada a mi pecho y la abrazo con fuerza.

—¿Qué hizo? ¿Por qué estás asustada, Lily?

Con la mano apoyada sobre mi corazón, susurra:

—Me empujó contra la puerta y se acercó mucho a mi cara. Pensaba que iba a pegarme o… No lo sé. Pero no lo hizo. —Debe de notar que mi corazón late el doble de rápido, porque levanta la cabeza y me mira—. Estoy bien, Atlas. Te lo prometo. Después de eso, no pasó nada más. Lo que ocurre es que hacía mucho tiempo que no lo veía tan enfadado.

—Te empujó contra una puerta. No puedes decir que no pasó nada.

Aparta la mirada y vuelve a apoyar la cabeza en mi pecho.

—Lo sé, lo sé. Es que no sé qué hacer. No sé cómo gestionar lo de Emmy. Estaba a punto de dejar que la niña pasara alguna noche en su casa, pero ahora no quiero ni siquiera que la visite sin que haya alguien supervisando los encuentros.

—No se merece otra cosa. Tienes que volver a llevar el caso a los tribunales.

Lily suspira. Me imagino que esta es la parte de su vida que le genera una mayor ansiedad. No me imagino lo que debe de ser verlo arrancar el coche con su niñita dentro sabiendo de lo que es capaz. Me alegro mucho de que haya venido aquí hoy. Sé que para ella era importante esperar antes de presentarme a Emmy, pero creo que hizo lo correcto. Ryle podría volver, disculparse y llevarse a la niña. Y la encontraría si estuviera en alguno de los lugares que frecuenta.

Pero aquí no la encontrará. Además, Lily y yo sabemos que lo que se está fraguando entre nosotros es algo serio, a largo plazo. No necesita preocuparse por si Emmy se encariña conmigo y luego yo desaparezco. Mientras Lily me quiera en su vida, no voy a irme a ninguna parte.

Alza la cara para mirarme de nuevo y veo que tiene una mancha de rímel cerca de la sien. Se lo limpio mientras me dice:

—Este conflicto con Ryle… A esto me refería cuando traté de advertirte. Podría ser algo constante, sobre todo ahora que sabe que has vuelto a mi vida.

Lo dice como si me estuviera dando la oportunidad de retirarme. Me cuesta creer que piense que algo así se me esté pasando por la cabeza.

—Podrías tener cincuenta exmaridos tratando de convertir nuestra vida en un infierno, pero, mientras te tenga a mi lado, la negatividad de los demás no me afectará. Te lo prometo.

Mis palabras consiguen que sonría por primera vez desde que llegó. No quiero decir ni hacer nada que pueda desdibujar esa sonrisa, así que cambio de tema para que se olvide del flojo de su exmarido.

—¿Tienes sed?

Su sonrisa se hace más grande. Dándome un empujón en el pecho responde:

—Tengo sed y tengo hambre. ¿Por qué si no iba a presentarme así en casa de un chef?

Lily y Emerson llevan unas cuatro horas en casa. Cuando Josh terminó de hacer la tarea lo mejor que pudo, se puso a jugar con Emerson. Lily le dijo que llevaba unas semanas dando pasitos y a Josh le resulta de lo más divertido verla siguiéndolo por la casa. Estuvo yendo de un lado a otro durante una hora con ella detrás y ahora Emerson se volvió a dormir. Se durmió en el suelo, a mi lado, con la cabeza apoyada en mi pierna. Lily se ofreció a cambiarla de lugar, pero le dije que ni se le ocurra.

Mentiría si dijera que la situación no es un poco surrealista. En el fondo, sé que Lily y yo vamos a hacer que esto funcione. Ella es mi persona y yo soy la suya; es algo que he sabido desde que la conocí. Pero mirar a Emerson, sabiendo que es muy posible que esta niña se convierta en alguien tremendamente importante en mi vida, no es algo fácil de asimilar. Algún día podría convertirme en su padrastro. Probablemente tendré una influencia más grande en su vida que la que pueda tener su propio padre biológico, porque Lily y yo acabaremos viviendo juntos y lo más probable es que nos casemos un día u otro.

No lo admitiría en público porque personas como Theo dirían que estoy corriendo demasiado, pero lo cierto es que llevo años de retraso respecto a donde me gustaría estar con Lily. Respecto a donde podríamos estar si las cosas hubieran sido distintas.

Hoy es un día destacado, un día muy importante, incluso si tardo meses en volver a ver a Emerson. Es el primer día que paso con una persona que puede llegar a convertirse en mi hija.

Le aparto los finos mechones pelirrojos de la cara y trato de entender de dónde nace el enfado de Ryle. Sin duda es consciente de lo que va a suponer para su relación con Emerson que Lily rehaga su vida. La niña pasará la mayor parte del tiempo con su madre, y, por lo tanto, la persona que comparta la vida de Lily pasará con Emerson la misma cantidad de tiempo.

No estoy excusando el comportamiento de Ryle en absoluto. Si de mí dependiera, hoy mismo recibiría una propuesta de trabajo en Sudán y solo tendríamos que soportarlo una vez al año.

Sin embargo, la realidad es otra. Ryle vive en la misma ciudad que su hija, y su exmujer está rehaciendo su vida con otra persona. Eso no puede ser fácil para nadie. Pero, aunque puedo entender que le resulte difícil, nunca entenderé que no se dé cuenta de que nadie tiene la culpa más que él mismo. Si hubiera actuado como un hombre maduro y racional, Lily nunca lo habría dejado. Él seguiría con su esposa y su hija, y Lily y yo ni siquiera mantendríamos el contacto.

Estoy preocupado por Lily. Me preocupa que Ryle se parezca a mi madre y que decida vengarse peleando por pelear, sin más razón que esa.

—¿Has denunciado a Ryle alguna vez? —pregunto mirando a Lily, que está sentada en el suelo, a mi lado, contemplando a Emerson, que duerme apoyada en mi pierna.

—No —responde, y noto una pizca de vergüenza en su voz.

—¿Tienen un acuerdo de custodia?

Ella asiente con la cabeza.

—Yo tengo la custodia exclusiva, pero con algunas estipulaciones. Se supone que debo ser especialmente flexible a causa de su trabajo, pero, en la práctica, viene a buscarla dos veces por semana.

—¿Te pasa pensión alimenticia?

—Sí, no se ha retrasado ningún mes.

Me alivia que, al menos, cumpla en ese aspecto, pero las respuestas de Lily me hacen darme cuenta de lo precaria que es su situación.

—¿Por qué me lo preguntas?

Niego con la cabeza.

—Sé que no es asunto mío.

«¿O sí?».

Ni siquiera lo sé. Estoy tratando de tomarme las cosas con calma para no agobiar a Lily, pero mi parte prudente se está peleando contra la parte de mí que quiere protegerla.

Lily alza una mano para captar mi atención.

—Es asunto tuyo, Atlas. Ahora estamos juntos.

El corazón se me acelera como si tartamudeara. ¿Acaba de hacerlo oficial?

—¿Lo estamos? ¿Estamos juntos? —Sonrío y la acerco más a mí, con el pulso desbocado—. ¿Tú y yo tenemos algo juntos, Lily Bloom?

Sonríe con los labios pegados a los míos y asiente con la cabeza antes de besarme.

Creo que ambos sabíamos que era oficial antes de anoche, pero si no tuviera a su hija dormida sobre mi pierna ahora mismo, la levantaría en brazos y la haría dar vueltas, porque no sé qué hacer con tanta felicidad.

Pero también, de repente, me siento mucho más comprometido con sus problemas.

El subidón de adrenalina empieza a disminuir lentamente haciéndome regresar al punto en que estaba justo antes de que Lily declarara que lo nuestro es oficial.

Ryle. La custodia. Su inmadurez.

Lily me apoyó la cabeza en el hombro y la mano en el pecho, por eso nota cuando suelto todo el aire que tengo en los pulmones. Levanta la cabeza y me dirige una mirada ansiosa.

—Dilo, sin más.

—¿Qué?

—Lo que piensas de mi situación. Tienes el ceño fruncido, como si estuvieras preocupado por algo. —Alza la mano y usa el pulgar para suavizar mi expresión.

—¿Es demasiado tarde para decirle al tribunal que puso tu vida en peligro en el pasado? Tal vez eso serviría para que no dejen que la niña pase noches en su casa.

—Cuando dos personas alcanzan un acuerdo de custodia, no se pueden usar pruebas del pasado para modificar el acuerdo. Por desgracia nunca lo denuncié, así que no puedo usar los malos tratos como argumento a estas alturas.

Eso es malo, pero entiendo que tratara de mantener una relación civilizada con su ex. Lo que me preocupa es que eso repercuta de manera negativa.

—Está demasiado ocupado para cuidar de ella la mitad del tiempo. Ni siquiera por las noches, porque tiene muchas guardias. Dudo que alguna vez pida la custodia compartida.

Frunzo los labios y asiento, esperando que tenga razón. Yo no lo conozco tan bien como ella, pero, por lo poco que lo conozco, diría que es rencoroso. Y la gente rencorosa suele sentir necesidad de vengarse. Es algo muy frecuente entre los padres. Si no les gusta lo que hace el otro, usan al niño como arma. Y eso me preocupa, porque no me cuesta nada imaginarme a Ryle llevando a Lily a los tribunales simplemente como venganza por estar conmigo. Y lo más seguro es que le concedieran lo que pidiera. Nunca le ha hecho daño a Emerson, Lily nunca denunció ninguno de sus ataques y nunca se ha retrasado en el pago de la manutención. Por no hablar de sus éxitos profesionales. Todas esas cosas juegan a su favor.

Cuando miro a Lily, veo que parece a punto de hundirse en el suelo. No pretendía preocuparla todavía más sacando este tema.

—Lo siento. No trataba de ser pesimista. Podemos cambiar de tema.

—No eres pesimista, Atlas. Eres realista, y necesito que lo seas. —Levanta la cabeza de mi hombro y echa un vistazo a Emmy, que sigue dormida en mi pierna. Luego vuelve a apoyarse en mí y suelta un suspiro silencioso—. Aunque hubiera denunciado a Ryle y hubiera luchado por la custodia exclusiva sin visitas, las probabilidades de que me lo concedieran eran escasas. No tiene antecedentes criminales y puede pagarse los mejores abogados. Casi todos los abogados con los que trabajé me recomendaron que llegara a un acuerdo con él, porque habían visto otros casos como el nuestro y un acuerdo como el que Ryle aceptó era la mejor opción posible.

Le tomo la mano y entrelazo los dedos con los suyos. Ella se seca una lágrima que le cae por la mejilla. Odio haber sacado el tema, pero sé que esos miedos ya estaban en su cabeza. De hecho, no es mala cosa que se preocupe por ello, porque necesita ir un paso por delante de Ryle.

—Pase lo que pase, ya no estás sola.

Lily me dirige una sonrisa complacida.

Emerson empieza a desperezarse sobre mi pierna. Abre los ojos y me mira. Inmediatamente busca a Lily y, cuando la ve, se lanza sobre ella, pasando por encima de mi regazo. Una vez que está en sus brazos, levanto la pierna y la estiro. Llevo más de media hora sin moverla y se me durmió.

—Deberíamos irnos —dice Lily—. Me siento culpable por estar aquí con ella. Me sentiría fatal si Ryle la llevara a casa de alguna novia sin avisarme.

—Creo que sus situaciones son distintas. Ryle no tendría que refugiarse en casa de alguna amiga para esconder a su hija por miedo a que perdieras el control. No seas tan dura contigo misma.

Lily me da las gracias con la mirada.

La ayudo a recoger sus cosas y la acompaño hasta el coche. Cuando Emerson está atada en su sillita, Lily se acerca para despedirse. La agarro por las caderas y la atraigo hacia mí. Agacho la cabeza, rozándole la nariz, y le atrapo los labios entre los míos. Le doy un beso largo y profundo, porque quiero que siga sintiéndolo durante el camino hacia su casa.

Deslizo las manos en los bolsillos traseros de sus jeans y le aprieto las nalgas, haciéndola reír.

Luego se le escapa un suspiro melancólico.

—Ya te echo de menos.

Asiento, porque no puedo estar más de acuerdo.

—He pasado así mucho tiempo —admito—. Estoy un poco obsesionado contigo, Lily Bloom. —Le doy un beso en la mejilla y me obligo a soltarla.

Este es el único aspecto negativo de estar finalmente con la persona con la que siempre debiste estar. Pasas años sufriendo y deseando estar con ella y, cuando al fin consigues formar parte de su vida, de algún modo, sufres todavía más.

26

Lily

Me decepcionas Lily

Me quedo mirando el celular en shock.
«¿Es una broma?».

Me tratas como a un monstruo
soy su padre carajo

Son las cinco de la mañana. Me levanté para ir al baño y, por supuesto, le eché un vistazo al celular antes de intentar dormir una horita más hasta que suene el despertador.

Tengo un montón de mensajes y todos son de Ryle. No había vuelto a saber nada de él desde que se presentó en casa el domingo. Han pasado cuatro días en los que ni siquiera se ha molestado en disculparse por haber perdido el control en mi casa. Se pasa cuatro días en silencio, ¿y ahora esto?

Era más feliz antes de conocerte.

Al leer el resto de los mensajes, me queda claro que estaba borracho cuando me los envió. El primero me lo envió a medianoche y el último, que escribió a las dos de la madrugada, dice:

Disfruta cogiéndote al sin techo

Suelto el celular en la cama, con las manos temblorosas. No puedo creer que me haya enviado esto. Tenía la esperanza de que los cuatro días de silencio indicaran que sentía remordimientos por lo que había hecho, pero es obvio que ha estado desasosegado desde entonces.

Esto es peor de lo que pensaba.

Trato de volver a dormirme, pero no puedo. Me levanto y me preparo una taza de café, pero se me cerró el estómago y tampoco puedo tomármelo. Me paso la siguiente media hora de pie en la cocina, mirando al infinito y repitiendo los mensajes de Ryle en bucle en mi mente.

Cuando Emerson se despierta al fin, me siento aliviada. El caos matutino que forma parte de nuestra rutina es una distracción que agradezco mucho.

La dejo en casa de mi madre antes de ir al trabajo. Llego a las ocho en punto. Soy la primera en llegar a la florería, por lo que me distraigo con el trabajo tanto como puedo hasta que llegan Serena y Lucy. Lucy nota que me pasa algo; incluso me pregunta si estoy bien, pero yo le aseguro que no pasa nada.

Finjo que estoy bien, aunque me paso el día pendiente de la puerta esperando a que Ryle irrumpa furioso en la tienda en cualquier momento. Espero un mensaje cargado de mala vibra, una llamada... pero pasan las horas y no llega nada, ni siquiera una disculpa.

No lo comento con Atlas ni con Allysa. No le cuento a nadie lo que hizo, porque me da vergüenza. Sus comentarios son insultantes. Ofende a Atlas y me ofende a mí. No tengo ni idea de qué voy a hacer, pero sé que no pienso tolerarlo. Me niego a pasar los siguientes diecisiete años de mi vida sufriendo este tipo de maltrato, ni siquiera mediante mensajes.

Serena ya se fue y quedamos solo Lucy y yo cuando sucede lo inevitable. Pasan de las cinco y estamos a punto de cerrar para que pueda ir a buscar a Emerson a casa de mi madre cuando Ryle entra en la tienda.

Mis niveles de ansiedad se disparan como un volcán que acabara de entrar en erupción.

A Lucy nunca le ha gustado Ryle, por lo que, al verlo, gruñe por lo bajo y me dice:

—Estaré en la trastienda si me necesitas.

—Lucy, espera —susurro, con la vista en el celular, para que Ryle no me vea mover los labios—. Quédate. —La miro para transmitirle la preocupación que siento.

Ella asiente y finge ocuparse en algo.

El corazón me late desbocado en el pecho mientras Ryle se acerca. No me molesto en cambiar la expresión de mi cara cuando lo miro a los ojos.

Él me sostiene la mirada unos segundos y luego mira a Lucy de reojo. Señala mi oficina con la cabeza y me pregunta:

—¿Podemos hablar?

—Ya me iba —respondo en tono firme—. Tengo que ir a buscar a nuestra hija.

Ryle agarra con fuerza el mostrador, haciendo que se le flexionen los músculos de los brazos.

—Por favor, será un momento.

Me volteo hacia Lucy.

—¿Me esperas para cerrar?

Cuando ella me tranquiliza asintiendo con la cabeza, me doy la vuelta y me dirijo al despacho. Él me sigue de cerca. Me cruzo de brazos e inspiro hondo antes de enfrentarme a él cara a cara.

Me mira con expresión arrepentida, pero estoy tan harta de sus remordimientos que quiero borrarle esa estúpida mueca de la cara.

—Lo siento. —Se pasa una mano por el pelo mientras se acerca más—. Anoche me invitaron a un acto, bebí demasiado y…

Permanezco en silencio.

—Ni siquiera recuerdo haber enviado esos mensajes, Lily.

Sigo callada y él empieza a revolverse, nervioso y cada vez más incómodo ante mi enfado silencioso. Se mete las manos en los bolsillos y se queda mirando los pies.

—¿Le contaste a Allysa?

No respondo a esa pregunta, porque sus palabras me enfurecen aún más. ¿Le preocupa más la opinión de su hermana que el daño que me está causando?

—No, pero se lo conté a mi abogada.

Estoy mintiendo, pero no por mucho tiempo, porque pienso hacerlo en cuanto se vaya. De ahora en adelante pienso dejar constancia de todo lo que me haga. Atlas tiene razón. Sobre el papel, Ryle es intachable. Si piensa seguir con sus prácticas abusivas, necesito protegerme y proteger a Emerson.

Ryle alza la mirada lentamente hasta mis ojos.

—Hiciste ¿qué?

—Le envié los mensajes a mi abogada.

—¿Por qué lo hiciste?

—¿En serio? El domingo me empotras contra una puerta y luego me envías mensajes amenazadores en plena noche. ¡No he hecho nada que justifique este trato, Ryle!

Él se saca las manos de los bolsillos y se presiona la nuca mientras se voltea y me da la espalda. Luego estira la espalda e inspira hondo. Contiene el aliento como si estuviera contando en silencio para controlar la rabia que vuelve a apoderarse de él.

Ambos sabemos cómo han acabado esos intentos en el pasado.

Cuando se voltea hacia mí, todo rastro de remordimiento ha desaparecido.

—¿No ves que aquí hay un patrón? ¿Tan ciega estás?
—Oh, sí. Definitivamente veo el patrón, pero creo que estamos viendo patrones distintos—. Hemos estado bien durante un año, Lily. Y no hemos tenido ni un solo problema hasta que él volvió a aparecer. Y ahora discutimos todo el tiempo y volviste a meter a abogados de por medio.
—Parece tener ganas de dar un puñetazo al aire.

—¡Deja de culpar a los demás por tu conducta, Ryle!

—¡Deja de ignorar el puto común denominador de todos nuestros problemas, Lily!

Lucy se asoma a la puerta. Mira a Ryle y luego me mira a mí.

—¿Estás bien?

Ryle suelta una risa exasperada.

—Está perfectamente —responde por mí, molesto. Se dirige a la puerta y Lucy tiene que encogerse para evitar que la arrolle—. Una abogada, carajo —lo oigo refunfuñar—. Deja que adivine de quién fue la idea.

Ryle se dirige a la salida como un soldado en plena misión. Lucy y yo lo seguimos, con toda probabilidad con la misma idea: cerrar la puerta en cuanto salga y dejarlo fuera.

Cuando Ryle llega a la puerta, se da media vuelta y me clava una mirada agresiva.

—Soy neurocirujano, Lily. Y tú trabajas con flores. Recuérdalo antes de que tu abogada cometa alguna estupidez que ponga en peligro mi carrera. Soy yo quien paga el puto departamento donde vives —añade, y parece subrayar su amenaza al dar un fuerte portazo.

Es Lucy quien cierra con pestillo cuando finalmente se va, porque yo sigo clavada en el suelo por el impacto de su último insulto. Luego regresa a mi lado y me consuela dándome un abrazo.

En ese momento me doy cuenta de que lo más difícil de poner fin a una relación violenta es que, al hacerlo, los malos momentos no desaparecen por completo, ya que siempre asoman la cabeza de vez en cuando. Al poner fin a una relación violenta, lo que haces es poner fin a los buenos momentos.

Mientras estábamos casados, los incidentes, terroríficos pero escasos, quedaban acolchados por los abundantes buenos momentos, pero, al poner fin a nuestro matrimonio, la manta protectora desapareció y me quedé con lo peor de Ryle. Nuestro matrimonio estuvo un día lleno de corazón y de carne que envolvía el esqueleto, pero ahora lo único que queda es el esqueleto, y sus huesos, rotos y afilados, se me clavan y me hieren.

—¿Estás bien? —me pregunta Lucy acariciándome el pelo.

—Sí, pero… ¿a ti también te pareció que se fue con una idea en la cabeza, como si se dirigiera a otro sitio?

Lucy echa un vistazo hacia la puerta.

—Sí, salió disparado con el coche. Tal vez deberías avisar a Atlas.

Me falta tiempo para tomar el celular y llamarlo.

27

Atlas

Solo hace media hora que revisé el celular, por eso me alarmo al ver que tengo varias llamadas perdidas y tres mensajes de texto de Lily.

Por favor, llámame.
Estoy bien, pero Ryle está furioso.
¿Se ha presentado ahí? Atlas, por
favor, llámame.

«Mierda».

—Darin, ¿puedes sustituirme aquí?

Darin viene a acabar de emplatar y yo me dirijo a mi despacho inmediatamente y la llamo, pero me sale el buzón de voz. Vuelvo a llamar. Lo mismo.

Me estoy preparando para tomar el coche cuando mi teléfono suena al fin. Respondo al momento preguntándole:

—¿Estás bien?

—Estoy bien —responde.

Me detengo y apoyo el hombro en la pared. Suelto el

aire y mi corazón empieza a recuperar su ritmo normal. Suena como si estuviera conduciendo.

—Voy a buscar a Emmy. Solo quería avisarte que está enfadado. Tenía miedo de que se presentara en el restaurante.

—Gracias por el aviso. ¿Seguro que estás bien?

—Sí. Llámame cuando llegues a casa, no importa lo tarde que sea.

Ryle abre con violencia las puertas batientes a mitad de la última frase, causando el alboroto suficiente como para que todo el mundo se dé cuenta y deje lo que estaba haciendo. Derek, el jefe de meseros, aparece tras él.

—Le dije que iría a buscarlo —le dice Derek a Ryle, y luego me mira levantando las manos, haciéndome saber que intentó evitar la intrusión.

—Te llamaré de camino a casa —le respondo a Lily. No le comento que Ryle acaba de aparecer porque no quiero preocuparla. Cuelgo justo cuando Ryle me localiza.

Por su expresión, diría que no viene a felicitarme.

—Y ¿ese quién es? —me pregunta Darin.

—Mi fan número uno.

Señalo la puerta trasera con la cabeza, y Ryle se dirige hacia allí.

La cocina recupera el barullo habitual y todo el mundo ignora la entrada de Ryle. Todo el mundo menos Darin.

—¿Quieres que haga algo?

Niego con la cabeza.

—No, estaré bien.

Ryle abre la puerta trasera con tanto ímpetu que esta golpea contra la pared del callejón.

«Vaya elemento».

Lo sigo hacia el exterior. En cuanto salgo, sin esperar a que baje los escalones, Ryle me ataca desde la izquierda. Me tira al suelo y, mientras trato de levantarme, me da un puñetazo.

Ha sido un buen puñetazo, las cosas como son.

«Carajo».

Me seco la boca y me levanto. Agradezco que al menos me permita ponerme de pie; no es muy limpio golpear a alguien que está en el suelo, aunque tengo la sensación de que Ryle no es de los que juegan limpio.

Está a punto de volver a golpearme, pero me echo hacia atrás y él tropieza y se cae. Cuando se levanta, me mira furioso, pero ya no parece a punto de volver a atacar.

—¿Terminaste? —le pregunto.

Ryle no responde, parece más calmado. Se estira la camisa y me dirige una sonrisa irónica.

—Me gustó más cuando te defendiste la otra vez.

Me cuesta no poner los ojos en blanco.

—No tengo ningunas ganas de pelear contigo.

Él mueve el cuello lado a lado, y echa a andar. Emite tanta rabia contenida que no me imagino lo que ha de suponer para Lily verlo en este estado. Respira pesadamente, con las manos en las caderas, y me observa como si quisiera clavarme puñales con la mirada. En su expresión no veo solo ira, sino también una enorme montaña de dolor.

A veces trato de ponerme en su lugar, pero, por mucho que lo intento, no lo consigo. Dudo que lo logre alguna vez, porque no hay nadie en la historia de la humanidad con un pasado tan desgraciado que excuse la violencia.

Y menos contra alguien a quien se supone que debes proteger.

—Di lo que hayas venido a decir.

Ryle se seca el labio ensangrentado y, al hacerlo, veo que tiene la mano hinchada. Parece como si hubiera estado golpeando cosas antes de venir a pegarme a mí. Me alegra saber que Lily está bien, porque, si no, no saldría de aquí en el mismo estado en que llegó.

—¿Crees que no sé que lo de la abogada fue idea tuya? —me pregunta.

Trato de disimular la sorpresa, porque no sé a qué se está refiriendo.

«¿Lily habló con una abogada sobre su situación?».

Siento ganas de sonreír, pero estoy seguro de que, si sonrío, Ryle lo tomará como una provocación y, al parecer, mi sola existencia ya lo provoca bastante.

Mi falta de respuesta lo pone nervioso. Su rostro se contrae en una mueca furiosa.

—Puede que la tengas engañada ahora mismo, pero un día llegará la primera discusión. Y la segunda. Y ella se dará cuenta de que el matrimonio no es un camino de rosas y arcoíris todo el puto tiempo, carajo.

—Podría discutir con ella un millón de veces, pero te puedo prometer que ninguna de esas discusiones va a acabar en el hospital.

Ryle se echa a reír. Está tratando de convencerme de que soy yo el ridículo, pero no soy yo quien entró hecho un basilisco en su lugar de trabajo por no ser capaz de controlar mis emociones.

—No tienes ni idea de las cosas por las que Lily y yo hemos pasado juntos —replica—. No tienes ni idea de las cosas que me han pasado a mí.

Es como si hubiera venido buscando pelea y, al no encontrarla, estuviera aprovechando la ocasión para desahogarse. Tal vez debería darle el número de Theo. No tengo ni idea de cómo enfocar esto.

Pero no quiero recordar este momento en el futuro como una oportunidad perdida. Mi único objetivo es conseguir que la vida de Lily junto a este hombre sea más tranquila. Lo último que quiero es complicar las cosas entre todos nosotros todavía más, pero, hasta que a Ryle no se le meta en la cabeza que él es la única persona que tiene el control de sus reacciones, estoy tan perdido como Lily a la hora de lidiar con él.

—Tienes razón, Ryle —asiento lentamente—. Tienes razón. No tengo ni idea de las cosas por las que has pasado.

—Me siento en los escalones para que se dé cuenta de que no supongo ninguna amenaza para él, aunque si trata de atacarme mientras estoy sentado no reaccionaré con la misma compostura esta vez. Junto las manos y me esfuerzo por expresarme con claridad—. Pero, fuera lo que fuera, te ayudó a convertirte en lo que eres ahora, un gran neurocirujano. El mundo necesita esa parte de ti. Sin embargo, por la razón que sea, tu pasado también te convirtió en un marido de mierda, y el mundo no necesita esa parte de ti. Que tengamos la oportunidad de convertirnos en algo no nos garantiza que nos vaya a ir bien.

Ryle pone los ojos en blanco.

—Qué dramático.

—Estuve a su lado mientras la suturaban, Ryle. Despierta, hombre, carajo. Fuiste un marido horrible.

Él se me queda mirando en silencio unos instantes antes de preguntar:

—Y ¿por qué estás tan convencido de que tú serás mejor que yo?

—Porque tratar a Lily como se merece es la parte más fácil de mi vida. Creo que deberías sentirte aliviado al ver que ella está con alguien como yo.

Él se echa a reír.

—¿Aliviado? ¿Debería sentirme aliviado? —Da varios pasos hacia mí y su rabia vuelve a ganar impulso rápidamente—. ¡Tú eres el causante de que no estemos juntos!

Me cuesta un esfuerzo enorme permanecer en los escalones, y empleo todas mis reservas de paciencia para no responder a sus gritos en el mismo tono de voz.

—Tú eres el causante de que no estén juntos. Fueron tu furia y tus puños los responsables. Yo no era más que un conocido en la vida de Lily cuando estaban juntos, así que madura de una vez y deja de culparme a mí, a Lily y a todo el mundo de tus actos. —Me levanto, pero no con la intención de golpearlo. Es que necesito más espacio en el pecho, porque, si no inspiro hondo, no sé cuánto tiempo voy a aguantar sin pegarle cuatro gritos. No me resulta nada fácil mirarlo y mantener la calma sabiendo lo que le ha hecho a Lily—. Maldita sea —murmuro—. Esto es ridículo.

Ryle y yo permanecemos callados unos momentos. Tal vez nota que estoy al límite, porque ya no soy capaz de disimular la frustración que siento. Me volteo hacia él y le dirijo una mirada suplicante.

—Esta es nuestra vida ahora mismo. La tuya, la mía, la de Lily, la de tu hija. Y hemos de aprender a gestionarla. Para siempre. Van a llegar vacaciones, cumpleaños, graduaciones… y un día llegará la boda de Emerson. Todas estas situaciones van a ser difíciles para ti, pero tú eres el único que puede lograr que no lo sean también para el resto de nosotros. Porque no te debemos nuestra felicidad, y Lily menos que nadie.

Ryle niega con la cabeza y camina de un lado a otro como si quisiera hacer desaparecer el asfalto y dejar al descubierto la tierra que hay debajo.

—Y ¿qué esperas que haga? ¿Pretendes que los vitoree, que les desee lo mejor, que te anime a ser un buen padre para mi hija, carajo? —Se ríe, por lo absurdo que le parece, pero yo lo miro muy serio.

—Sí, exacto. —Creo que mi respuesta lo deja fuera de juego. Se detiene y se lleva las manos a la nuca. Doy un paso hacia él, pero no con actitud amenazadora. No quiero chillar, porque quiero que note que le estoy hablando con total sinceridad—. Sé que puedo hacer muy feliz a Lily, pero también sé que nunca podrá ser feliz del todo a menos que cuente con tu aceptación y tu cooperación. Se lo estás poniendo muy difícil, aunque sabes que se merece una buena vida. Las dos se la merecen. Si quieres que tu hija crezca con la mejor versión de Lily, colabora con ella. Podemos hacerlo.

Ryle hace girar el cuello.

—¿Qué pasa? ¿Acaso somos un equipo o algo así?

Odio su tono de voz. Habla como si lo que estuviera escuchando fuera una utopía alejada de la realidad.

—Cuando hay niños de por medio, los adultos siempre deberían ser un equipo.

Por fin mis palabras llegan a donde quería que llegaran. Lo noto en cómo se queda paralizado, haciendo una mueca, y luego traga saliva disimuladamente. Me da la espalda y se aleja, como si estuviera reflexionando sobre lo que le he dicho. Cuando se encara de nuevo conmigo, hay un poco menos de odio en su mirada.

—Cuando las cosas dejen de funcionar entre ustedes y Lily salga corriendo, que no me busque esta vez.

Al acabar de hablar, se aleja, aunque en vez de cruzar la cocina usa el callejón para volver a la calle.

Me lo quedo mirando y siento lástima. No conoce a Lily en absoluto.

«En absoluto».

Lily nunca sale corriendo. No salió corriendo detrás de mí cuando me fui de Maine. Ni vino corriendo a buscarme cuando dejó a Ryle. Concentró todos sus esfuerzos en ser una buena madre. Y, sin embargo, ¿Ryle espera que Lily salga corriendo en su busca si las cosas no funcionan entre nosotros? ¿Como si fuera su meta y su refugio? ¿Como si fuera su hogar?

El hogar de Lily es Emerson y, si aún no se ha dado cuenta, es que no se entera de nada.

Si Lily se hubiera quedado con Ryle, él se habría pasado el resto de su vida inventándose problemas para justificar su ira exagerada. Porque yo nunca fui el problema en su matrimonio y nunca lo habría sido.

Pensaba que me daba pena, pero ya no lo tengo tan claro. Porque el tipo vino a pelear por una mujer a la que ni siquiera conoce, lo que significa que vino a pelear por pelear. Tiene una personalidad parecida a la de mi madre y, muchas veces, eso no tiene remedio. Lo único que se puede hacer es aprender a convivir con ello de la mejor manera.

Supongo que eso es lo que Lily y yo vamos a tener que hacer. Aprender a vivir nuestra vida lo mejor posible y, de vez en cuando, soportar la ridícula ira de Ryle.

No pasa nada. Soportaría sus mierdas todos los días a cambio de ser yo el que comparte la cama de Lily por las noches.

Subo los escalones y me reincorporo al ajetreo de la cocina como si Ryle nunca hubiera estado aquí. No sé si mi reacción de esta noche servirá para mejorar la situación, pero estoy casi seguro de que no la ha empeorado.

Darin me ofrece un trapo húmedo.

—Estás sangrando. —Señala la comisura izquierda de mi boca para que sepa dónde apoyar el trapo—. ¿Era el exmarido?

—Sí.

—¿Todo arreglado?

Me encojo de hombros.

—No lo sé. Puede que se le crucen los cables y vuelva otro día. Carajo, podría seguir así años. —Miro a Darin y sonrío—. Pero por ella vale la pena.

Tres horas más tarde, llamo a la puerta de Lily golpeando con delicadeza. Le envié un mensaje para avisarle que iba a pasar por aquí, porque pensé que le caería bien otro abrazo rápido.

Cuando abre la puerta, no me queda duda: lo necesitaba. Y yo también. En cuanto entramos en la sala, ella me rodea la cintura y yo la envuelvo entre mis brazos. Permanecemos así, abrazados, durante un par de minutos.

Cuando levanta la cara, alza las cejas al ver el pequeño corte que tengo en el labio.

—Es un tonto inmaduro. ¿Te pusiste hielo en el labio?

—No es nada; ni siquiera se hinchó.

Lily se pone de puntitas y me besa en el corte.

—Cuéntame qué pasó.

Nos sentamos en el sofá y trato de recordar todo lo que nos dijimos, pero estoy seguro de que olvido algo. Cuando acabo de hablar, ella está apoyada en el respaldo del sofá y con una pierna por encima de la mía. Parece concentrada, procesando las cosas en silencio mientras me acaricia el pelo.

Pasa un buen rato callada hasta que se voltea hacia mí y me envuelve en la dulzura de su mirada.

—Estoy segura de que eres el único hombre del planeta al que van a darle de puñetazos y se lo paga a su agresor con consejos. —Antes de que pueda replicar nada, ella se sienta sobre mi regazo y acerca su cara a la mía—. No te preocupes, me resulta mucho más atractivo que si le hubieras devuelto los golpes.

Deslizo las manos por su espalda, sorprendido al verla de tan buen humor. No sé por qué pensaba que esta conversación le iba a resultar dura. Pero supongo que, dadas las circunstancias, es lo mejor que podía pasar. Ahora Ryle ya sabe que estamos juntos, pude decirle lo que pensaba y todos salimos relativamente ilesos.

—No puedo quedarme mucho tiempo, pero es posible que pueda alargar este abrazo durante un cuarto de hora antes de que Josh se dé cuenta de que llego tarde.

Ella alza una ceja.

—Cuando dices «abrazo», quieres decir...

—Quiero decir: «Desnúdate, nos quedan catorce minutos».

La acuesto de espaldas sobre el sofá y la beso. Y no dejamos de besarnos durante catorce minutos, que se convierten en diecisiete y luego en veinte.

Treinta minutos más tarde salgo de su departamento.

28

Lily

A Allysa se le ocurrió la brillante idea de dejarlas en el suelo, sobre una alfombra hecha de bolsas de basura, para que sea más fácil de limpiar. Así que Emmy y su prima Rylee están tan contentas, cubiertas de pastel.

Emmy no tiene ni idea de qué está pasando, pero está disfrutando. Al final acabamos celebrando una fiesta íntima en casa de Allysa. Además de Marshall y Allysa, vino mi madre y también los padres de Ryle.

Ryle también vino, pero está a punto de irse. Saca un par de fotos con el celular antes de despedirse de las niñas con un beso rápido.

Escuché que le decía a Marshall que había sido un día de locos en el trabajo, pero logró llegar a tiempo a la fiesta. Me alegro de que haya llegado a tiempo para los regalos y se haya quedado hasta que las niñas demolieron casi todo el pastel. Sé que algún día Emmy verá las fotos y será importante para ella.

Ryle y yo no nos hemos dirigido la palabra en todo el rato. Nos esquivamos, fingiendo que todo iba bien delante de los demás, pero sé perfectamente que Ryle no está bien, en absoluto. Noto la tensión que irradia desde el otro extremo de la sala. Sin embargo, prefiero que me ignore a que me eche la culpa de sus problemas. Su silencio es mil veces preferible a la otra opción.

Por desgracia, su silencio no dura demasiado.

Ryle me está mirando por primera vez hoy. Cometí el error de quedarme sola en un rincón y él aprovecha la oportunidad para acercarse. Me tenso, porque no quiero hablar con él ahora. No hemos hablado desde que me insultó al salir de la florería la semana pasada. Sé que tenemos una conversación pendiente, pero la fiesta de cumpleaños de nuestra hija no es el momento ni el lugar.

Ryle se mete las manos en los bolsillos, pega la barbilla al pecho y se contempla los pies.

—¿Qué dijo tu abogada?

El enfado me asciende por el pecho. Lo miro de reojo y niego con la cabeza.

—No vamos a hablar de eso ahora.

—Entonces ¿cuándo?

La pregunta no es «cuándo», sino «con quién». Porque no pienso discutir nada estando los dos solos nunca más. Me ha demostrado que no estoy a salvo a solas con él, por lo que ese privilegio se le ha acabado.

—Te enviaré un mensaje —le digo y me alejo dejándolo solo.

Mi madre tiene a Emmy en brazos y le está limpiando restos de pastel de la cara y las manos. Me dirijo hacia ellas, pero, antes de llegar, Allysa me intercepta.

—Vamos a charlar tú y yo —me dice.

La sigo hasta su recámara y, una vez allí, se sienta en su cama.

Solo me trae a su recámara cuando quiere que hablemos de temas serios y, como siempre, su impecable intuición le indica cuándo me pasa algo. Entro en la habitación poniendo los ojos en blanco y me siento en la cama.

—¿Qué quieres saber?

Hace un par de semanas que no nos ponemos al día. Podría tener dudas sobre un montón de cosas. Mi vida ha sido bastante movidita últimamente.

Allysa se deja caer de espaldas en la cama.

—¿Va bien todo entre Ryle y tú? Me parece que no.

—¿Tanto se nota?

—Yo lo noto todo, ya lo sabes. ¿Estás bien?

Le doy vueltas a la pregunta.

«¿Estoy bien?».

Solía rehuir esta pregunta porque no estaba bien. Incluso meses después del nacimiento de Emerson, cuando alguien me hacía esa pregunta, me obligaba a sonreír mientras por dentro se me encogía el alma.

Es la primera vez que no miento cuando respondo:

—Sí, estoy bien.

Allysa me contempla en silencio y su expresión me dice que, esta vez, está dispuesta a creerme. Me toma la mano y me jala hasta que quedo acostada en la cama a su lado. Une su brazo al mío a la altura del codo y nos quedamos mirando al techo, disfrutando de un instante de paz y silencio en la casa llena de gente.

Me alegro mucho de seguir teniendo a Allysa en mi vida. Habría sido lo que más me hubiera dolido perder en mi divorcio. Agradezco que sea una persona tan positiva, sin gota de rencor.

Ojalá pudiera decir lo mismo de su hermano. A veces siento que Ryle tiene un monstruo dentro, que está constantemente alerta, a la caza de ofensas. Su lado oscuro se alimenta de dramas y, si nadie se los proporciona, se los inventa. Pero no pienso participar más en su juego. Tengo la conciencia tranquila. Sé que actué siempre de buena fe mientras estuve casada con Ryle, por mucho que él quisiera que sus sospechas inventadas fueran reales para poder justificar su comportamiento.

—¿Cómo van las cosas con Adonis?

Me echo a reír.

—Querrás decir Atlas...

—Yo sé lo que digo. Adonis, el hermoso dios griego del que estás enamorada.

Vuelvo a reír.

—¿Adonis no nació fruto del incesto?

Allysa me da un codazo.

—Deja de cambiar de tema. ¿Cómo van las cosas?

Me coloco boca abajo en la cama y apoyo la cabeza en la mano.

—Irían bien si lográramos pasar tiempo juntos. Cuando su restaurante abre, la florería ya está cerrada. Todavía no hemos pasado una noche juntos.

—¿Dónde está Atlas ahora mismo? ¿Trabajando?

Asiento con la cabeza.

—¿Por qué no le preguntas si puede salir temprano esta noche? Emerson puede quedarse aquí. Mañana no tenemos planes; ven a buscarla cuando quieras.

Abro mucho los ojos.

—¿En serio?

Allysa se levanta de la cama.

—A Rylee le encanta que esté aquí. Ve a pasar la noche con tu Adonis.

No le escribí a Atlas para avisarle que voy de camino al Corrigan's. Me dijo que trabajaba ahí esta noche y se me ocurrió que podría ser divertido darle una sorpresa, pero, al cruzar las puertas que llevan a la cocina, me sorprende ver la frenética actividad que tiene lugar allí. Nadie me oye entrar, así que miro a mi alrededor hasta que lo localizo.

Atlas está inspeccionando todos los platos que le muestran antes de colocarlos en las bandejas. Luego el personal se va rápidamente a servir la comida. Este local es más lujoso que el Bib's, y eso que el Bib's ya me pareció lujoso. Los meseros llevan vestimenta formal. Atlas viste una bata blanca de chef, igual que un par de personas más en la cocina.

Llevan un ritmo tan enajenado que empiezo a preguntarme si hice bien en venir. Temo molestar si me acerco a él y, de pronto, haber venido sin avisar ya no me parece divertido.

Reconozco a Darin cuando él me mira. Me sonríe, asintiendo con la cabeza, y llama la atención de Atlas. Señala en mi dirección y, cuando Atlas se voltea y me ve en su cocina, se le ilumina la mirada. Pero solo momentáneamente. Enseguida su expresión pasa de la alegría a la preocupación. Viene directo hacia mí rodeando a un mesero que regresa a la cocina con la bandeja vacía.

—Hola. ¿Va todo bien?

—Sí, todo bien. Allysa se ofreció a quedarse a Emmy esta noche y se me ocurrió que podría pasar a verte.

Atlas me dirige una sonrisa esperanzada.

—¿Se la va a quedar toda la noche? —pregunta con un brillo juguetón en la mirada.

Yo asiento.

—¡Con cuidado por detrás! —grita alguien a mi espalda.

Solo me da tiempo a abrir mucho los ojos, pero Atlas se encarga de hacerme a un lado para no interrumpir el paso de un mesero cargado con una bandeja.

—Argot de cocineros —me aclara guiñándome el ojo—. Estabas en medio del paso.

—Oh.

Atlas se ríe y mira por encima del hombro. Los platos que esperan su supervisión se están acumulando.

—Dame veinte minutos para ponerme al día.

—Claro. No vine a pedirte que salieras antes. Pensé que podría verte trabajar un rato. Parece divertido.

Atlas señala una barra metálica.

—Siéntate ahí. Tendrás buena vista y nadie te atropellará. Hay mucho trabajo en una cocina, pero enseguida acabo.

Me alza la barbilla y se inclina para besarme. Luego vuelve a su sitio y retoma lo que estaba haciendo cuando llegué.

Me siento en la barra y recojo las piernas, cruzándolas para no molestar en absoluto. Veo que varios empleados me miran con disimulo, lo que me hace sentir un poco incómoda. De toda la gente que hay en la cocina, solo conozco a Darin, así que no tengo ni idea de quiénes son. Me pregunto qué estarán pensando de la chica desconocida a la que Atlas acaba de besar y que ahora los observa mientras trabajan.

No sé si Atlas tendrá la costumbre de traer mujeres al trabajo, pero me da la sensación de que no. Todos me miran como si esto fuera una anomalía. Darin se acerca a saludarme en cuanto tiene un momento. Me da un abrazo rápido y me dice:

—Me alegra verte de nuevo, Lily. ¿Sigues desplumando a pobres jugadores de póker desprevenidos?

Me echo a reír.

—Ahora hace tiempo que no. ¿Aún se reunen? ¿Siguen con las noches de póker?

Él niega con la cabeza.

—¡Para nada! Estamos demasiado ocupados ahora que Atlas tiene los dos restaurantes. Era complicado encontrar una noche que nos quedara a todos.

—Qué pena. ¿Ahora trabajas aquí?

—No de manera oficial. Atlas quiere ver cómo me desenvuelvo con este menú. Está pensando en ascenderme a jefe de cocina. —Se inclina hacia mí sonriendo—. Me dijo que quería tener más tiempo libre. Empiezo a sospechar la razón. —Darin se echa el trapo por encima del hombro—. Me alegro de haberte visto. Parece que nos veremos más a menudo de ahora en adelante. —Me guiña el ojo antes de alejarse.

El estómago me da volteretas de felicidad al oír que Atlas está pensando en pasar menos tiempo en el trabajo.

Estoy los siguientes quince minutos observándolo en silencio. De vez en cuando me mira y me dirige una cálida sonrisa, pero el resto del tiempo lo pasa concentrado en el trabajo. Se mueve con tanta intensidad y seguridad que me resulta hipnótico observarlo.

Nadie parece sentirse intimidado ante él; al contrario, todo el mundo busca su opinión. Le hacen preguntas constantemente y él responde a todo el mundo con paciencia. En medio de esos momentos de aprendizaje, hay un montón de gritos. No el tipo de gritos que pensaba oír en una cocina, sino gente que pide a viva voz platos y cocineros que comparten a voces lo que saben. Es un ambiente ruidoso y frenético, pero al que es fácil engancharse porque resulta adictivo.

Con franqueza, no se parece en nada a lo que esperaba encontrar. Temía descubrir una faceta totalmente distinta de Atlas, uno malhumorado, que regaña a sus empleados como todos los chefs que salen en televisión, pero por suerte no he visto nada de eso en esta cocina.

Tras una media hora apasionante, Atlas al fin deja lo que estaba haciendo y se lava las manos antes de acercarse a mí. Siento un nudo en el estómago cuando se inclina hacia delante y me besa, como si no le importara que su personal nos vea.

—Siento haber tardado tanto —me dice.

—Me la pensé bien. Fue distinto a lo que esperaba.

—¿Y eso?

—Pensaba que todos los chefs eran tontos que gritaban a sus empleados.

Él se echa a reír.

—En esta cocina no se admiten tontos. Siento haberte decepcionado. —Descruza mis piernas para situarse entre ellas—. ¿Sabes qué?

—¿Qué?

—Josh se queda a dormir en casa de Theo esta noche.

No puedo contener la sonrisa.

—Qué maravillosa coincidencia.

Atlas me mira de arriba abajo y luego apoya la cabeza en la mía y me susurra al oído:

—¿En tu casa o en la mía?

—En la tuya. Quiero estar en una cama que huela a ti.

Me mordisquea la oreja provocándome un escalofrío en el cuello. Luego me toma las manos y me ayuda a bajar de la barra. Cuando alguien pasa por su lado, le pregunta:

—¿Puedes ocuparte de la revisión final?

A lo que el tipo responde:

—Claro.

Atlas se voltea hacia mí y me dice:

—Nos vemos en mi casa.

Paso un momento por casa antes de ir al restaurante y meto cuatro cosas en una bolsa por si acaso acaba pasando lo que ha pasado. Llego a su casa antes que él y, mientras lo espero, le escribo a Allysa.

¿Se durmió bien?

Perfectamente. ¿Cómo va la noche?

Diviértete. Espero un informe
detallado.

Atlas ilumina el interior de mi coche con sus luces al estacionarse delante de su casa. Yo estoy recogiendo mis cosas cuando abre la puerta. En cuanto bajo del coche, Atlas desliza la mano con impaciencia debajo de mi pelo y me besa. Es un beso de los que dicen: «Echaba de menos tus besos».

Cuando se separa de mí, me sonríe con cariño.

—Me gustó que vinieras a verme trabajar esta noche.

Me estremezco.

—Y a mí me gusta observarte.

No puedo decirlo sin que se me escape una sonrisa. Tomo la bolsa que dejé en el asiento del acompañante, pero Atlas me la quita y se la cuelga al hombro. Lo sigo por el garaje. Aún tiene cajas de la mudanza apiladas contra una pared. Hay un banco de levantar pesas desmontado en el suelo junto a las cajas sin abrir. Y hay dos cestas llenas de ropa sucia frente a la lavadora y la secadora.

Ver un poco de caos en el garaje me resulta reconfortante. Empezaba a pensar que Atlas Corrigan era demasiado bueno para ser real, pero a veces se le acumulan la ropa para lavar y la vida como a todo el mundo.

Abre la puerta de la casa y la sostiene para dejarme pasar. La casa es más pequeña que la anterior, pero le gusta más. No es un edificio de ladrillo idéntico a los de alrededor. Las casas de este barrio tienen personalidad propia y estilos tan distintos como el de la casa de dos pisos de color rosa de la esquina o la del otro extremo de la calle, que es moderna y recuerda a una caja de cristal.

La casa de Atlas es tipo bungalow y está situada entre dos edificios más grandes. Cuando estuve aquí la última vez, me fijé en que, gracias a eso, tenía el jardín más grande que sus vecinos. Más espacio para un jardín algún día…

Atlas introduce el código de seguridad en el teclado numérico.

—Es nueve-cinco-nueve-cinco —me dice—, por si alguna vez tienes que entrar.

—Nueve-cinco-nueve-cinco —repito fijándome en que es la misma combinación que usa para bloquear el celular. Es un hombre de firmes convicciones; me gusta.

El código de seguridad no es una llave de su casa, pero me parece casi igual de significativo. Deja mi bolsa en el sofá antes de encender la luz de la sala. Me apoyo en una pared para salir del medio y lo observo moverse de un lado a otro. Me alegra que me haya dicho que le gustó que lo observara en el trabajo, porque observar a Atlas se ha convertido en mi pasatiempo favorito. Podría pasarme la vida viviendo como una mosca en su pared y sería feliz.

—¿Cuál es tu rutina habitual al llegar a casa por las noches?

Atlas ladea la cabeza.

—¿A qué te refieres?

Señalo a mi alrededor.

—¿Qué haces normalmente cuando llegas a casa? Actúa como si yo no estuviera aquí.

Él me contempla en silencio. Luego camina hacia mí y se detiene frente a mí. Apoya una mano en la pared, junto a mi cabeza, y se inclina hacia delante.

—Pues bien —susurra—, lo primero que hago es quitarme los zapatos.

Oigo que se quita uno dando una patada, seguido del otro. Al quedarse descalzo, pierde un par de centímetros y queda más cerca de mi boca. Me roza ligeramente los labios con un beso liviano que hace que me estallen fuegos artificiales bajo la piel.

—Luego… —dice besándome la comisura de los labios—, me doy un baño. —Se aparta de la pared y retrocede sin darme la espalda, clavándome la mirada como si me estuviera provocando.

Desaparece en la recámara.

Mientras inspiro hondo para calmarme oigo que abre el agua de la regadera. Me quito los zapatos y los dejo junto a los suyos antes de seguirlo pasillo abajo. Empujo con delicadeza la puerta entreabierta y le echo un vistazo a su recámara en persona por primera vez. La he visto durante nuestras videollamadas, pero no llegué hasta aquí la otra vez que estuve en su casa. Reconozco la cabecera negra, que contrasta con la pared pintada de azul jeans, pero el resto de la recámara es nuevo para mí. La recorro con la mirada buscando la puerta del baño.

La dejó abierta. Veo su camisa en el suelo, junto a la puerta.

No sé por qué el corazón me late como si fuera la primera vez que voy a ver a Atlas sin ropa. No es que sea novata en esto, ni en él, ni siquiera en bañarme con él, pero cada vez que estoy con él es como si mi corazón sufriera amnesia.

Me acerco a la puerta del baño y me siento decepcionada al comprobar que hay un muro que me impide verlo. Sé que se está bañando porque oigo las salpicaduras del agua y mi cuerpo reacciona tensándose por todas sus curvas y rincones.

No me quito la ropa ni la dejo junto a la suya. Me acerco a la regadera, vestida, y me apoyo en la larga pared del baño. Luego voy acercándome muy lentamente a la abertura de la regadera y me asomo lo suficiente para echar un vistazo.

Atlas está bajo el chorro del agua con los ojos cerrados. El agua le cae directamente sobre la cara mientras se pasa los dedos por el pelo. Permanezco quieta y callada, apoyada en la pared mientras lo observo.

Él sabe que estoy aquí, pero ignora mi presencia y deja que disfrute del espectáculo. Quiero acariciarle los músculos que se le ondulan en los hombros y besarle los hoyuelos de la parte baja de la espalda. Es absolutamente hermoso.

Al acabar de enjuagarse el jabón del pelo y de la cara, voltea la cara hacia mí. Cuando nuestras miradas se encuentran, entorna los ojos, que se le oscurecen. Después voltea el resto del cuerpo y mi mirada desciende y desciende…

—Lily.

Alzo la vista y veo que me está dirigiendo una sonrisa irónica. Luego, rápidamente, se acerca sin importarle mojar el suelo; me jala para apartarme de la pared y me abraza. Cuando me mete en la regadera con él, contengo el aliento, porque me toma por sorpresa.

Él aprovecha para meterse entre mis labios entreabiertos mientras me agarra los muslos, aún cubiertos por los jeans, y se rodea las caderas con mis piernas mientras me empotra contra la pared. Cuando el muro alicatado se ocupa de sostener parte de mi peso, a Atlas le queda una mano libre.

Y la utiliza para desabrocharme la blusa.

Yo uso las dos para ayudarlo. Dejamos de besarnos y me deja en el suelo para quitarme la blusa, que cae al suelo salpicándonos mientras Atlas ataca el botón de mis jeans.

Vuelve a devorarme la boca ansiosamente mientras desliza las manos entre mi piel y los calzones, haciendo descender la ropa hacia el suelo con dificultad, centímetro a centímetro.

Agarrando la cintura de los jeans, desciende por mi cuerpo luchando por librarme de ellos. Cuando al fin están a la altura de los tobillos, lo ayudo para acabar de quitármelos. Luego me sujeta por las pantorrillas y asciende de nuevo por mi cuerpo.

De nuevo de pie, me busca el broche del brasier, que está a mi espalda. El estómago se me contrae cuando lo desabrocha. Vuelve a unir su boca a la mía, pero esta vez me besa lenta y delicadamente, como si quisiera saborear el momento de manera especial, al ser la última pieza de ropa que me queda puesta.

Noto el contacto de sus manos en los hombros. Sus dedos se cuelan bajo los tirantes y los hacen deslizarse por mis brazos. El brasier empieza a apartarse de mi piel y Atlas se separa de mi boca el tiempo justo para admirarme. Curva una mano sobre mi cadera y luego desciende por la nalga y la estruja.

Le rodeo el cuello con los brazos y le resigo la mandíbula con los labios hasta llegar a la oreja, donde le susurro:

—Y luego, ¿qué?

Veo que un escalofrío le recorre los brazos. Gruñendo, me alza un poco más por la pared hasta que su cintura queda a la misma altura que la mía. Hago rodar las caderas, porque quiero sentir su dureza, y él reacciona con una rápida embestida que me roba el aliento.

Es obvio que ambos deseamos lo mismo, pero él me mira pidiéndome permiso para hacerlo aquí, en la regadera. Hemos hablado del tema y sabe que tomo anticonceptivos. Los dos nos hemos hecho análisis y han salido bien. Por eso asiento con la cabeza mientras susurro ardientemente:

—Sí.

Me aferro a sus hombros con más fuerza con la idea de que los brazos le queden libres. Él utiliza el brazo izquierdo para sostenerme y la mano derecha para agarrarse la erección antes de empujar hacia arriba y situarse a mi entrada.

Suspira con la cara hundida en mi cuello al mismo tiempo que yo suelto todo el aire que guardaba en los pulmones. Sale en forma de gemido, lo que parece animar a Atlas a provocarme unos cuantos más.

Lo estoy sujetando fuerte con las piernas, pero él empuja con tanta fuerza que mis tobillos, que tenía cruzados a su espalda, se separan. Noto que me deslizo pared abajo, pero él vuelve a alzarme y se recoloca hasta que queda clavado completamente en mí.

Vuelvo a gemir y él se clava en mí una segunda vez, y una tercera. No se mueve con la misma elegancia contra la pared empapada de una regadera que en la cama, pero me enciende muchísimo verlo tan desatado.

Sigue mostrándome su versión más salvaje durante varios minutos, hasta que los dos estamos demasiado cansados y faltos de aire como para continuar sin la ayuda de una cama. Sin decir nada, se retira de mí y me deja en el suelo. Cierra la llave y toma una toalla. Empieza a secarme el pelo apretando con las dos manos y sigue descendiendo por mi cuerpo con la toalla hasta que estoy lo bastante seca. Tras secarse él a toda prisa, me da la mano y me lleva hacia la puerta del baño.

No sé cómo algo tan simple como que me dé la mano hasta la recámara logra que el corazón se me expanda.

Atlas aparta el cobertor y me indica que me meta en la cama. Es tan cómoda que siento que me estoy acurrucando en una nube. Él se desplaza por la cama, acercándose hasta que ya no puede hacerlo más. Está de lado, pero me coloca acostada de espaldas, aunque pegada a él.

Me gusta esta postura. Me gusta que se apoye en el codo para cernerse sobre mí. Me gusta el brillo travieso que le ilumina los ojos, como si yo fuera una recompensa que ha ganado.

Atlas agacha la cabeza para besarme y esta vez no nos lo tomamos con calma. Es un beso instantáneo, profundo, hambriento, que empieza cuando hunde la lengua en mi boca y no se detiene mientras toma un condón y se lo coloca. Me agarra por la parte interna del muslo y me separa la pierna para hacerse sitio.

Luego se coloca sobre mí, se clava en mi interior y me embiste hasta que me desmorono de la mejor manera posible.

Atlas está acostado de espaldas en la cama y yo estoy acurrucada contra su pecho, con una pierna sobre su muslo. Estos son los momentos que más ilusión me hace compartir con él; los momentos de tranquilidad que robamos a nuestro caos cotidiano, saciados, satisfechos. Tengo la cabeza apoyada en su pecho y él me acaricia el brazo con los dedos.

Me da un beso en la coronilla y me pregunta:

—¿Cuánto hace que nos encontramos en la calle?

—Cuarenta días —respondo. «Sí, llevo la cuenta». A él se le escapa una exclamación de sorpresa—. ¿Por qué? ¿Te parece que hace más?

—No, solo quería saber si llevabas la cuenta, igual que yo. —Me echo a reír y le doy un beso justo encima del corazón—. ¿Cómo estuvo la fiesta? —me pregunta, y sé lo que me está preguntando sin necesidad de que entre en detalles. Quiere saber cómo me trató Ryle.

—La fiesta estuvo bien. Hablé con Ryle unos cinco segundos más o menos.

—¿Estuvo desagradable?

—No, básicamente nos mantuvimos a distancia.

Atlas me acaricia el pelo, separando mechones y dejándolos caer sobre mi espalda. Toma otro mechón y repite el proceso.

—Vamos progresando. Espero que las cosas sean más fáciles a partir de ahora.

—Esperemos. —Yo también confío en que las cosas con Ryle sean cada vez más fáciles, pero ya no permito que sus reacciones controlen mi felicidad. Aposté todo a mi relación con Atlas y quiero vivirla a fondo. Si eso hace que Ryle se sienta incómodo o se enfade, es él quien va a tener que cargar con el peso de esas emociones—. Creo que le voy a pedir a Allysa que se reúna con Ryle y conmigo esta semana. Quiero hablar de lo que pasó y de cómo enfocar el futuro, pero no quiero hacerlo a solas con él.

—Muy prudente por tu parte.

Si Ryle y yo logramos mantener una relación civilizada, me conformaré; no pido más. Lo que no pienso tolerar son los insultos, los mensajes amenazadores a cualquier hora, las subidas de tono. Ryle debe trabajar mucho en sí mismo y por fin yo estoy lista para recordárselo.

Probablemente debería haberme mostrado más firme desde el principio. Intenté que las cosas funcionaran de la manera menos estridente posible, pero estoy harta de alterar mi vida por Ryle.

Prefiero estar del lado de la gente que aporta positividad a mi vida, la que quiere ayudarme a crecer y verme feliz. Esas son las personas por las que voy a tomar las decisiones importantes en la vida.

Voy a seguir haciendo las cosas lo mejor que sé, y eso es todo. Tal vez no haya tomado las mejores decisiones en los momentos más adecuados, pero el hecho de que reuniera el valor para tomarlas es lo realmente importante y lo que voy a tener siempre en cuenta.

Atlas me apoya un dedo debajo de la barbilla y me echa

la cabeza hacia atrás para que lo mire. Su expresión es la de alguien que está justo donde quiere estar.

—No sé cómo expresar lo mucho que lo he disfrutado —me dice, y luego me jala y me hace deslizarme por su cuerpo hasta que quedamos cara a cara. Acariciándome la cabeza, añade—: Cómo me gustaría tenerte así en mi cama todas las noches. Quiero bañarme contigo, cocinar contigo, ver la tele contigo, ir juntos a hacer las compras. Lo quiero todo contigo. Odio tener que fingir que no sabemos que vamos a pasar el resto de la vida juntos.

Es increíble lo rápido que puede acelerarse un corazón. Le acaricio los labios.

—No estamos fingiendo. Vamos a pasar el resto de la vida juntos.

—¿Cuánto tiempo hemos de esperar antes de empezar?

—Dadas las circunstancias, yo diría que ya empezamos.

—¿Cuánto tengo que esperar para pedirte que te vengas a vivir conmigo?

Noto una espiral de calor dándome vueltas por el estómago.

—Al menos seis meses.

Él asiente como si estuviera tomando nota mental.

—Y ¿cuánto debo esperar para pedirte que te cases conmigo?

Noto algo obturándome la garganta que hace que me cueste tragar.

—Un año, año y medio.

—¿Un año desde que nos vayamos a vivir juntos o un año desde ahora?

—¿Desde ahora?

Él sonríe y me hace caer sobre su pecho.

—Es bueno saberlo.

Se me escapa la risa, que queda atrapada en su cuello.

—Esta conversación me tomó totalmente por sorpresa.

—Pues sí. Mi terapeuta me va a matar cuando se lo cuente.

Sin dejar de sonreír, salgo de encima de él y me coloco de lado en la cama, acurrucándome bajo su brazo. Le acaricio el pecho y luego desciendo hasta las ondulaciones de su torso. Los músculos se le contraen y relajan bajo mis dedos.

—¿Te entrenas?

—Cuando puedo.

—Se nota.

Atlas se echa a reír.

—¿Estás coqueteando conmigo, Lily?

—Sí.

—No necesito halagos. Estás desnuda en mi cama. No hace falta que hagas nada más, me conquistaste hace años.

Alzo la cabeza y le dirijo una sonrisa traviesa, como si acabara de retarme.

—¿Eso crees?

Él insiste negando con la cabeza mientras me contesta con una sonrisa lenta y me acaricia el labio inferior con el pulgar.

—Estoy casi seguro de que no puedes hacer nada más. Alcancé mi límite en esta cama. Creo que alcancé la iluminación absoluta en algún momento.

Mirándolo fijamente a los ojos, cambio de postura y empiezo a descender por su cuerpo.

—Creo que todavía puedo impresionarte —susurro.

Él suelta todo el aire cuando le doy un beso en el estómago. Sigo sin apartar la vista de sus ojos, y me encanta contemplar cómo se tensa mientras me observa.

Traga saliva cuando empiezo a apartar la sábana y deja de estar tapado de cintura para abajo. Los ojos se le oscurecen.

—Carajo, Lily.

Cuando lo recorro con la lengua de abajo arriba, él deja caer la cabeza hacia atrás.

Gruñe cuando lo acojo en mi boca, dispuesta a demostrarle lo mucho que se equivoca.

29

Atlas

Nunca me canso de ella, pero eso no supone un problema porque ella tampoco parece cansarse de mí. Me despertó esta mañana subiéndose sobre mí y besándome el cuello. Segundos más tarde, ella estaba acostada de espaldas en la cama y yo tenía la boca entre sus muslos. Tal vez nuestro insaciable apetito se deba a que sabemos lo difícil que es poder disfrutar de días como este. O tal vez porque llevamos demasiados años echándonos de menos. O tal vez así es como son las cosas cuando estás enamorado. He estado con otras mujeres aparte de Lily, pero estoy seguro de que ella es la única a la que he amado.

Mis sentimientos por Lily no hacen más que crecer. Cuando éramos jóvenes la quería, pero mis sentimientos se han amplificado y profundizado. Ahora es todo más intenso, más profundo, más excitante. Ahora mismo nada podría apartarme de su lado como entonces. No me iría por nada del mundo.

Sé que las cosas eran distintas en aquella época. Yo tenía dieciocho años y mi estado mental y emocional era otro. Por eso me convencí de que debía apartarme de ella. Pero ahora estoy convencido de lo contrario. Estoy cien por ciento comprometido en esta relación y odio la idea de ir despacio. Entiendo sus razones, pero eso no significa que tengan que gustarme. Quiero estar cerca de ella todos los días, porque los días en que no la veo me siento incompleto, frustrado.

Y ahora que al fin hemos pasado una noche juntos, sospecho que la sensación va a ser aún peor. Voy a ponerme insoportable cuando lleve demasiado tiempo sin verla. Ahora está a mi lado, mientras nos lavamos los dientes, y ya me estoy poniendo mal pensando en que se va a ir.

Tal vez, si me ofrezco a preparar el desayuno, conseguiré que se quede al menos una hora más.

—¿Por qué tienes un cepillo de dientes de reserva? —me pregunta Lily. Escupe la pasta de dientes y me guiña el ojo—. ¿Tienes muchas invitadas que se quedan a pasar la noche?

Me enjuago la boca y sonrío, pero no respondo a su pregunta. La verdad es que tenía el cepillo por ella, pero no quiero admitirlo. Y no es la única vez que he hecho cosas «por si acaso Lily...».

Cuando se fue de mi casa, hace dos años, en la época en que se estaba escondiendo de Ryle, compré un montón de cosas por si acaso tenía que volver. Aparte del cepillo de dientes, compré almohadas más cómodas para la habitación de invitados y una muda de ropa para un caso de emergencia.

Tenía un kit de emergencias de Lily, por llamarlo de alguna manera, aunque supongo que ahora se ha convertido en un kit para cuando Lily se queda a dormir. Y sí, me lo traje todo a la casa nueva cuando me mudé. Siempre conservé una esperanza, por pequeña que fuera, de que acabáramos juntos.

Qué demonios. ¿A quién quiero engañar? Mi esperanza en este tema siempre ha sido enorme. He basado un montón de decisiones en la posibilidad de que Lily volviera a mi vida. Incluso elegí esta casa por el jardín trasero. Me pareció que a Lily le encantaría.

Me seco la boca con la toalla y se la paso para que la use.

—¿Te preparo el desayuno antes de que te vayas?

—Sí, pero antes bésame —me pide poniéndose de puntitas—. Mi aliento es mucho más fresco ahora que esta mañana.

La abrazo y la levanto hasta que su boca y la mía quedan a la misma altura. La beso mientras salgo con ella del baño, la dejo caer sobre la cama y me inclino sobre ella.

—¿Quieres tortitas? ¿Crepas? ¿Una tortilla? ¿Tostadas con salsa? —No le da tiempo a responderme porque suena el timbre—. Llegó Josh. —Le doy un beso rápido—. Le gustan las tortitas. ¿Te parece bien?

—Me encantan las tortitas.

—Pues trabajando una de tortitas.

Salgo a la sala y abro la puerta para que entre Josh, pero me quedo paralizado al ver a mi madre.

Suspiro molesto conmigo mismo por no haber usado la mirilla.

Ella me dirige una mirada inexpresiva, con los brazos cruzados ante el pecho.

—Ayer vinieron a verme de Servicios Sociales.

Su mirada es dura, acusadora, pero al menos no está gritando.

No tengo intención de hablar con ella delante de Lily, así que salgo fuera y trato de cerrar la puerta, pero mi madre la abre de un empujón.

—¡Josh, ven ahora mismo! —grita.

—No está —le digo sin levantar la voz.

—¿Dónde está?

—En casa de un amigo.

Saco el celular del bolsillo para ver qué hora es. Son las diez y cuarto. Brad dijo que lo traería a casa a las diez. «Por favor, que no lleguen antes de que Sutton se vaya».

—Llámalo —me exige.

La puerta está abierta de par en par. Con el rabillo del ojo veo que Lily se asoma a la sala.

No era así como quería acabar la mañana con ella. El desánimo se apodera de mí. Le dirijo una mirada de disculpa, pero enseguida vuelvo a concentrarme en Sutton.

—¿Qué dijeron los trabajadores sociales? —le pregunto.

Ella frunce los labios con rabia y aparta la mirada.

—Ni siquiera piensan abrir una investigación, pero, si no me lo devuelves hoy mismo, te denunciaré.

Conozco los pasos que da el Servicio de Protección a la Infancia y nadie ha tratado de ponerse en contacto con Josh.

—Estás mintiendo. Te agradecería que te fueras.

—Me iré cuando tenga a mi hijo.

Suelto el aire.

—Él no quiere vivir contigo ahora mismo.

Ni nunca, pero le ahorro la molestia.

—¿No quiere vivir conmigo? —repite ella riendo—. ¿Qué niño de esa edad quiere vivir con sus padres? ¿Y qué padre no le ha dado una bofetada a su hijo? No te retiran la custodia por eso, por Dios. —Vuelve a cruzar los brazos sobre el pecho—. Sé que lo haces por venganza.

Si me conociera, sabría que no soy vengativo, pero, claro, como dice el refrán, el ladrón piensa que todos son de su condición.

—¿Lo echas de menos? —le pregunto sin perder la calma—. En serio, ¿lo echas de menos? Porque, si haces esto para no sentir que pierdes la partida, déjalo, por favor.

El coche de Brad entra en la calle. Me gustaría pedirle que pase de largo y siga conduciendo, pero se detiene antes de darme tiempo de desbloquear el celular siquiera. Sutton sigue la dirección de mi mirada y ve a Josh abriendo la portezuela trasera del coche de Brad.

Se dirige hacia allí inmediatamente, y Josh se queda parado al verla. Más bien, paralizado. No sabe qué hacer.

Sutton chasquea los dedos y señala hacia su coche.

—Vamos ya. Nos vamos a casa.

Josh me busca con la mirada. Yo niego con la cabeza y le hago señas para que entre en casa.

Brad nota que algo va mal, por lo que se estaciona y abre la puerta del coche.

Con la cabeza gacha, Josh cruza el jardín esquivando a Sutton y se dirige directamente hacia mí. Ella lo sigue de cerca. Trato de cerrar la puerta, pero Sutton es demasiado rápida. Como no quiero hacerle daño con la puerta, la dejo entrar.

«Supongo que vamos a tener que hablar del tema ahora. No hay más remedio».

Le hago un gesto a Brad para indicarle que puede irse y luego me volteo hacia Lily, que está apoyada en una pared observando la escena con expresión sorprendida.

—Lo siento —musito para que me lea los labios.

Josh deja caer la mochila al suelo, se sienta en el sofá y se cruza de brazos con determinación.

—No pienso irme contigo —le dice a Sutton.

—No depende de ti.

Josh me dirige una mirada suplicante.

—Me dijiste que podía quedarme aquí.

—Y puedes.

Sutton me fulmina con la mirada, como si no entendiera por qué me meto. Y tal vez tenga razón. Tal vez no debería meterme entre una madre y su hijo, pero ella debería haberlo pensado mejor antes de darme un hermano. Ahora que sé que lo tengo, no puedo mirar hacia otro lado y rezar para que las cosas le vayan bien.

—Si no vienes conmigo, haré que arresten a tu hermano.

Josh golpea el sofá con las dos manos y se levanta.

—¿Por qué no puedo elegir yo dónde vivir? —grita—. ¿Por qué tengo que vivir con uno de ustedes? ¡Les dije a los dos que quiero vivir con mi padre, pero nadie me ayuda a encontrarlo! —La voz se le rompe y sale disparado pasillo abajo. Me encojo al oír la fuerza del portazo con que se encierra en su habitación. O tal vez por lo que dijo antes de salir corriendo.

En cualquier caso, me siento herido.

Sutton, que se da cuenta porque no me ha quitado el ojo de encima para ver mi reacción, se echa a reír.

—Oh, Atlas. ¿Pensabas que estabas haciendo algo importante? ¿Pensabas que ibas a crear un vínculo con él? —Sacude la cabeza y alza las manos en señal de rendición—. Llévalo con su papaíto. La semana que viene vendrás corriendo a pedirme ayuda, igual que hiciste la última vez que me necesitaste.

Sutton se dirige a la puerta y se va, pero estoy demasiado pasmado por lo que acaba de suceder para ir a cerrar con llave.

Lily se ocupa de hacerlo.

Y luego se acerca a mí dirigiéndome una mirada compasiva. Pero, en cuanto me abraza, me separo de ella, negando con la cabeza.

—Necesito un minuto.

30

Lily

Cuando Atlas cierra la puerta de su habitación, me quedo a solas en la sala.

Me siento muy mal por los dos. No puedo creer que esa mujer fuera su madre. O tal vez sí. Después de lo que me habían contado sobre ella, ya me imaginaba que estaría mal de la cabeza, pero supongo que me la imaginaba distinta. Atlas y su hermano se parecen mucho a ella físicamente. Supongo que por eso me cuesta tanto asimilar un comportamiento como el suyo en una persona tan parecida a Atlas, porque de carácter son del todo opuestos.

Me siento en el borde del sofá, todavía sorprendida por todo lo que acabo de presenciar. Nunca he visto a Atlas tan afectado. Quiero ir a darle un abrazo, pero entiendo a la perfección que necesite estar un rato a solas.

Igual que Josh, pobre niño.

No quiero irme sin despedirme de Atlas, pero tampoco quiero molestarlo hasta que se haya recuperado un poco, por lo que voy a la cocina, abro el refrigerador y busco los ingredientes para prepararles el desayuno.

No preparé gran cosa, básicamente porque no sé. Hice huevos revueltos y tocino, y metí unos cuantos panecillos de mantequilla en el horno. Cuando están casi listos, voy a la recámara de Josh y llamo a la puerta. Al menos puedo ofrecerle algo de comer mientras espero a que Atlas salga de la habitación.

Josh abre la puerta unos cinco centímetros y se me queda mirando.

—¿Quieres desayunar? —le pregunto.

—¿Se fue Sutton?

Cuando asiento con la cabeza, abre la puerta y me sigue por el pasillo. Se prepara algo de beber mientras yo saco los panecillos del horno y los sirvo en un par de platos. Me siento frente a él, que me observa mientras come. Tengo la sensación de que me está evaluando.

—¿Dónde está Emerson? —me pregunta.

—Con su tía.

Josh asiente y da un bocado a su comida antes de preguntar:

—¿Cuánto tiempo llevan juntos mi hermano y tú?

Me encojo de hombros.

—Eso depende. Lo conozco desde los quince años, pero empezamos a salir hace un mes y medio.

Durante un instante, Josh parece sorprendido.

—¿En serio? ¿Eran amigos o qué?

—O qué. —Doy un sorbo al café y dejo la taza en la mesa con delicadeza—. Cuando conocí a tu hermano, no tenía ningún sitio donde vivir; lo ayudé durante un tiempo.

Josh se echa hacia atrás en la silla.

—¿En serio? Pensaba que vivía con mi madre.

—Solo cuando tu madre y Tim lo permitían —le explico—. Pero pasó mucho tiempo intentando sobrevivir sin su ayuda. —Espero no estar hablando de más, pero tengo la sensación de que Josh necesita información para entender mejor a Atlas—. Trata bien a tu hermano, ¿sí? Eres importante para él y se preocupa por ti.

Josh me observa en silencio un instante y luego asiente con la cabeza. Se inclina sobre el plato y pincha un trozo de tocino, pero vuelve a dejarlo sobre el plato y se limpia la boca con la servilleta.

—En general cocina mejor.

Me echo a reír.

—Claro, es que hoy cociné yo.

—Oh, mierda. Lo siento.

No me ofendo en absoluto, porque sé que se está acostumbrando a la comida de Atlas.

—¿Te gustaría ser chef como él? Me contó que te gustaba ayudar en los restaurantes.

Josh se encoge de hombros.

—No lo sé. Tal vez. Es divertido, aunque creo que me cansaría enseguida, porque trabajan muchas noches. Tengo la sensación de que me cansaría de cualquier cosa después de un tiempo, así que no sé lo que haré.

—Yo a veces siento que aún no sé lo que quiero ser cuando sea mayor.

—Pensaba que tenías una florería o algo así. Eso me dijo Atlas.

—Sí, la tengo. Y antes trabajaba en una empresa de marketing. —Aparto el plato y apoyo los brazos cruzados sobre la mesa—. Pero todavía me siento como tú muchas veces, con miedo a aburrirme. ¿Por qué se espera que elijamos una sola cosa y que tengamos éxito en eso y solo eso? ¿Y si quiero hacer algo totalmente distinto dentro de cinco años?

Josh asiente como si no pudiera estar más de acuerdo.

—Los profes de la escuela siempre nos dicen que debemos elegir algo que nos guste y esforzarnos, pero yo quiero hacer cien cosas distintas.

Me encanta verlo tan animado. Me recuerda a la versión joven de Atlas.

—¿Qué cosas?

—Quiero ser pescador profesional. No sé pescar, pero suena divertido. Y quiero ser chef. Y a veces pienso que sería divertido hacer una película.

—A veces sueño con vender la florería y abrir una tienda de ropa.

—Yo quiero hacer cerámica y venderla en ferias y mercaditos.

—Me gustaría escribir un libro algún día.

—Yo, ser capitán de barco.

—Creo que sería divertido ser profesora de arte.

—Y yo creo que sería divertido ser gorila en un club de *striptease*.

Se me escapa la risa al oírlo, pero no soy la única que se ríe. Josh y yo nos volteamos hacia la puerta, donde Atlas nos escucha apoyado en el marco, riéndose de nuestra conversación.

Me dirige una sonrisa cariñosa y me alegra mucho ver que está de mejor humor.

—Lily preparó el desayuno —le dice Josh.

—Ya veo. —Atlas se acerca y me da un beso en la mejilla. Luego toma un trozo de tocino y le da un mordisco.

—No mata —le advierte Josh.

—No insultes a mi novia o no volveré a cocinar para ti. —Atlas roba el último trozo de tocino del plato de Josh.

—Los huevos te quedaron muy buenos, Lily —dice Josh fingiendo entusiasmo.

Me río mientras Atlas se sienta a mi lado. Por mucho que me gustaría pasar el resto del día aquí con él, ya me quedé más tiempo del previsto.

Y parece que Josh y Atlas tienen mucho de que hablar.

—Tengo que irme —le digo apenada. Cuando Atlas asiente, me levanto de la mesa—. Voy por mis cosas.

Me dirijo a la recámara de Atlas, pero no cierro la puerta, por lo que oigo su conversación mientras meto las cosas en la bolsa.

—¿Quieres hacer un viaje? —pregunta Atlas.

—¿Adónde?

—Encontré la dirección de tu padre.

Me detengo y me acerco a la puerta para escuchar mejor la respuesta de Josh.

—¿En serio? —El niño suena mucho más animado—. ¿Sabe que vamos a ir?

—No, solo tengo su dirección. No sé cómo ponerme en contacto con él. Pero tenías razón, está en Vermont.

Aunque no lo veo, oigo en la voz de Atlas lo mucho que le aterra la perspectiva de volver a ver a ese hombre.

«Dios, odio que tenga que pasar por esto».

Oigo a Josh corriendo por el pasillo camino de su habitación.

—¡Vaya sorpresa que se va a llevar!

Acabo de recoger mis cosas con el estómago encogido. Cuando regreso a la cocina, veo a Atlas ante el fregadero mirando el patio por la ventana. No me escuchó acercarme, por lo que le pongo una mano en el hombro.

Inmediatamente, me jala y me besa en la sien.

—Te acompaño al coche.

Me lleva la bolsa y la deja en el asiento de atrás. Yo abro la puerta, pero nos abrazamos una vez más antes de que suba al coche.

Es el tipo de abrazo que Atlas me dio cuando se presentó en mi departamento en busca de un abrazo aquella noche; un abrazo largo y tan cargado de tristeza que me cuesta soltarlo.

—¿Qué crees que pasará cuando lleguen? —le pregunto.

Atlas me suelta al fin, pero deja una mano apoyada en mi cadera mientras se recarga en el coche. Suspirando, juguetea con una de las presillas de mis jeans.

—No lo sé. ¿Por qué estoy tan preocupado por él?

—Porque lo quieres.

Atlas me mira fijamente.

—¿Es por eso por lo que siempre estoy preocupado por ti? ¿Porque te quiero?

Sus palabras me roban el aliento durante un instante.

—No lo sé. ¿Me quieres?

Atlas me sujeta por la cintura y me atrae hacia él. Alza la mano y me recorre el cuello con un dedo hasta alcanzar el tatuaje.

—Te quiero desde hace años y años y años, Lily. Lo sabes. —Aparta el dedo y me besa allí. Ese gesto, unido a sus palabras, hace que me cueste horrores mantener la compostura.

—El mismo tiempo que llevo queriéndote yo.

Atlas asiente.

—Lo sé. Nadie en este planeta me quiere como tú.

Tomándome la cabeza entre las manos, me alza la cara y me besa. Cuando se separa, me dirige una mirada anhelante, como si ya me hubiera ido y ya estuviera triste. O tal vez me estoy imaginando que se siente así, porque es como me siento yo.

—Te llamo esta noche. Te quiero.

—Yo también te quiero. Buena suerte —le deseo.

Me dirijo hacia casa sumida en un torbellino de emociones contradictorias. Los momentos que he vivido a su lado durante las últimas horas han sido mucho mejores de lo que esperaba, pero saber lo que está a punto de vivir me tortura. Es como si se me hubiera roto un trozo de corazón, y ahora ese trozo viviera con él.

Sé que voy a estar pensando en él todo el día. Espero que no encuentren a Tim, pero, si lo encuentran, espero que Josh tome la decisión correcta.

31

Atlas

Son tres horas de viaje hasta allí. Josh casi no habló en todo el camino. Estuvo leyendo, aunque, si está tan nervioso como yo, dudo que esté asimilando nada de lo que lee. Lleva cinco minutos en la misma página. Por el dibujo, parece tratarse de una especie de batalla, pero yo solo veo escotes.

—¿Seguro que ese manga es adecuado para tu edad? —le pregunto.

Él cambia de postura ligeramente, para que solo pueda ver la cubierta.

—Sí.

La voz le suena una octava más baja. Al menos, no se le da mentir. Si acaba quedándose a vivir conmigo, será fácil detectar cuándo me está diciendo la verdad y cuándo no.

Si se queda a vivir conmigo, tal vez tendré que comprarle unos cuantos libros de autoayuda para que se centre. Le llenaré los estantes con todas las novelas gráficas que me pida, e intercalaré otro tipo de libros que sirvan para compensar mis carencias como tutor: *Indomable, Lo suficientemente hombre, El sutil arte de que casi todo te importe una mierda...* Carajo, probablemente le pondré también los textos sagrados de las principales religiones. Toda ayuda será bienvenida.

Sobre todo después de hoy. Por mucho que Josh piense que es un viaje de ida, estoy convencido de que volverá a Boston conmigo. Lo único que espero es que no vuelva gritando y pataleando.

Cuando el GPS indica que estamos entrando en la calle que buscamos, Josh sujeta el manga con más fuerza. No levanta la vista, aunque sigue sin pasar página. Cuando veo el número de Tim frente a una destartalada casa de madera, estaciono el coche. Para llegar a la casa solo hay que cruzar la calle, pero mi hermano finge estar inmerso en la historia.

—Ya llegamos.

Josh suelta el libro y al fin alza la cara. Le señalo la casa y se la queda mirando durante unos diez segundos antes de guardar el manga en la mochila.

Se trajo casi todas sus cosas: la ropa que le compré y algunos libros. Está todo tan metido a presión que la mochila apenas cierra. Lo observo mientras él se abraza a la mochila que tiene en el regazo con la esperanza de que al menos uno de sus progenitores lo acoja.

—¿Podemos esperar un poco?

—Claro.

Mientras espera, juguetea con todo lo que está a su alcance: las rejillas de la ventilación, el cinturón de seguridad, la música del Bluetooth. Pasan diez minutos mientras le doy con paciencia el tiempo que necesita para armarse de valor y abrir la puerta.

Dejo de mirar a Josh y me volteo hacia la casa. Hay un viejo Ford enfrente, y probablemente esa sea la causa de que Josh no se haya atrevido aún a cruzar la calle y llamar a la puerta, ya que es un indicador de que con toda probabilidad hay alguien dentro.

No he tratado de quitarle la idea de la cabeza porque sé lo que es querer conocer a tu padre. Y sé que va a vivir en la fantasía que ha creado hasta que sea capaz de enfrentarse a la realidad. De niño yo también deseaba con todas mis fuerzas tener una familia, pero, tras años de decepciones, me di cuenta de que el solo hecho de nacer en un grupo de personas no las convierte en tu familia.

—¿Voy a llamar? —pregunta Josh al fin.

Sé que tiene miedo y, para ser sincero, a mí tampoco me sobra el valor ahora mismo. Lo pasé muy mal con Tim. Para nada quiero volver a verlo y temo que el encuentro acabe de manera desastrosa.

No creo que Josh vaya a estar bien aquí, pero no soy nadie para decirle que no le conviene buscar a su padre. Me da miedo que elija quedarse. Y me da miedo que Tim sea como mi madre y lo reciba con los brazos abiertos solo por molestarme.

—Puedo acompañarte, si quieres —le digo, aunque lo último que quiero es pararme delante de ese hombre y aguantarme las ganas de darle un puñetazo por no cuidar bien de mi hermano pequeño.

Josh permanece quieto un rato más. Yo miro el celular fingiendo paciencia mientras él sigue reuniendo valor, pero lo que en realidad quiero es poner el coche en marcha y sacar a mi hermano de aquí.

Noto que Josh me roza con un dedo una antigua cicatriz del brazo. Me volteo hacia él, que está observando esas viejas cicatrices, recuerdo de la mierda que tuve que soportar cuando viví con Sutton y Tim. Hasta ahora Josh nunca me había preguntado por ellas.

—¿Te las hizo Tim?

Asiento contrayendo el brazo.

—Sí, pero hace mucho tiempo. Además, yo era su hijastro. Puede que a un hijo lo trate de otra manera.

—Eso no debería importar, ¿no? Si te trató así, ¿por qué debería tener otra oportunidad conmigo?

Es la primera vez que Josh admite que tal vez su padre no sea un héroe.

No quiero que, en el futuro, me haga responsable de no haber podido mantener una relación con su padre, pero no puedo estar más de acuerdo con sus palabras. Su padre no se merece otra oportunidad. Se fue sin mirar atrás y no hay nada que justifique abandonar a un hijo.

La creencia de que la familia debe permanecer unida simplemente por ser familia es muy tóxica. Lo mejor que he hecho en mi vida ha sido alejarme de ellos. Me asusta pensar qué habría sido de mí si no lo hubiera hecho. Igual que me asusta pensar en lo que podría pasarle a mi hermano si no se aleja de ellos.

Josh mira hacia la casa que queda a mi espalda y veo que los ojos se le abren un poco.

Me volteo y veo a Tim, que sale por la puerta principal

y se dirige a la camioneta. Josh y yo lo observamos en silencio sorprendidos.

Se le ve frágil, más viejo y más pequeño, como si se hubiera encogido. Aunque tal vez lo veo así porque ya no soy un niño.

Está apurando los restos de una lata de cerveza mientras abre la puerta de la camioneta. Tira la lata vacía a la parte descubierta del vehículo y luego se asoma a la cabina, como si buscara algo.

—No sé qué hacer —susurra Josh con la inseguridad normal de alguien de solo doce años.

Se me rompe el corazón al verlo tan nervioso. Me dirige una mirada implorante, como si necesitara que lo guiara en este momento crucial.

Hasta ahora nunca le he hablado mal de Tim, pero ahora siento que no le he hecho ningún favor al no compartir con Josh mis auténticos sentimientos. Tal vez mi silencio le haga más daño que la verdad.

Suspirando, dejo el celular a un lado y le presto a Josh toda mi atención. No es que hasta ahora no la tuviera, pero estaba tratando de no invadir su intimidad. Sin embargo, parece que no es eso lo que necesita. Diría que lo que necesita de mí es que sea del todo sincero, sin morderme la lengua, y, francamente, ¿para qué quiere alguien un hermano mayor si no es para que le diga las verdades a la cara?

—Yo no conocí a mi padre —admito—. Sé su nombre y para de contar. Sutton me dijo que se fue cuando yo era pequeño; supongo que tendría la misma edad que tú cuando se fue Tim. De niño me preocupaba no conocerlo. Me preocupaba por él. Me imaginaba que había algo terrible que lo mantenía alejado de mí, como, por ejemplo, que estaba encerrado injustamente en alguna cárcel. Solía imaginarme ese tipo de cosas para excusar el hecho de que él supiera que yo existía, pero no formara parte de mi vida. Porque, ¿qué tipo de hombre no quiere conocer a su hijo? —Josh sigue teniendo la vista clavada en Tim, pero noto que escucha y asimila lo que le cuento—. Mi padre nunca nos envió pensión alimenticia, nada, ni un céntimo. No se molestó en eso ni en nada más. Ni siquiera me buscó en Google, porque, si lo hubiera hecho, me habría encontrado. Tú lo hiciste a los doce años. Tú eres un niño y me encontraste; él es un adulto, carajo. —Me muevo para ocupar todo el campo de visión de Josh—. Y lo mismo pasa con Tim. Es un hombre adulto, en plenas facultades. Si se preocupara por algo, aparte de sí mismo, se habría molestado en encontrarte. Conoce tu nombre, tu edad; sabe en qué ciudad vives... —A Josh se le están empezando a llenar los ojos de lágrimas—. Es que no concibo que ese hombre tenga un hijo como tú; un hijo que quiere estar en su vida, y a él no le importa. Eres un privilegio, Josh. Créeme. Si hubiera sabido que existías, habría derribado edificios para encontrarte.

En cuanto acabo la frase, una lágrima le cae rodando por la mejilla. Josh se voltea con rapidez hacia su ventanilla, apartándose de la casa de Tim, apartándose de mí. Veo que se seca los ojos y se me vuelve a romper el corazón.

Y al mismo tiempo, me enfurezco con ellos por haber mantenido a Josh apartado de mí expresamente. Mi madre sabía que yo habría sido un buen hermano, y esa es la razón por la que nos mantuvo separados. Sabía que mi amor por él habría sido mucho mayor que el suyo, y por eso nos mantuvo a distancia, por puro egoísmo.

Pero no quiero que la decisión de Josh se vea alterada por la rabia que me despiertan mi madre, Tim o mi propio padre. Ya tiene edad para tomar sus propias decisiones. Llegó aquí movido por la esperanza. Yo le doy mi sinceridad. Espero que use ambas cosas para tomar la decisión correcta. Haga lo que haga con ellas, lo apoyaré en su decisión.

Cuando por fin Josh vuelve a mirarme, todavía tiene los ojos llenos de lágrimas, de preguntas y de indecisión. Me está mirando como si quisiera que fuera yo quien tomara la decisión por él.

Yo niego con la cabeza.

—Nos han robado doce años, Josh, y no creo que pueda perdonárselo a ninguno de los dos, pero no me enfadaré si tú quieres perdonarlos. No quiero mentirte, pero tampoco quiero tomar decisiones por ti. Si tú quieres darle a tu padre la oportunidad de conocerte, te acompañaré hasta la puerta con una sonrisa en la cara. Solo tienes que decirme en qué puedo ayudarte, y eso haré.

Josh usa la camisa para secarse otra lágrima. Inspira hondo y, cuando suelta el aire, dice:

—Tiene una camioneta.

No sé a qué se refiere, pero sigo la dirección de su mirada hacia la camioneta de Tim.

—Durante todo este tiempo me imaginé que era muy pobre, que no tenía manera de llegar a Boston —sigue diciendo—. Llegué a pensar que no podía conducir por culpa de algún problema físico, de la vista o algo así. No sé.

Pero tiene una camioneta en la puerta de casa y nunca ha tratado de verme.

No interrumpo su proceso mental. Me limito a estar a su lado para ayudarlo cuando llegue a alguna conclusión.

—No me merece, verdad. —Lo dice como si fuera una afirmación, no una pregunta.

—Ninguno de los dos te merece.

Josh permanece inmóvil durante un minuto mirando por mi ventanilla. Pero luego me dirige una mirada decidida y endereza la espalda.

—¿Te acuerdas de la tarea que tenía que entregar? ¿Lo del árbol genealógico? —Josh jala su cinturón de seguridad para abrochárselo—. No especificaron el tamaño del árbol, así que voy a dibujar un arbolito diminuto, un plantón, de los que todavía no tienen ramas. —Le da una palmada al tablero—. ¡Vámonos!

Me entra un ataque de risa. Eso sí que no me lo esperaba. La manera que tiene este niño de enfrentarse con humor a los momentos más deprimentes me hace sentir esperanzado. Creo que le van a salir bien las cosas.

—Un plantón, ¿eh? —Arranco el motor y me abrocho el cinturón—. Puede funcionar.

—Puedo dibujar un plantón con dos ramitas. La tuya y la mía. Crearemos nuestro propio árbol genealógico, diminuto, recién estrenado… Uno que empieza con nosotros.

Noto una sensación de calor detrás de los ojos, por lo que tomo los lentes de sol del tablero y me los pongo.

—Un árbol genealógico nuevo que empieza con nosotros. Me gusta.

Él asiente.

—Y se nos dará mucho mejor mantenerlo con vida que a nuestros padres de mierda.

—Eso no será difícil.

Su decisión me ha quitado un enorme peso de encima. Tal vez Josh cambie de opinión en el futuro, pero tengo la sospecha de que, aunque se ponga en contacto con su padre más adelante, nunca va a ponerlo por delante de mí. Josh me recuerda mucho a mí mismo, y la lealtad es un rasgo que compartimos y que poseemos en grandes cantidades.

—¿Atlas? —Josh pronuncia mi nombre mientras quito el punto muerto y pongo la marcha.

—¿Sí?

—¿Puedo pintarle dedo?

Me volteo hacia Tim, con su camioneta y su casa. Es una petición inmadura, a la que respondo entusiasmado:

—Sí, por favor.

Josh se echa hacia mi ventanilla todo lo que le permite el cinturón de seguridad. Yo bajo el cristal mientras hago sonar la bocina. Tim nos mira mientras empiezo a conducir.

Josh le pinta dedo y le grita:

—¡*Mantecato*!

Cuando estamos fuera de su alcance, Josh se echa hacia atrás en el asiento, riendo.

—Se dice «mentecato», Josh. Si lo dices, dilo bien.

—Mentecato —repite él pronunciándolo correctamente.

—Gracias, pero ya no lo digas más. Tienes doce años.

32

Lily

¿Estás en casa?

Es un mensaje de Atlas, así que le respondo con otro:

Sí, pero salgo en un minuto. ¿Por?

Guardo la comida de Emmy en su pañalera y recorro la habitación a toda prisa buscando un cambio de ropa. Meto también un bote de leche en polvo, porque ya no le doy el pecho, y luego la tomo en brazos.

—¿Estás lista para ir a ver a Rylee?

Emmy sonríe al oír el nombre de su prima.

Cuando fui a buscarla esta mañana a casa de Allysa, hablé con ella y con Marshall y les conté lo que pasó con Ryle. Allysa estuvo de acuerdo en que era una buena idea mostrarle a mi abogada los mensajes que me envió Ryle. Y también estuvo de acuerdo en que había llegado el momento de hablar en serio con Ryle. Estoy nerviosa, pero saber que ella y Marshall me apoyan me da mucha seguridad.

Cuando llegamos a la puerta, oigo que alguien llama. Miro por la mirilla y siento alivio al ver que se trata de Atlas. Pero Josh no está con él, lo que hace que el alivio se evapore.

«¿En serio prefirió quedarse con su padre en vez de con Atlas?».

Abro la puerta.

—¿Qué sucedió? ¿Dónde está Josh?

Atlas sonríe, y la seguridad que transmite su sonrisa hace que el alivio regrese con ganas.

—Está bien, en mi casa.

Suelto el aire que había contenido.

—Oh. Pero, entonces, ¿por qué estás aquí?

—Voy de camino al restaurante. Pasaba por aquí y se me ocurrió subir a robarte un abrazo.

Sonrío y él me detiene la puerta. No puede darme un abrazo en condiciones porque tengo a Emerson apoyada en la cadera, por lo que me da un beso rápido en la sien.

—Mentiroso. Mi casa no te queda de camino al restaurante. Y hoy es domingo. Está cerrado.

—Detalles, detalles —replica sacudiendo la mano—. ¿Adónde vas?

—A casa de Allysa. Cenamos allí esta noche. —Me cuelgo la pañalera en el hombro, pero él me la quita.

—Las acompaño al coche.

Se cuelga la bolsa del hombro. Emmy alarga los brazos hacia él y los dos nos quedamos algo asombrados cuando se lanza a sus brazos voluntariamente. Cuando apoya la cabeza en su pecho, me quedo inmóvil por la sorpresa, igual que Atlas, pero luego él me sonríe y camina hacia el coche dándome la mano durante todo el camino.

Tomo a Emmy y la ato en su sillita. Al final, Atlas puede darme un abrazo de verdad, y no duda en hacerlo. Su abrazo es más elocuente que una conversación. Me abraza como si necesitara que le transmitiera fuerzas, como si quisiera apoderarse de una parte de mí.

—¿Adónde dijiste que ibas? —le pregunto echándome hacia atrás.

—Voy al restaurante, en serio. Quedé de ver allí a Sutton. Vamos a hablar sobre Josh muy seriamente y quiero hacerlo a solas. A ella le encanta tener público y me niego a concedérselo.

—Vaya. Pues yo voy a casa de Allysa para esa reunión que te comenté que quería tener con Ryle. ¿Qué pasa hoy? ¿Es el día mundial de resolver problemas?

Atlas se ríe con discreción.

—Ojalá.

Le doy un beso.

—Buena suerte.

Él sonríe ligeramente.

—Tú también. Cuídate y llámame en cuanto puedas. —Me besa por última vez y mientras se aleja, me dice—: Te quiero, cariño.

Se dirige a su coche y yo me quedo intentando entender por qué sus palabras me han dejado tan acalorada, pero el caso es que subo al coche sonriendo.

«Te quiero, cariño».

Sigo sonriendo mientras me alejo con el coche. Me sorprende mi buen humor teniendo en cuenta hacia dónde me dirijo y lo que voy a hacer. Se trata de una iniciativa espontánea, no de una reunión planificada. Voy a cenar a casa de Marshall y Allysa, pero él no sabe que voy, como tampoco sabe que tengo un objetivo muy definido.

—¿Lasaña? —le pregunto a Marshall cuando me abre la puerta. Llevo todo el pasillo oliendo el ajo y la salsa de jitomate.

—Es el plato favorito de Allysa —responde cerrando la puerta. Luego alarga los brazos hacia Emmy—. Ven con el tío Marshall —le dice tomándola en brazos.

Emmy se echa a reír en cuanto él hace una mueca. Marshall es una de sus personas favoritas, lo que no es de extrañar. Costaría encontrar a un niño al que no le cayera bien Marshall.

—¿Allysa está en la cocina?

Marshall asiente con la cabeza.

—Sí, y él también —susurra—. No le dijimos que venías.

—Está bien.

Dejo las cosas de Emmy y me dirijo a la cocina. Al pasar por la sala veo a la madre de Ryle y Allysa, que está con Rylee. La saludo y ella me sonríe, pero no me detengo a charlar y voy directo en busca de Allysa.

Cuando entro en la cocina, veo a Ryle apoyado en la barra charlando tranquilamente con su hermana, pero, en cuanto nuestras miradas se cruzan, baja del taburete y se queda de pie, con la espalda muy recta y tensa.

Yo no reacciono de ninguna manera. No quiero que Ryle piense que todavía tiene control sobre mí.

Allysa me esperaba. Me saluda con una inclinación de cabeza y mete la lasaña en el horno.

—Justo a tiempo. —Deja las manoplas en la barra y señala hacia la mesa—. Tenemos cuarenta y cinco minutos hasta que esté lista —añade guiándonos tanto a Ryle como a mí hacia la mesa.

—¿Qué es esto? —pregunta Ryle paseando la mirada entre las dos.

—Una charla —responde Allysa animándolo a sentarse.

Ryle pone los ojos en blanco, pero acaba sentándose frente a las dos. Se echa hacia atrás en la silla y cruza los brazos sobre el pecho.

Allysa me mira cediéndome la palabra.

Por alguna razón que no acabo de entender, no tengo miedo. Tal vez se deba a que la conversación que Atlas mantuvo con Ryle me ha dado mucha tranquilidad. Además, que Allysa y Marshall estén aquí me hace sentir protegida. Y también está la madre de Ryle, aunque ella no tiene ni idea de lo que vine a hacer. Pero Ryle siempre se controla cuando su madre está cerca, así que agradezco su presencia.

Sea lo que sea lo que me esté dando fuerzas, no es momento de pararme a planteármelo; es momento de aprovecharlo.

—Ayer me preguntaste si había hablado con mi abogada. Pues sí, lo hice, y me sugirió varias cosas.

Ryle se muerde el labio inferior durante unos instantes y luego alza una ceja para indicar que me escucha.

—Quiero que vayas a terapia para controlar la ira.

En cuanto acabo de pronunciar estas palabras, Ryle se echa a reír. Se levanta, dispuesto a apartar la silla e irse, dando por acabada la conversación, pero Allysa lo impide diciéndole:

—Siéntate, por favor.

Ryle la mira, me mira a mí y vuelve a mirarla a ella. Pasan varios segundos mientras asimila lo que está pasando. Es evidente que se siente engañado ahora mismo, pero no estoy aquí para empatizar con él, ni su hermana tampoco.

Ryle quiere y respeta a Allysa, por lo que, a pesar de su enfado, vuelve a sentarse.

—Y mientras llevas a cabo la terapia, preferiría que visitaras a Emerson aquí, o en algún sitio donde Marshall o Allysa estén presentes.

Ryle se voltea hacia Allysa. En su mirada veo que se siente profundamente traicionado. Su expresión me habría aterrorizado en otro momento, pero ahora ya no me afecta.

—Dependiendo de cómo sean nuestras interacciones en el futuro, decidiremos como familia cuándo volvemos a sentirnos lo bastante cómodos para que visites a las niñas sin supervisión.

—¿Las niñas? —repite Ryle sin dar crédito a lo que oye. Mirando a Allysa, le pregunta, en un tono de voz cada vez más alto—: ¿Te convenció de que no es seguro que me quede a solas con mi sobrina?

La puerta de la cocina se abre. Es Marshall, que se sienta a la cabecera de la mesa y mira a Ryle y luego a Allysa.

—Tu madre está con las niñas en la sala. ¿De qué me perdí?

—¿Estabas enterado de esto? —le pregunta Ryle a Marshall.

Marshall lo mira en silencio durante un instante y luego se echa hacia delante.

—¿Quieres saber si estoy enterado de que la semana pasada perdiste los estribos con Lily y la inmovilizaste contra una puerta? ¿O te refieres a los mensajes que le enviaste? ¿O tal vez a tus amenazas cuando te contó que estaba en contacto con su abogada?

Ryle se queda paralizado unos instantes. Luego se ruboriza, pero no reacciona. Está acorralado y lo sabe.

—Una puta emboscada. Estaban todos confabulados —murmura sacudiendo la cabeza. Está enfadado y se siente traicionado. Es comprensible, pero ahora mismo lo que le toca es elegir. O accede a cooperar o pierde los pocos contactos personales que le quedan en la vida.

Ryle me dirige una mirada hastiada.

—¿Qué más? —pregunta con arrogancia.

—Te he dado más oportunidades de las que te merecías, Ryle. Lo sabes a la perfección. Pero que te quede claro que, a partir de ahora, mi prioridad absoluta es Emerson. Si haces algo remotamente amenazador o dañino, ya sea a mí o a nuestra hija, venderé todo lo que tengo para llevarte a los tribunales.

—Y yo la ayudaré —dice Allysa—. Te quiero, pero la ayudaré.

Ryle tiene los dientes tan apretados que le tiembla la mandíbula, pero, por lo demás, se mantiene impasible. Mira a Allysa y luego se voltea hacia Marshall. La tensión se palpa en el ambiente, pero también el apoyo. Les estoy tan agradecida que realmente me cuesta contener las lágrimas.

Tengo ganas de llorar por todas las víctimas que no cuentan con la ayuda de personas como ellos.

Ryle se reconcome en silencio durante un rato. El silencio pesa, pero yo ya dije lo que quería decir, y le dejé claro que no había posibilidad de negociar nada.

Al final echa la silla hacia atrás y se levanta. Se lleva las manos a las caderas y clava la vista en el suelo. Inspira hondo antes de dirigirse a la puerta de la cocina. Antes de irse, se voltea hacia nosotros, pero no establece contacto visual con nadie.

—Este jueves no trabajo. Vendré a las diez. Si puedes, trae a Emerson a esa hora.

Se va y, en cuanto desaparece, se me cae la armadura y me desmorono. Allysa me abraza, pero no lloro de preocupación, lloro de alivio. Me siento inmensamente aliviada y tengo la sensación de que hemos conseguido algo importante.

—No sé qué haría sin ustedes —les digo llorando abrazada a Allysa.

—Serías muy desgraciada, Lily —replica ella acariciándome el pelo.

Y, aunque nunca me lo habría imaginado así, las dos nos echamos a reír.

33

Atlas

Llamé a Sutton después de dejar a Josh en casa y le pedí que se reuniera conmigo en el Bib's. Llegué antes. Quedamos dentro de una hora, pero quiero cocinar. Nunca le he preparado nada, y espero que, si ve que he elaborado un plato especial para ella, se ablande un poco. Que se ponga de buenas, menos a la defensiva.

Cuando el teléfono suena, me aparto de los fogones y miro la pantalla. Le dije que me avise con un mensaje cuando llegue para abrirle la puerta. Llegó cinco minutos antes de la hora acordada.

Cruzo el restaurante, que está a oscuras, por lo que enciendo algunas luces por el camino. La veo cerca de la entrada fumando un cigarro. Cuando ve abrirse la puerta, lanza el cigarro al suelo y me sigue al interior.

—¿Josh está aquí? —me pregunta.

—No, estamos los dos solos. —Señalo hacia una mesa—. Siéntate. ¿Qué quieres beber?

Ella me observa en silencio unos instantes y luego responde:

—Vino tinto. Del que tengas abierto.

Se sienta en una mesa con bancos corridos y yo regreso a la cocina para emplatar la cena.

Preparé camarones rebozados en coco porque sé que es su plato favorito. La vi enamorarse del plato cuando yo tenía nueve años.

Fue durante el único viaje que hicimos juntos. Fuimos a Cabo Cod. No está demasiado lejos de Boston, pero fue la única vez que mi madre y yo hicimos algo especial juntos durante un día festivo. Normalmente, los días que no trabajaba los pasaba durmiendo o bebiendo, por eso tengo tan grabado ese día en Cabo Cod en el que probamos los camarones al coco por primera vez.

Coloco los platos y las bebidas en una bandeja y lo llevo todo hasta la mesa donde se ha sentado. Le sirvo la comida y el vino, y me siento frente a ella. Le paso los cubiertos haciéndolos deslizar sobre la mesa.

—¿Lo preparaste tú?

—Sí, son camarones rebozados en coco.

—¿Qué celebramos? —pregunta abriendo la servilleta—. ¿Quieres disculparte por haber creído que podrías hacer de padre de un niño como él? —Se ríe como si hubiera contado un chiste, pero la ausencia de ruido ambiental hace que deje de reír enseguida. Sacudiendo la cabeza, toma la copa de vino y lo prueba.

Sé que lleva viviendo con Josh doce años más que yo, pero apostaría a que ya lo conozco mejor que ella. Y Josh probablemente me conoce a mí mejor que ella, y eso que pasé diecisiete años en su casa.

—¿Cuál era mi plato favorito de pequeño? —le pregunto, y ella me mira como si no me entendiera. Está bien, tal vez era demasiado difícil—. ¿Y mi película favorita? —La misma respuesta. Nada de nada—. ¿El color? ¿Música? —Le doy más opciones con la esperanza de que sea capaz de responder al menos a una pregunta. Pero no puede. Encogiéndose de hombros, deja la copa en la mesa—. ¿Qué tipo de libros le gusta leer a Josh?

—¿Es una pregunta trampa? —me pregunta.

Me echo hacia atrás en el banco tratando de mantenerme calmado, pero cada vez me cuesta más.

—No sabes nada sobre las personas que has traído al mundo.

—Fui madre soltera con los dos, Atlas. No tenía tiempo de pensar en lo que te gustaba leer mientras trataba de sobrevivir. —Suelta el tenedor que estaba a punto de usar—. Carajo.

—No te he hecho venir para hacerte sentir mal. —Bebo un poco de agua y paso el dedo por el borde de la copa—. Ni siquiera necesito una disculpa. Y él tampoco. —La miro fijamente sorprendiéndome a mí mismo con lo que estoy a punto de decir. No era eso lo que había previsto mientras venía hacia aquí, pero los temas que pensaba sacar de manera egoísta no son los que me preocupan ahora mismo—. Quiero darte la oportunidad de ser mejor madre para él.

—Tal vez es él quien debería ser mejor hijo.

—Tiene doce años. No necesita ser mejor de lo que es. Además, la relación que mantienes con él no es responsabilidad suya.

Ella se rasca la mejilla y sacude una mano en el aire.

—¿Qué es esto? ¿Qué vine a hacer aquí? ¿Quieres que me lo lleve porque no puedes con él?

—Para nada. Quiero que me cedas la custodia. Si no lo haces, te llevaré a los tribunales y nos costará un dineral que ninguno de los dos quiere pagar. Pero lo pagaré. Si hace falta, te llevaré delante de un juez, que echará un vistazo a tu historial y te condenará a hacer un año de clases parentales que ambos sabemos que no tienes ningún interés en completar. —Me echo hacia delante cruzándome de brazos—. Quiero la custodia legal de Josh, pero no te estoy pidiendo que desaparezcas del mapa. No quiero que lo hagas. Lo último que quiero es que ese chico crezca sintiéndose tan poco querido por ti como lo hice yo.

Ella se queda paralizada al oírme, y yo aprovecho el momento para tomar el tenedor y dar un bocado fingiendo despreocupación. Sutton me observa mientras mastico y sigue haciéndolo mientras bebo un poco de agua para ayudarme a tragar. Estoy seguro de que el cerebro le va a mil por hora buscando un insulto o una amenaza, pero no dice nada.

—Todos los martes por la noche cenaremos aquí, juntos, en familia. Siempre serás bienvenida. Estoy seguro de que a Josh le gustará que vengas. Nunca te pediré ni un penique; lo único que te pido es que aparezcas una vez a la semana y te intereses por él, aunque tengas que fingirlo.

Noto que a Sutton le tiemblan los dedos cuando alarga la mano en busca del vino. Ella también debe de darse cuenta, porque aprieta el puño y esconde la mano sobre el regazo.

—No debes de acordarte de Cabo Cod si piensas que fui una madre tan horrible.

—Me acuerdo de Cabo Cod —le aseguro—. Es el único recuerdo al que puedo aferrarme para no estar tan resentido contigo. La diferencia es que, mientras tú piensas que hiciste algo extraordinario al proporcionarme aquel recuerdo aquella única vez, yo me estoy ofreciendo para darle buenos recuerdos a Josh todos los días de su vida.

Sutton baja la vista hacia el regazo. Por primera vez parece estar experimentando algo que no es enfado o irritación.

Y lo mismo podría decirse de mí. Cuando planeé esta conversación con ella durante el camino de vuelta desde casa de Tim, tenía clarísimo que quería apartarla de nuestra vida para siempre. Pero ni siquiera los monstruos pueden sobrevivir sin que un corazón les lata en el pecho.

Hay un corazón latiendo en el pecho de Sutton, por muy escondido que esté. Tal vez nunca nadie le ha hecho saber que agradecía que ese corazón todavía latiera.

—Gracias —le digo. Ella me mira a los ojos; cree que la estoy provocando. Sacudo la cabeza, porque lo que voy a decir no me resulta fácil—. Fuiste madre soltera y ni mi padre ni el de Josh te ayudaron en nada. Tiene que haber sido muy difícil. Tal vez te sientes sola, tal vez estás deprimida. No sé por qué no puedes ver la maternidad como el regalo que es, pero estás aquí. Esta noche has venido, y por eso te doy las gracias.

Sutton baja la mirada hacia la mesa. Me sorprende muchísimo ver que los hombros le dan sacudidas. Sin embargo, se resiste con todas sus fuerzas a llorar. Apoya las manos en la mesa y juguetea con la servilleta, pero no llega a usarla, porque no permite que le caiga ni una lágrima.

No sé qué tipo de experiencias la han convertido en una persona tan dura, tan reacia a mostrarse vulnerable. Tal vez algún día me las cuente, pero antes de que ella y yo podamos llegar a ese punto tiene que demostrar que puede ser una madre para Josh.

Endereza la espalda y se sienta más erguida.

—¿A qué hora es la cena de los martes?

—A las siete.

Asiente, y tengo la sensación de que está a punto de irse, por lo que le señalo el plato.

—Si quieres, te lo pongo en una caja para llevar.

Ella asiente con decisión.

—Sí. Es mi plato favorito.

—Lo sé. Me acuerdo de Cabo Cod.

Me llevo su plato a la cocina y le preparo una caja para llevar.

Josh está dormido en el sofá cuando llego a casa al fin. En la tele están pasando anime. Lo pongo en pausa y dejo el control sobre la mesita.

Lo observo dormir unos instantes, abrumado por el alivio que siento tras las emociones del día. Las cosas podrían haber salido de un modo muy distinto. Frunzo los labios tragándome el agotamiento emocional mientras lo veo dormir en paz. Y me doy cuenta de que lo estoy contemplando de la misma manera que Lily mira a Emerson cuando duerme, con orgullo.

Tomo la cobija que cuelga del sofá y lo tapo con ella. Luego voy hacia la mesa donde Josh dejó la tarea. Veo que terminó todo, hasta el árbol genealógico.

Dibujó un pequeño plantón que brota del suelo con dos ramitas. En una pone Josh y en la otra, Atlas.

34

Lily

Por poco no veo la carta, porque salí corriendo de casa esta mañana. La habían metido por debajo de la puerta y se había quedado medio escondida bajo el tapete de la entrada.

Llevaba a Emmy apoyada en la cadera, la bolsa y la pañalera al hombro, y un café en la mano que me quedaba libre. Pero logré agacharme y recogerla sin que se me cayera nada.

«Soy una supermami».

Tuve que esperar hasta tener un momento tranquilo en el trabajo para poder abrirla. Al desdoblar la carta y reconocer la letra de Atlas, sentí un gran alivio. Y no es que pensara que fuera a ser de otra persona. Atlas y yo llevamos varios meses juntos y suele dejarme notas a menudo. La novedad es que estoy empezando a acostumbrarme a abrirlas sin temer que puedan ser de Ryle.

Tomo nota mental de celebrar la importancia del momento.

Lo hago con frecuencia. Me apunto mentalmente pequeñas cosas, indicadores de que mi vida se está enderezando.

Ya no lo hago tan a menudo como antes, pero eso también es bueno. En estos momentos, Ryle ocupa una parte tan pequeña de mi vida que a veces se me olvida que pensaba que nuestra situación iba a ser complicada eternamente.

Sigue formando parte de la vida de Emmy, pero le exigí que las visitas sean más regulares y estructuradas. Él sigue quejándose a veces por lo estricta que soy con las visitas, pero no voy a quedarme tranquila hasta que Emmy sea capaz de contarme con palabras cómo son las visitas con Ryle. Confío en que la terapia de control de la ira funcione, pero solo el tiempo lo dirá.

La relación entre Ryle y yo sigue siendo tensa, unas veces más que otras, pero lo único que he pretendido desde que le pedí el divorcio fue librarme del miedo, y siento sinceramente que lo he conseguido.

Estoy escondida en el clóset de los suministros de oficina, sentada en el suelo con las piernas cruzadas, pero no por miedo, sino porque quiero leer la carta sin que nadie me interrumpa. Han pasado meses desde que obligué a Atlas a encerrarse aquí, pero todavía siento su olor.

Desdoblo la nota y recorro con el dedo el corazoncito abierto que dibujó en la esquina superior izquierda de la primera página. Sonriendo, empiezo a leer.

Querida Lily:

No sé si eres consciente de la fecha, pero llevamos saliendo oficialmente medio año. ¿La gente celebra los medios años de relación? Te habría comprado flores, pero no me gusta que la florista trabaje demasiado.

Por eso decidí escribirte esta carta, como regalo.

Dicen que cada historia tiene dos caras, y yo leí un par de historias tuyas que, aunque sucedieron tal como las cuentas, las viví de un modo totalmente distinto.

En tu diario mencionaste ese momento por encima, aunque sé que fue importante para ti, tanto como para hacerte un tatuaje. Lo que no sé es si eres consciente de lo importante que fue aquel momento para mí.

Dices que nos dimos el primer beso en tu cama, pero para mí ese no fue nuestro primer beso. Para mí, el primero nos lo dimos un lunes, a plena luz del día.

Fue aquella vez que me enfermé y tú me cuidaste. Te diste cuenta de que no me encontraba bien en cuanto me metí por tu ventana. Recuerdo que te pusiste en acción de inmediato. Me diste medicamentos, agua, cobijas y me obligaste a dormir en tu cama.

Nunca me había encontrado tan mal como aquel día. Creo que fuiste testigo del día más horrible de mi vida y, si algo no ha faltado en mi vida, han sido días horribles. Pero, cuando ataca con fuerza, hay pocas cosas peores que un virus estomacal.

No recuerdo gran cosa de aquella noche, pero me acuerdo de tus manos. Aquel día, tus manos estuvieron cerca de mí en todo momento, tomándome la temperatura, pasándome un paño húmedo por la cara o sujetándome los hombros cada vez que tenía que inclinarme sobre la cubeta durante la noche.

Eso es lo que recuerdo, tus manos. Llevabas un esmalte de uñas de color rosa pálido. Recuerdo hasta el nombre del color, porque yo estaba contigo cuando te las pintaste. Se llamaba «Lirios de la resurrección» y me dijiste que se llamaba así por los lirios que florecen por sorpresa cuando a la planta ya se le han muerto las hojas. Me dijiste también que habías elegido ese color por el nombre, ya que Lily significa «lirio» en inglés.

Apenas podía abrir los ojos, pero, cada vez que lo hacía, allí estaban tus dedos esbeltos con las uñas de color «Lirios de la resurrección». Allí estaban tus manos siempre dispuestas a ayudar, sosteniendo la botella de agua, dándome medicinas, acariciándome la mejilla.

Sí, Lily. Recuerdo ese momento, aunque no escribieras sobre él.

Cuando ya llevaba horas enfermo, recuerdo que me desperté o, al menos, fui más consciente de dónde me encontraba. Tenía la cabeza aturdida, la boca seca y los párpados me pesaban tanto que no lograba abrirlos, pero te sentí.

Sentí tu aliento en la mejilla y tus dedos en la mandíbula, que recorriste de punta a punta hasta llegar a la barbilla.

Pensabas que seguía dormido, que no podía notarte tocándome, observándome, pero nunca había sentido algo de un modo tan intenso en toda mi vida.

En ese preciso instante me di cuenta de que te quería. No creas que me gustó darme cuenta de algo tan trascendental en medio de un día tan asqueroso, pero fue una revelación tan intensa que estuve a punto de echarme a llorar por primera vez en años. No supe cómo procesar aquel sentimiento.

Hazte cargo, Lily. Llevaba toda la vida sin saber lo que era el amor. No conocí el amor normal entre una madre y un hijo, ni entre un padre y un hijo, ni entre hermanos. Y, hasta que te conocí, tampoco había compartido el tiempo suficiente como para experimentar ese tipo de emociones con nadie, y menos con chicas. No había pasado el tiempo suficiente con ellas para llegar a conocerlas, o para que ellas me conocieran a mí. No había llegado a conectar con ninguna ni había profundizado en ninguna relación, así que ninguna otra chica había podido demostrarme que se preocupaba por mí, que era amable, cariñosa, considerada y todas esas cosas que eras conmigo.

No estoy diciendo que ese fuera el momento en que descubrí que estaba enamorado de ti. Estoy diciendo algo mucho más importante. Ese fue el momento en que me di cuenta de que amaba algo, a alguien, por primera vez en toda mi vida. Fue la primera vez que mi corazón reaccionó... al menos, de un modo positivo. En el pasado me habían hecho cosas que me habían encogido el corazón, pero nunca habían logrado que se expandiera. Pero cuando tus dedos se deslizaron sobre mi mejilla como delicadas gotas de lluvia, mi corazón se hinchó tanto que pensé que iba a estallar.

En aquel instante, fingí que me despertaba. Me cubrí los ojos con los brazos y tú retiraste la mano con rapidez. Recuerdo que estiré el cuello y miré si ya entraba luz por la ventana. Estaba a punto de amanecer, así que me senté, fingiendo no saber que estabas despierta. Tú te sentaste y me preguntaste si me iría. Tuve que tragar saliva para poder hablar. Así y todo, casi no me salió la voz. Te dije algo parecido a «Tus padres se levantarán pronto».

Me dijiste que te saltarías clases y que volverías para ver cómo estaba en un par de horas. Yo asentí en silencio porque seguía encontrándome mal, pero tenía que salir de tu recámara antes de que dijera o hiciera algo vergonzoso. No me fiaba en absoluto de la sensación que me burbujeaba bajo la piel. Era un burbujeo que me estaba creando la necesidad de mirarte y decirte: «¡Te quiero, Lily!».

Es curioso que, en cuanto sientes el amor por primera vez, se apodera de ti un inmenso deseo de gritarlo a los cuatro vientos. Era como si las palabras se estuvieran formando en medio de mi pecho. Probablemente nunca había estado tan débil en toda mi vida y, sin embargo, nunca había levantado la ventana y había salido de tu habitación a tanta velocidad.

Volví a cerrarla y apoyé la espalda en el frío muro de tu casa antes de soltar el aire. Mi aliento se convirtió en niebla. Cerré los ojos y, tras haber pasado las ocho peores horas de mi vida, se me escapó una sonrisa.

Me pasé la mañana pensando en el amor. Cuando tus padres se fueron y viniste a buscarme y me pasé varias horas más vomitando en tu casa, seguía pensando en el amor. Cada vez que veía un destello de rosa cuando tus uñas color «Lirios de la resurrección» pasaban ante mis ojos al tomarme la temperatura, pensaba en el amor. Cada vez que entrabas en la habitación y me tapabas, metiendo las cobijas y subiéndomelas hasta la barbilla, pensaba en el amor.

Y cuando al fin, hacia el mediodía, me empecé a encontrar un poco mejor, me metí en la regadera, débil y deshidratado, pero, al mismo tiempo, sintiéndome más alto que nunca.

Durante todo aquel día, fui consciente de que había sucedido algo muy importante. Por primera vez había sentido que la vida podía ser de otra manera. Hasta ese momento, nunca le había concedido demasiada importancia al hecho de enamorarse o de tener una familia. Ni siquiera me había pasado por la cabeza que algún día pudiera tener una carrera profesional de éxito. Hasta ese instante, siempre había sentido que la vida era una carga que debía soportar; algo pesado y turbio que hacía que costara despertarse y que diera miedo dormirse. Pero era así porque había pasado dieciocho años sin entender que alguien pudiera ser tan importante para otra persona. Tanto como para querer que fuera lo primero que uno viera al abrir los ojos. En ese momento sentí el deseo de mejorar. Fuiste la primera persona por la que deseé hacer algo importante con mi vida.

Y ese fue el día en que nos acostamos juntos en tu sofá y me dijiste que querías que viera contigo tu película favorita de dibujos animados. Fue la primera vez que nos acurrucamos juntos, que tuve tu espalda pegada a mi pecho bajo una cobija, con mi brazo a tu alrededor, acercándote a mí. No me resultó fácil concentrarme en la pantalla de la televisión, porque las palabras «te quiero» seguían haciéndome cosquillas en la garganta y no quería decirlas. No podía decirlas porque no quería que pensaras que me estaba apresurando, o que no daba a las palabras el peso que tenían. Pero sí; han sido lo más pesado que he cargado nunca.

Le he dado muchas vueltas a ese día, Lily, y todavía no sé si todo el mundo siente el amor de la misma manera, como si fuera un avión que ha bajado del cielo y se ha estrellado contra ti. Porque la mayoría de la gente crece en un entorno en el que el amor abunda. Pueden sumergirse en él y volver a salir cuando quieren. Nacen envueltos en amor y se pasan la infancia protegidos por él. Además, en su vida hay personas que reciben su amor y le dan la bienvenida, por lo que supongo que el primer enamoramiento no los afecta del mismo modo en que me afectó a mí, de un modo tan concentrado, tan intenso y colosal.

Tú llevabas mi camiseta favorita. Te quedaba grande y una de las mangas siempre se te deslizaba por el hombro. Debería haber estado más concentrado en la película, pero no podía dejar de observar aquel trozo de piel que quedaba expuesta entre tu cuello y tu hombro. Y mientras lo contemplaba, volví a sentir aquel impulso irrefrenable de decirte que te

351

quería. Las palabras estaban allí; las tenía en la punta de la lengua, y por esa razón me eché hacia delante y te las imprimí en la piel.

Y allí se quedaron, calladas y escondidas, hasta que logré reunir el valor para decírtelas en voz alta seis meses más tarde.

No tenía ni idea de que te acordabas de aquel beso, ni de todas las veces que te besé en ese mismo sitio a partir de aquel día. Incluso, al leerlo en tu diario, solo lo mencionaste por encima hasta llegar al que tú consideraste nuestro primer beso real, así que no me di cuenta de lo importante que era también para ti hasta que vi el tatuaje. No puedo expresar lo mucho que significa para mí que te tatuaras nuestro corazón en el mismo sitio en que un día oculté las palabras «te quiero».

Deseo que me prometas una cosa, Lily. Cuando mires ese tatuaje, no quiero que pienses en nada más que en las palabras que te he escrito en esta carta. Y cada vez que vuelva a besarte el tatuaje, quiero que recuerdes por qué te besé ahí la primera vez. Amor. Descubrirlo, darlo, recibirlo, sumergirse en él, vivirlo, irse por amor.

Te estoy escribiendo sentado en el suelo de la recámara de Josh. Lo que compartí con él esta noche fue en parte el detonante que reavivó mis recuerdos. No está bien; tiene un virus estomacal. No está tan fastidiado como yo lo estaba el día en que descubrí que te amaba, pero igualmente está muy mal. Se lo contagió Theo, que lo tuvo hace unos días.

Nunca antes había tenido que cuidar de un enfermo, por lo que no tengo medicinas en casa. Creo que voy a ir a la farmacia a comprar algo. Tal vez te deje la carta bajo la puerta.

Cuidar de un enfermo no es agradable. Los sonidos, el olor, la falta de sueño… Es casi tan malo para el cuidador como para el enfermo. Cada vez que le tomo la temperatura o lo fuerzo a beber agua, me acuerdo de ti y de cómo me cuidaste con delicadeza y un gran instinto maternal. Trato de hacerlo como lo hiciste tú, pero me temo que no se me da tan bien como a ti.

Eras tan joven, solo unos pocos años mayor que Josh, aunque estoy seguro de que te sentías mucho más adulta. A mí también me pasaba. Ambos habíamos vivido experiencias por las que ningún niño debería pasar. Y eso me lleva a preguntarme si Josh se siente como un niño de doce años o si se siente mayor por todo lo que ha pasado. Quiero que se sienta niño el máximo tiempo posible. Quiero que disfrute del tiempo que pase conmigo. Quiero que conozca el amor antes que yo. Y espero que, cuando le llegue, haya estado sumergido en amor el tiempo suficiente como para que se haya empapado poco a poco de él y, así, que no lo golpee tan bruscamente como me pasó a mí. Quiero que crezca rodeado de amor, envuelto en él, rodeado por él. Quiero que sea testigo del amor que existe a su alrededor.

Quiero ser un ejemplo para él. Quiero que seamos un ejemplo para él, y para Emerson. Tú y yo, Lily.

Han pasado seis meses.

Ven a vivir conmigo.

Te quiero,

ATLAS

En cuanto acabo de leer la carta, la dejo en el suelo y me seco los ojos. Si me pongo así cuando me pide que vivamos juntos, no creo que sobreviva a la petición de matrimonio.

Y menos a la lectura de los votos.

Tomo el teléfono y llamo a Atlas optando por una videollamada. El teléfono suena durante unos diez segundos que se me hacen eternos. Cuando al fin responde, veo que está acostado en el sofá de la sala. Aunque se nota que está agotado tras haber pasado la noche en vela con Josh, me sonríe.

—Hola, preciosa —me saluda adormilado.

—Hola. —Apoyo el puño en la mejilla tratando de mantener a raya mi enorme sonrisa—. ¿Cómo está Josh?

—Está bien. Él está durmiendo, pero me temo que he estado despierto tanto tiempo que mi cerebro está pasado de vueltas y no logro que desconecte. —Se lleva un puño a la boca para reprimir un bostezo.

—Atlas. —Pronuncio su nombre en tono compasivo, porque se le ve absolutamente exhausto—. ¿Necesitas que pase por ahí a darte un abrazo?

—¿Quieres decir si necesito que vengas a casa a darme un abrazo?

Sus palabras me hacen sonreír.

—Sí, eso es justo lo que quería decir. ¿Necesitas que vaya a casa a darte un abrazo?

Él asiente con la cabeza.

—Sí, Lily. Lo necesito. Ven a casa.

35

Atlas

—Pero ¿tú no eres rico? —protesta Brad—. ¿No podrías contratar a alguien para hacerlo?

—Tengo dos restaurantes. No soy rico ni de lejos. Y ¿por qué iba a contratar a alguien si los tengo a ustedes?

—Al menos es bajada —comenta Theo.

—Toma ejemplo de tu hijo, Brad. Míralo por el lado bueno.

Ya no queda casi nada por transportar. Lily no necesitaba muchas de sus cosas, porque mi casa ya está amueblada, y decidió donarlas a un refugio local para mujeres víctimas de violencia doméstica. Esta misma tarde acabaremos de vaciarlo todo.

Brad es el único de mis conocidos que tiene camioneta, y por eso Theo y él nos están ayudando a transportar las cosas que no cupieron en los coches: la cuna de Emerson, la televisión de la sala de Lily y algunos de sus cuadros.

Josh tuvo suerte. Tenía entrenamiento de beisbol, así que se libró de ayudar con la mudanza.

Hace unos meses me sorprendió diciéndome que se había inscrito a las pruebas para el equipo. Lo eligieron y ha estado dándolo todo desde entonces. Entre Lily y yo no nos hemos perdido ni un partido.

Le pasé la lista de partidos a nuestra madre, pero de momento no se ha presentado nunca. Y a las cenas de los martes vino una vez. Esperaba que quisiera involucrarse más en nuestra vida, pero no puedo decir que me sorprenda su actitud. Y dudo que Josh se sorprendiera tampoco. Procuramos no dar demasiada importancia a las cosas que no acaban de funcionar en nuestra vida. Preferimos centrarnos en las que sí funcionan, y la verdad es que tengo mucho por lo que dar gracias. Especialmente, dos cosas: por haber conseguido la custodia de Josh, y porque Lily y Emerson se vienen a vivir con nosotros.

Es curioso cómo puede cambiar la vida en un momento.

El Atlas del año pasado no reconocería al Atlas de este año.

Lily se dirige a la escalera justo cuando yo llego al pie. Me sonríe y me besa cuando nos cruzamos, antes de seguir su camino escaleras arriba.

Theo niega con la cabeza.

—Aún me cuesta creer que hayas llegado tan lejos con ella. —Sostiene una caja en equilibrio sobre la rodilla y abre la puerta de la salida de emergencia con la espalda. La mantiene abierta para que Brad y yo pasemos, pero una vez que estamos fuera, en el estacionamiento, me detengo en seco.

Un coche que se parece al de Ryle está estacionado a poca distancia de la camioneta de Brad.

Me invade una sensación de miedo. No he vuelto a interactuar con él desde que vino buscando pelea a mi restaurante, y de eso han pasado ya meses. No tengo ni idea de cómo lleva lo de que Lily y yo estemos juntos, aunque, por la mirada que me está dirigiendo, diría que no demasiado bien.

Hay alguien con él. Un hombre baja del asiento del acompañante. Por lo que me ha contado Lily, podría ser el cuñado de Ryle. Me he visto con la madre de Lily, y conocí a Allysa y a Rylee, pero aún no conocía a Marshall.

Me acerco a la camioneta de Brad y dejo la caja que cargaba sin perder de vista el coche de Ryle en ningún momento. Theo y Brad vuelven a la escalera, ajenos a la presencia de Ryle. Marshall saca a Emerson del asiento trasero y cierra la portezuela. Ryle permanece en el coche mientras Marshall se acerca con Emerson en brazos.

—Hola. —Me ofrece la mano—. Atlas, ¿verdad? Soy Marshall.

Le estrecho la mano.

—Sí, me alegro de conocerte.

Él asiente y, cuando Emerson me reconoce, tiene que sujetarla con fuerza porque se lanza hacia mí. Yo doy un paso y la tomo en brazos.

—Hola, Emmy. ¿La has pasado bien?

Marshall nos observa unos instantes antes de advertirme:

—Ten cuidado. Vomitó dos veces encima de Ryle.

—¿No se encuentra bien?

—Está bien, pero lleva todo el día con nosotros. Y las dos niñas tomaron azúcar en el desayuno. Y luego se tomaron un aperitivo. Y comieron. Y luego tomaron un tentempié y... —Sacude la mano quitándole importancia—. Issa y Lily ya están acostumbradas.

Emerson me quita los lentes de sol de la cabeza y trata de ponérselos, pero están torcidos, así que la ayudo hasta que queden bien puestos. Me sonríe y yo le devuelvo la sonrisa.

Marshall mira por encima del hombro hacia el coche de Ryle y vuelve a dirigirse a mí.

—Siento que no salga del coche. Todavía le resulta todo un poco raro. Lo de que ella se vaya a vivir contigo.

Sé que no se refiere a Lily, sino a Emerson, a la que está mirando.

Yo asiento con la cabeza, porque lo entiendo perfectamente.

—No pasa nada. Me imagino que no debe de resultarle fácil.

Marshall le revuelve el pelo a Emmy y luego dice:

—Me voy para que puedan terminar con eso. Me alegro de haberte conocido al fin.

—Lo mismo digo.

Y lo digo en serio. Marshall me parece un tipo con quien podría llevarme bien si las circunstancias fueran distintas.

Él se dirige hacia el coche, pero, a medio camino, se detiene y se vuelve a mirarme.

—Gracias —me dice—. Lily es una persona muy importante para mi esposa, así que... sí. Gracias por hacer feliz a Lily. Se lo merece. —En cuanto acaba de decir las últimas palabras, sacude la cabeza y alza las manos dando un paso hacia atrás—. Me voy antes de que nos pongamos demasiado intensos.

Se dirige rápidamente al coche de Ryle, aunque me habría gustado que no se diera tanta prisa, porque yo también quería darle las gracias. Sé que su apoyo ha significado mucho para Lily.

Cuando Marshall cierra la puerta del acompañante, Ryle pone el coche en marcha y se alejan.

Miro a Emmy, que está mordisqueando mis lentes de sol.

—¿Quieres que vayamos a saludar a mamá? —Echo a andar en dirección al edificio, pero me detengo al ver a Lily en el hueco de la escalera.

Al ver que me acerco, se da la vuelta y se seca los ojos deprisa. No sé exactamente por qué llora, pero ralentizo el paso para que pueda secarse bien las lágrimas antes de recibir a su hija. Tal como me imaginaba, segundos más tarde se da la vuelta con una gran sonrisa en la cara y me arrebata a Emmy.

—¿Te la pasaste bien con papá? —le pregunta antes de comérsela a besos.

Cuando me mira a los ojos, le devuelvo una mirada de curiosidad preguntándome qué la hizo llorar. Ella señala el lugar de estacionamiento donde el coche de Ryle se encontraba hace unos instantes.

—Fue un momento importante —me aclara—. Ya sé que Marshall estaba con él, pero el hecho de que haya dejado a la niña contigo... —Se le están volviendo a llenar los ojos de lágrimas, lo que hace que suspire y ponga los ojos en blanco, exasperada por su propia reacción—. Es agradable saber que los hombres de su vida son capaces de fingir llevarse bien por ella.

Sí, la verdad es que a mí también me hace sentir bien. Me alegro de que Lily estuviera dentro cuando llegaron. Ryle no salió del coche, pero fue un paso en la dirección correcta. Tal vez Ryle y yo lo necesitábamos tanto como Lily.

Acabamos de demostrar que somos capaces de cooperar, aunque escueza.

Le seco las lágrimas de la mejilla y le doy un beso rápido.

—Te quiero. —Apoyándole la mano en la parte baja de la espalda, la acompaño hacia la escalera.

—Un último viaje y ya no podrás librarte de mí nunca más.

Lily se echa a reír.

—Me muero de ganas de no poder librarme de ti nunca más.

36

Lily

Estoy hecha un ovillo en el sofá de Atlas, agotada por la mudanza.

«Nuestro sofá».

Me va a costar un poco acostumbrarme.

Theo y Josh me ayudaron a colocar el resto de mis cosas y las de Emerson porque Atlas sale tarde de trabajar hoy. Yo me levanto temprano y él llega a casa tarde, pero ahora al menos compartiremos más trocitos de la vida del otro, aunque sea de pasada. Y los domingos los disfrutaremos juntos.

Aunque hoy es viernes y mañana sábado. Son los dos días más movidos en el restaurante, así que estoy sola con Josh y Theo hasta que mi madre me traiga a Emerson. Hemos estado viendo *Buscando a Nemo*, pero ya se está acabando.

Francamente, pensaba que se cansarían a media película, porque están en la preadolescencia, esa edad en la que los niños se esfuerzan para que no los asocien con películas de Disney. Sin embargo, estoy descubriendo que la generación Z está hecha de otro material. Cuanto más tiempo paso con estos dos, más cuenta me doy de que son distintos a todas las generaciones que los han precedido. Son más inmunes a la presión de grupo y grandes defensores de la individualidad. La verdad es que me dan bastante envidia.

Josh se levanta cuando aparecen los créditos.

—¿Te gustó?

Él se encoge de hombros.

—Fue bastante divertida teniendo en cuenta que empezaba con el brutal asesinato de aquel montón de caviar.

Toma su bolsa de palomitas vacía y la lleva a la cocina. Theo, en cambio, sigue con la vista fija en la pantalla mientras sacude la cabeza lentamente.

Y yo continúo dándole vueltas a la descripción que hizo Josh del principio de la película.

—No lo entiendo —dice Theo al fin.

—¿Lo del caviar?

Theo me mira un momento y se vuelve de nuevo hacia la pantalla.

—No, no entiendo por qué Atlas te dijo aquello de llegar por fin a la costa. No sale en la peli. Me contó que te lo había dicho por *Buscando a Nemo* y me pasé todo el tiempo esperando a que alguien dijera la frase.

Soy consciente de que voy a tener que acostumbrarme a muchas cosas en mi nueva vida, pero creo que nunca me voy a acostumbrar a que Atlas hable de nuestra relación con este niño.

Los ojos de Theo se iluminan como si alguien hubiera encendido un interruptor cuando al fin llega a una conclusión.

—Oh. Oh. Porque cuando la vida se pone difícil, ellos

siguen nadando. Por eso Atlas dijo lo que dijo, refiriéndose a que la vida ya no... —Su mente sigue a mil revoluciones por minuto. Se levanta del suelo negando con la cabeza—. Sigo pensando que es una cursilería —murmura. En ese momento le vibra el teléfono—. Tengo que irme. Mi padre ya está aquí.

Josh regresó a la sala.

—¿No te quedas a dormir?

—Esta noche no puedo. Mis padres me llevan a un sitio mañana por la mañana.

—Yo también quiero ir a un sitio —replica Josh.

Theo, que se está poniendo los zapatos, titubea.

—Ya, bueno, no sé.

—¿Adónde vas?

Theo me busca la mirada un instante antes de voltearse hacia Josh.

—Es un desfile —dice en voz baja, pero suena como una advertencia.

—¿Un desfile? —Josh ladea la cabeza—. Y ¿por qué lo dices en ese tono? ¿Qué tipo de desfile es? ¿Uno del orgullo?

Por el modo en que Theo traga saliva, deduzco que Josh y él aún no habían mantenido esta charla. Me pongo nerviosa, por Theo, pero han pasado varios meses desde que conocí a Josh, y sé lo mucho que valora su amistad con Theo.

Josh toma sus zapatos, se sienta a mi lado en el sofá y empieza a ponérselos.

—¿Qué quieres decir? ¿Que yo no puedo ir al desfile porque me gustan las chicas?

Theo cambia el peso de pie varias veces.

—Puedes ir. Lo que pasa es que... no sabía si tú lo sabías.

Josh pone los ojos en blanco.

—Puedes obtener mucha información sobre una persona fijándote en los mangas que le gustan, Theo. No soy idiota.

—Josh —lo interrumpo en tono de advertencia.

—Perdón. —Saca una chamarra del armario—. ¿Puedo ir a dormir a casa de Theo?

La actitud de Josh, quitándole importancia a este momento tan trascendente, me recuerda mucho a Atlas.

«Josh, siempre tan considerado».

Se me abren ligeramente los ojos. Su pregunta me tomó por sorpresa y no sé qué decirle. Llevo viviendo aquí solo cuatro días; es la primera vez que Josh me pide permiso para hacer algo, y Atlas y yo todavía no hemos establecido reglas al respecto.

—Sí, claro, pero dile a tu hermano dónde estás.

No es que piense que a Atlas le vaya a importar. Ahora que vivimos juntos, vamos a tener que abordar este tipo de cuestiones respecto a Josh y a Emerson. ¿Quién le hace de padre o de madre a quién? ¿Cuándo? ¿Cómo? Me gusta mucho. Me gusta afrontar los retos de la vida si es junto a Atlas.

Mi madre aún no ha vuelto con Emerson, por lo que, cuando Josh y Theo se van, la casa se queda vacía y silenciosa por primera vez desde que me instalé aquí. Es la primera vez que estoy aquí a solas.

Me entretengo paseando por las habitaciones, viendo lo que hay dentro de los armarios y los muebles, familiarizándome con mi nuevo hogar.

«Mi nuevo hogar».

Me gusta cómo suena.

Salgo al jardín trasero y me siento en una de las sillas del porche. Es un lugar perfecto para un jardín, lo que no es demasiado habitual en una vivienda que no está en las afueras de la ciudad. Es como si Atlas hubiera estado buscando una casa con el emplazamiento perfecto para un jardín por si acaso un día volvía con él. Sé que no la eligió por eso, pero me divierte imaginar que esa fue la causa que lo llevó a comprarla.

El timbre del teléfono me sobresalta. Es Atlas, que responde a una llamada mía de hace un rato con una videollamada.

—Hola.

—¿Qué haces? —me pregunta.

—Eligiendo el lugar perfecto para el jardín. Josh me pidió si podía ir a dormir a casa de Theo y le dije que sí. Espero que te parezca bien.

—Por supuesto que me parece bien. ¿Te ayudaron a hacer algo?

—Sí, ya está casi todo colocado.

Atlas parece aliviado. Se pasa una mano por la cara, como si quisiera soltar estrés. Parece que ha tenido un día duro, pero se lo guarda todo debajo de una sonrisa.

—¿Dónde está Emerson?

—Me la traerá ahora mi madre.

Él suspira como si le supiera mal no poder verla un momento.

—Estoy empezando a echarla de menos —dice en voz baja y rápidamente, como si le diera miedo admitir que está empezando a querer a mi hija. Pero las palabras han llegado a su destino y voy a guardarlas junto a todas las demás cosas bonitas que me ha dicho a lo largo de los años—. Llegaré a casa dentro de unas tres horas. ¿Estarás despierta?

—Si no lo estoy, ya sabes lo que tienes que hacer.

Atlas sacude levemente la cabeza y me dirige una sonrisa irónica.

—Te quiero. Volveré pronto.

—Yo también te quiero.

En cuanto cuelgo, oigo la dulce voz de Emerson a mi espalda y me volteo de inmediato. Mi madre está en la puerta, con la niña en brazos, sonriendo como si hubiera escuchado parte de la conversación.

Me levanto para tomar a Emerson y ella se me engancha como un koala. Creo que va a ser una noche tranquila. Cuando se pone así de mimosa es que tiene sueño. Le hago un gesto a mi madre para que se siente a mi lado.

—Qué lindo es este rincón —afirma.

Es la primera vez que está aquí fuera. Se lo enseñaría todo con más detalle, pero Emerson se está frotando la cara contra mi pecho, luchando contra el sueño, y quiero darle la oportunidad de dormirse antes de levantarme de la silla.

—Este rincón es perfecto para un jardín —comenta mi madre—. ¿Crees que lo eligió expresamente, con la esperanza de que volvieras a su vida?

Me encojo de hombros.

—Justo me estaba planteando eso mismo, pero no quería llegar a conclusiones precipitadas.

Me interrumpo en seco y me volteo a mirarla cuando me doy cuenta de lo que acaba de decir.

«¿Volver a su vida?».

Todavía no le he dicho que Atlas era mi amigo en Maine. Había dado por sentado que se había olvidado de él. Estaba convencida de que mi madre no sabía que el Atlas de mi vida actual era alguien de mi pasado.

Al ver mi cara de sorpresa, me dice:

—Es un nombre muy poco habitual, Lily. Claro que lo recuerdo.

Sonrío, aunque me siento confundida. Si lo sabía, ¿por qué no lo comentó antes?

Llevamos saliendo más de medio año y mi madre ha estado con él en varias ocasiones.

Aunque supongo que no debería sorprenderme. A mi madre siempre le ha costado abrirse. No la culpo. Pasó muchos años con un hombre que no la dejaba hablar; no ha de ser fácil aprender a usar la voz de nuevo.

—¿Por qué no dijiste nada? —le pregunto.

Ella se encoge de hombros.

—Pensé que ya lo comentarías tú si querías que lo supiera.

—Sí quería, pero no quería que te sintieras incómoda en su presencia después de lo que le hizo papá.

Ella aparta la mirada y permanece callada unos instantes mientras observa el patio.

—No te lo había contado hasta ahora, pero una vez hablé con Atlas. Más o menos. Volví a casa del trabajo antes de lo previsto y los encontré dormidos en el sofá. Decir que me quedé en shock es quedarme corta. —Se ríe—. Pensaba que eras una niñita dulce e inocente, y ahí estabas, en el sofá de la sala, dormida junto a un desconocido. Estaba a punto de regañarte a gritos, pero, en ese momento, él se despertó. Parecía tan asustado. Ahora que lo pienso, no debía de estar asustado de mí, sino de la posibilidad de perderte.

»En todo caso, se fue en silencio, tan rápido como pudo, y yo lo seguí al exterior para amenazarlo y decirle que no volviera nunca más. Pero, entonces, él… hizo una cosa rarísima, Lily.

—¿Qué hizo? —le pregunto con el corazón en un puño.

—Me abrazó —responde en tono divertido.

Me quedo boquiabierta.

—¿Te abrazó? Lo agarraste con las manos en la masa, en el sofá, con tu hija… ¿y te abrazó?

Mi madre asiente con la cabeza.

—Eso mismo. Y no fue un abrazo de saludo, sino uno cargado de intención. Como si le despertara una lástima sincera y quisiera darme fuerzas con su abrazo, o consolarme. Y luego se fue. Ni siquiera me dio la oportunidad de gritarle por haberse metido en mi casa y haber estado contigo sin un adulto que los vigilara. Tal vez esa había sido su intención; tal vez fue una táctica de manipulación. No lo sé.

Niego con la cabeza.

—No fue una táctica.

«Atlas, siempre tan considerado».

—Sabía que se veían. Y sabía que lo mantenías escondido por tu padre y no por mí; nunca me lo tomé como algo personal. No me interpuse entre ustedes porque me gustaba que pudieras contar con alguien, Lily. —Señala hacia la casa, a su espalda—. Y ahora, mira. Puedes contar con él para siempre. —Sus palabras hacen que abrace a Emerson un poco más fuerte—. Me alegra mucho saber que hay un hombre en tu vida capaz de dar esos abrazos tan sentidos —añade mi madre.

—Me da otras cosas, además de abrazos —le digo.

—¡Lily! —Mi madre se levanta y sacude la cabeza fingiendo estar escandalizada—. Me voy.

Me sigo riendo mientras se aleja. Luego uso la mano que me queda libre para enviarle un mensaje a Atlas.

Te quiero muchísimo, idiota.

37

Atlas

—¿Estás seguro de lo que vas a hacer? —insiste Theo.

Estoy delante del espejo ajustándome la corbata. Theo está sentado en el sofá tratando de convencerme para que lo deje leer los votos antes de la boda.

—No pienso leértelos.

—Vas a hacer el ridículo.

—No es verdad. Son buenos.

—Vamos, Atlas. Quiero ayudarte. Tengo miedo de que acabes diciendo algo tipo «Quiero que seas mi pez de una buena vez».

Me echo a reír. Me hace gracia que siga soltándome este tipo de bromas después de dos años.

—¿Practicas las burlas por la noche, antes de dormir?

—No, me salen sin pensar.

Alguien llama a la puerta y la abre unos centímetros.

—Cinco minutos.

Me doy una última ojeada en el espejo antes de volverme hacia Theo.

—¿Dónde está Josh? Quiero asegurarme de que esté listo.

—Se supone que no puedo decírtelo.

Ladeo la cabeza.

—¿Dónde está, Theo?

—La última vez que lo vi estaba en el jardín, con una chica, metiéndole la lengua hasta la campanilla. Te va a hacer abuelo cualquier día de estos.

—Soy su hermano, no su padre. En todo caso me hará tío, no abuelo. —Miro por la ventana, pero no veo a nadie en el jardín—. Ve a buscarlo, por favor.

Josh y yo nos parecemos mucho, pero él tiene más confianza con las chicas de la que tenía yo a su edad. Acaba de cumplir quince años y, de momento, es la peor edad por la que ha pasado. Aunque me temo que, cuando cumpla los dieciséis el año que viene y pueda conducir, voy a envejecer diez años de golpe.

Necesito distraerme pensando en otra cosa. Estoy nervioso. Tal vez Theo tenga razón y deba revisar los votos por si quiero cambiar o añadir algo.

Me saco la página de papel del bolsillo y la desdoblo. Tomo también un bolígrafo por si quiero hacer algún cambio de última hora.

Querida Lily:

Estoy acostumbrado a escribirte cartas que sé que no va a leer nadie más que tú. Supongo que esa es la razón por la que me costó tanto empezarte a escribir estos votos. La idea de leértelos en voz alta delante de más gente me resultaba un poco terrorífica.

Pero los votos no se hicieron para ser leídos en privado, sino para hacer una declaración de inten-

ciones delante de testigos, llámense Dios, amigos o familia.

Uno se pregunta, o al menos yo me lo pregunté, por qué nació la necesidad de pronunciar los votos en público. Me preguntaba qué debió de suceder en el pasado para que se volviera necesaria una ceremonia de declaración de amor ante testigos.

¿Significa que, en algún momento, alguien rompió una promesa? ¿Alguien hizo trizas un corazón?

La idea de que los votos sean necesarios me resulta bastante decepcionante. Si pudiéramos confiar en que todo el mundo mantuviera su palabra, los votos no serían necesarios. Las personas se enamorarían y permanecerían enamoradas, fielmente, eternamente. Fin.

Pero supongo que ese es el quid de la cuestión: que somos personas. Somos humanos, y los humanos podemos llegar a ser muy decepcionantes.

Y esa conclusión me llevó a hacerme otra pregunta mientras escribía estos votos. Me pregunté: si los humanos resultamos decepcionantes tan a menudo y triunfamos tan pocas veces en el amor, ¿qué podemos hacer para asegurarnos de que el nuestro superará el paso del tiempo? Si la mitad de los matrimonios acaba en divorcio, significa que la mitad de los votos que se pronuncian acabarán rotos. ¿Cómo asegurarnos de que no somos una de las parejas que formarán parte de la estadística?

Por desgracia, Lily, no podemos. Podemos desearlo, pero no podemos garantizar que las promesas que nos hagamos hoy no acabarán en la carpeta de un abogado matrimonialista dentro de unos años.

Lo siento. Soy consciente de que mis votos están haciendo que el matrimonio parezca un ciclo extremadamente deprimente que solo acaba bien en la mitad de los casos.

Pero el caso es que la idea me resulta en cierto modo estimulante.

¿La mitad de los casos?

¿El cincuenta por ciento?

¿Uno de cada dos?

Si alguien me hubiera dicho cuando era un adolescente que iba a tener el cincuenta por ciento de probabilidades de pasar el resto de mi vida contigo, me habría sentido el ser humano más afortunado del planeta.

Si alguien me hubiera dicho que tenía el cincuenta por ciento de probabilidades de que me amaras, me habría preguntado qué demonios había hecho para tener tanta suerte.

Si alguien me hubiera dicho que nos casaríamos algún día y que podría darte tu luna de miel soñada en Europa, y que nuestro matrimonio tendría un cincuenta por ciento de posibilidades de funcionar, lo primero que habría hecho habría sido preguntarte cuál era tu talla de anillo para empezar a preparar la boda.

Tal vez considerar que es negativo que el amor se acabe sea solo cuestión de perspectiva. Porque, para mí, que un amor acabe significa que en algún momento existió. Y hubo una etapa de mi vida, antes de ti, en la que el amor me había pasado siempre de largo.

A la versión adolescente de mí no le habría parecido tan mala cosa la posibilidad de que le rompieran el corazón. Me sentía celoso de cualquiera que hubiera amado lo suficiente para sentir la pérdida. Antes de ti, no había conocido ningún tipo de amor.

Pero entonces llegaste tú, y todo cambió. No solo tuve la oportunidad de ser el primero en enamorarme de ti, sino que también se nos rompió el corazón a la vez. Y más tarde, como si fuera un milagro, la vida me dio la oportunidad de volver a enamorarme de ti.

Dos veces en una vida.

¿Cómo puede un hombre tener tanta suerte?

Mirándolo en perspectiva, el hecho de haber llegado hasta aquí, de estar aquí hoy los dos, celebrando nuestra boda, es mucho más de lo que esperaba de la vida. Un suspiro, un beso, un día, un año, una vida. Me quedo con cualquier cosa que quieras darme y juro que, de ahora en adelante, veneraré cada segundo que tenga la suerte de pasar a tu lado, del mismo modo que he venerado cada segundo que he pasado contigo en el pasado.

Siendo optimista, pienso que podríamos pasar el resto de nuestra vida juntos, felices, hasta que estemos viejos y cansados, y tarde el día entero en llegar hasta tus labios para darte un beso de buenas noches. Si ese es el caso, juro que me sentiré inmensamente agradecido por el amor que nos habrá acompañado en nuestra vida en común.

Siendo pesimista, me planteo la posibilidad de que volvamos a rompernos el corazón mañana. —Sé que no pasará.— Pero, aunque pasara, juro que me sentiré inmensamente agradecido por el amor que vivimos antes de esa ruptura, hasta el día en que me muera. Si mi destino es acabar formando parte de una estadística, no hay nadie en el mundo con quien me apetezca más hacerlo.

Pero una vez me dijiste que yo era realista, y por eso me gustaría acabar mis votos desde el realismo. Porque creo con sinceridad que vamos a salir de aquí hoy para iniciar un viaje juntos por un camino que estará lleno de colinas, valles, picos y cañones. A veces necesitarás que te dé la mano para ayudarte a bajar de una colina. Otras veces seré yo quien necesite que me ayudes a subir una montaña. Pero todo lo que hagamos a partir de ahora, lo haremos juntos. Tú y yo, Lily. En lo bueno y en lo malo, en la riqueza y en la pobreza, en la salud y en la enfermedad, en el pasado y hasta la eternidad, eres mi persona favorita. Siempre lo has sido y siempre lo serás. Te quiero. Lo quiero todo de ti.

ATLAS

Suelto el aire, y veo temblar la página en mi mano. Los votos expresan exactamente lo que quiero decir, por lo que empiezo a doblar el papel cuando Josh entra en la habitación. Lo acompañan Darin, Brad, Theo y Marshall.

Marshall se queda en la puerta manteniéndola abierta.

—¿Estás listo? —pregunta—. Es la hora.

Asiento, porque no podría estar más preparado, pero antes de guardarme los votos en el bolsillo, hago un pequeño cambio. No toco nada de lo que está escrito, pero añado una línea al final.

P. D. Quiero que seas mi pez de una buena vez.

AGRADECIMIENTOS

Siempre tuve clarísimo que no pensaba escribir una continuación de *Romper el círculo*. Sentía que acababa justo donde debía terminar, y no quería someter a Lily a más vivencias estresantes.

Pero entonces sucedió algo inesperado llamado #Book-Tok, y llegaron las peticiones virtuales, los mensajes y los videos, y me di cuenta de que la mayor parte de ustedes no me pedían que los hiciera sufrir más; lo que querían era ver a Lily y a Atlas felices.

Cuando empecé a esbozar la continuación, me di cuenta rápidamente de que yo también necesitaba verlos felices. A todas las personas que me pidieron más, les doy las gracias. Sin ustedes, este libro no existiría.

Tengo que dar las gracias a muchas más personas, y no necesariamente por *Volver a empezar*, sino por el apoyo constante que he recibido a lo largo de los años y que me ha llevado a escribir un libro que nunca pensé que tendría el valor de completar.

Ya sean parientes, amigos, lectores, editores o agentes, y no necesariamente en este orden, quiero darles unas GRACIAS enormes por su apoyo constante, y por asegurarse de que siga adorando esto de escribir.

Levi Hoover, Cale Hoover, Beckham Hoover y Heath Hoover, mis cuatro hombres favoritos en todo el mundo: no podría hacer lo que hago sin sus ánimos y su apoyo.

Gracias a Lin Reynolds, Murphy Fennell y Vannoy Fite, mis tres mujeres favoritas en todo el mundo.

Gracias a los equipos del Bookworm Box y del Book Bonanza, y a los miembros de la junta. ¡Gracias por todo lo que hacen!

A mis agentes, Jane Dystel y Lauren Abramo, y al equipo entero de Dystel, Goderich & Bourret.

Gracias a mi editora, Melanie Iglesias Pérez; mi publicista, Ariele Stewart Fredman; a la editora jefe, Libby McGuire, y al equipo entero de Atria.

A Stephanie Cohen y Erica Ramirez. Gracias por ayudar a que mis sueños se hagan realidad y por procurar siempre lo mejor para mí. Los quiero más de lo que puedo expresar. Cada vez que entro en nuestra oficina, me siento en casa.

Gracias a Pamela Carrion y a Laurie Darter, por todo lo que hacen y por mantenerme entretenida todos los días.

Gracias al equipo de Simon & Schuster Audio por darles vida a mis novelas.

Gracias a la autora Susan Stoker por apoyar tanto a las demás autoras y por mantenernos siempre al día de todo con tus mensajes semanales de felicitación.

Y unas gracias inmensas a las siguientes personas, por estar siempre ahí: Tarryn Fisher, Anna Todd, Lauren Levine, Shanora Williams, Chelle Lagoski Northcutt, Tasara Vega, Vilma Gonzalez, Anjanette Guerrero, Maria Blalock, Talon Smith, Johanna Castillo, Jenn Benando,

Kristin Phillips, Amy Fite, Kim Holden, Caroline Kepnes, Melinda Knight, Karen Lawson, Marion Archer, Kay Miles y Lindsey Domokur, entre muchas otras.

Gracias a las CoHorts, a BookTok, Weblich, a los blogueros, bibliotecarios y en general a todo el mundo que entrega el alma promoviendo el amor por la lectura.

Y, sobre todo, gracias a todas las personas que se han tomado la molestia de escribir un mensaje o un correo electrónico a algún autor para compartir lo que sus libros han significado para ellas. Son una parte importante de la razón por la que escribimos.

Otros títulos de Colleen Hoover
en Editorial Planeta

A pesar de ti (Regretting You)

Romper el círculo (It Ends with Us)

Verity. La sombra de un engaño

Tal vez mañana (Maybe Someday)